W0386705

J'étais leur petit jouet

MARIA LANDON

AVEC ANDREW CROFTS

Traduit de l'anglais (Royaume-Uni)
par Marie Moreau

City
Témoignage

À Glen, que j'aime
et qui me manque tellement.

© City Editions 2014 pour la traduction française
© Maria Landon 2008
Publié en Grande-Bretagne par HarperCollins,
sous le titre *Daddy's Little Earner*

ISBN : 978-2-8246-0463-3
Code Hachette : 89 6668 9
Rayon : Témoignage

Collection dirigée par Christian English et Frédéric Thibaud
Catalogues et manuscrits : www.city-editions.com

Conformément au Code de la Propriété Intellectuelle, il est interdit de reproduire intégralement ou partiellement le présent ouvrage, et ce, par quelque moyen que ce soit, sans l'autorisation préalable de l'éditeur.

Dépôt légal : juin 2014
Imprimé en France par France Quercy - Mercuès - N° 40809/

Arrêtez-vous un instant, lecteur de cette page,
et songez à la longue chaîne de fer ou d'or, d'épines
ou de fleurs, qui ne vous aurait jamais enserré
si le premier maillon ne s'en était trouvé forgé
au cours de quelque mémorable journée.

Charles Dickens, *Les Grandes Espérances*

Introduction

— Ria, tu es ma préférée.

Voilà ce que me disait mon père quand j'étais enfant.

— Tous les papas ont une préférence pour leur petite fille, ajoutait-il.

Ses paroles m'emplissaient de fierté. Mon père était si grand, si beau, si fort ! C'était mon héros. Mon frère Terry était peut-être le préféré de notre mère, mais c'était moi que notre père aimait le plus, et j'aurais fait n'importe quoi pour lui faire plaisir.

D'après ma mère, il a toujours clamé haut et fort qu'il ferait de moi « la meilleure petite prostituée du quartier ». Seulement, il m'a fallu du temps pour comprendre ce que cela voulait dire.

Je préférais sans doute ne pas le savoir et rester dans le déni, même quand il invitait ses amies prostituées à la maison et me faisait essayer leurs vêtements. Et même quand il a commencé à abuser de moi.

Des années plus tard, quand mon témoignage l'a envoyé en prison pour proxénétisme, voici ce qu'il m'a dit :

— Tu auras beau me traîner dans la boue, j'arriverai

toujours à me relever et à être là pour toi. Quoi que tu fasses. Je serai toujours le seul à t'aimer vraiment.

Je crois qu'il était sincère. S'il a aimé quelqu'un dans sa vie, c'était sans doute moi. Et je le lui rendais bien. C'était mon père et je n'avais que lui, en dépit de ce qu'il me faisait subir. Il avait un charme fou, auquel j'étais aussi sensible que tous ceux qui le connaissaient. Aujourd'hui encore, beaucoup de gens ont un faible pour lui alors qu'ils savent ce qu'il a fait.

S'il n'avait pas eu ce pouvoir, rien de tout ceci ne serait arrivé. Ma mère ne serait pas tombée éperdument amoureuse de lui, tous ceux à qui il a fait du mal auraient été épargnés, et je ne me serais pas retrouvée sur le trottoir à l'âge de treize ans pour financer ses beuveries.

N'importe quelle petite fille peut devenir chanteuse, danseuse, médecin, avocate, policière ou prostituée. Seulement, pour faire les bons choix, un enfant a besoin du soutien et des conseils des adultes qui l'entourent. Avec un père comme le mien, je n'avais aucune chance.

1

Un couple glamour

Jane et Terry, mes parents, étaient considérés comme un couple très glamour quand ils étaient jeunes. Tous ceux qui les ont connus au début des années 1960 s'accordent à le dire. Ils s'adoraient jusqu'à l'obsession, ce qui est en partie à l'origine des problèmes qu'a rencontrés notre famille.

L'amour qu'ils éprouvaient l'un pour l'autre aurait pu nous permettre à tous de prendre le meilleur départ possible. Mais, hélas, le côté sombre de leur relation a pris le dessus et fait de notre vie un véritable cauchemar.

Tous les gens qui fréquentaient mon père dans les pubs l'adoraient. Il était grand, beau et très charismatique. Avec ses cheveux noirs bien coiffés, son costume impeccable et la cravate qu'il n'oubliait jamais de porter, il savait parader et se rendre aimable aux yeux de la foule d'admirateurs qui l'entourait.

Ma mère ne mesurait pas plus d'un mètre soixante-cinq, mais elle avait une silhouette parfaite. Mince et très féminine à la fois, elle aimait porter des minijupes, des pantalons moulants et des petits hauts sexy. Elle suivait la mode de cette époque-là, du moins celle qui arrivait jusqu'à Norwich, à des kilomètres du « Swinging London ». Je n'ai pas de souvenirs de ses jeunes années, mais on m'a dit qu'elle avait été très belle. Tout le monde la remarquait avec ses longs cheveux de jais, son regard profond et sa peau parfaite.

Mon père était le mouton noir de sa famille. C'est en tout cas ce qu'on m'a raconté. Un homme dont l'histoire restait empreinte de mystère, qui ne faisait jamais ce qu'il fallait, mais se vantait d'agir avec classe. Il a toujours clamé haut et fort qu'il avait été conçu pendant la guerre, alors que sa mère entretenait une liaison avec un amant et que son père – ou plutôt le mari de sa mère – se battait loin de chez lui pour son pays et pour son roi. Si cette histoire est vraie, elle explique en partie pourquoi mon père a toujours été si différent de ses frères et sœurs, et pourquoi ils avaient l'air, sans le dire clairement, de nous considérer comme des étrangers. Quoi qu'il en soit, il y avait un fossé entre mon père et sa famille. Il menait une vie totalement différente de la leur, notamment en raison des choix qu'il avait faits, mais aussi à cause de sa personnalité et de ses convictions. Pourtant, c'était bien lui le préféré de sa mère, celui qu'elle soutenait et défendait quoi qu'il fasse. Peut-être justement parce qu'il était le fruit d'une aventure extraconjugale.

Le mari de ma grand-mère était fermier. De retour de la guerre, il était tellement endetté qu'il n'a pu entrevoir la moindre solution à sa situation. Désespéré, il s'est enfermé dans la cabane au fond de leur jardin et s'est suicidé à l'aide de son fusil. Mon père nous a raconté que, petit garçon, c'était lui qui avait découvert son corps. Personne ne m'a jamais confirmé cette version des choses, mais, à l'époque, j'y croyais sincèrement. Aujourd'hui, je ne sais plus quoi penser. Toujours est-il que je n'avais pas de grand-père paternel et que ma grand-mère vivait seule dans son petit pavillon, à quelques kilomètres de chez nous.

À en croire une autre rumeur qui courait dans la famille, mon père a dormi dans le même lit que sa mère jusqu'à l'âge de quatorze ans. Cela semble très plausible, étant donné le lien qui les unissait tous les deux. Toute sa vie, elle a cherché à le protéger de tout le monde, y compris de moi. Cela expliquerait aussi pourquoi il était aussi à l'aise avec les questions de sexe et de nudité.

Mes oncles et tantes ont tous eu un parcours très différent de celui de mon père. Ils appartenaient à la classe moyenne et menaient une vie confortable. Ils possédaient tous un logement, géraient leur propre entreprise, et aucun d'eux n'aurait voulu fréquenter les gens qui composaient l'entourage de mon père.

Des voleurs, des alcooliques, des prostituées, telles étaient les personnes que nous voyions aller et venir chez nous à toute heure du jour et de la nuit et qui buvaient avec lui dans les pubs de Norwich.

Mon père n'a appris à lire et à écrire que longtemps après moi. Je sais qu'il a passé quelque temps dans une maison de correction, mais j'ignore pour quelle raison. J'ai entendu dire que, dans sa jeunesse, il avait jeté un conducteur de bus hors de son véhicule et que cet homme était mort plus tard d'une crise cardiaque, mais je ne connais pas les détails de l'histoire. Personne ne pouvait sans doute affirmer avec certitude que les deux événements étaient liés, mais mon père était adepte de ce genre de comportement. C'était un charmeur, mais aussi un tyran qui aimait plus que tout attirer l'attention et dont la violence était incontrôlable.

Bien que ma mère ait longtemps vécu dans un logement social et que sa famille n'ait pas aussi bien réussi que celle de mon père, c'était une enfant relativement gâtée. Comme mon père, elle a posé beaucoup de problèmes à ses parents pendant son adolescence.

Elle se sauvait de chez elle, et son caractère rebelle leur a causé bien du souci. Manifestement, elle avait tout de même certaines limites, même à l'âge de quinze ans. En effet, le soir où elle a rencontré mon père, elle était allée au cinéma avec un autre garçon.

Quand son cavalier, profitant de l'obscurité, a voulu mettre la main sur sa cuisse, elle en a ressenti une honte terrible. Le repoussant violemment, elle s'est aussitôt enfuie de la salle de cinéma pour rentrer seule chez elle à pied, se félicitant d'avoir sauvé son honneur. Sur le chemin, elle a croisé mon père, qu'elle rencontrait pour la première fois. Il avait deux ans de plus qu'elle, mais était déjà maître dans l'art du charme et de la flatterie. Il était grand, bien habillé et possédait tous les atouts du parfait séducteur.

Elle n'a pas su résister. Il a dû réussir un véritable tour de magie, car non seulement il n'a pas essuyé le même refus que le malheureux garçon du cinéma, mais il a même couché avec ma mère ce soir-là. C'est ainsi qu'a commencé la grande histoire d'amour qui devait détruire tant de vies au cours des années suivantes.

Quand mon père a amené ma mère chez lui pour la première fois, ma grand-mère était folle de joie. Elle les a tout de suite encouragés à se marier et à fonder une famille, mais, bien sûr, ils devaient attendre que ma mère soit en âge de le faire. Mon père avait eu tellement d'ennuis jusque-là, à cause de l'alcool et de ses mauvaises fréquentations, que ma grand-mère avait sûrement hâte de le voir voler de ses propres ailes. Elle devait espérer qu'il s'assagirait maintenant qu'il avait trouvé la femme de sa vie.

Mes grands-parents maternels, eux, n'ont pas été aussi enthousiasmés par ce grand amour, c'est le moins que l'on puisse dire. Ils sont même allés au tribunal pour interdire à ce garçon de fréquenter leur fille.

Comme elle n'avait encore que quinze ans, ils espéraient sans doute la sauver du danger avant qu'il ne soit trop tard. Contrairement à elle, ils ont vu quelle personnalité il cachait derrière cette façade charmeuse et l'ont tout de suite méprisé. Ils ont dû sentir qu'il ne pourrait faire que du mal à leur fille, et leurs craintes se sont hélas vérifiées. Ils avaient certainement espéré qu'elle rencontrerait un homme stable, capable de lui apporter un équilibre émotionnel et matériel, et quiconque aurait rencontré mon père se serait rendu compte qu'il n'était pas cet homme-là.

Évidemment, plus ses parents lui interdisaient de le voir, plus elle était déterminée à leur désobéir. Par leur procédure et leurs injonctions, ils ont rendu cette relation encore plus romantique et excitante à ses yeux.

Pour elle, mon père était devenu un délicieux fruit défendu. Dès l'instant où ils ont dit le mal qu'ils pensaient de lui, ils ont perdu toute chance de séparer ces deux adolescents aussi têtus qu'autodestructeurs.

Ma mère avait dix-neuf ans quand elle a été enceinte pour la première fois. Mes parents se sont mariés en 1965, une semaine ou deux après la naissance de mon frère Terry Junior. Ma grand-mère paternelle était aux anges. Je crois que c'est elle qui a financé la publication des bans et toutes les dépenses liées à cet événement. Mes grands-parents maternels, eux, avaient dû finir par reconnaître leur défaite et par se faire une raison. Peut-être espéraient-ils que la parentalité forcerait Terry et Jane à prendre leurs responsabilités.

Je suis née un an plus tard, en 1966. Puis sont arrivés Christian, trois ans plus tard, et Glen, en 1970. D'après les récits que j'ai pu entendre, j'ai tout de suite été la favorite de mon père, que j'adorais. Terry, lui, était le préféré de ma mère.

— À la seconde où tu es née, m'a-t-elle dit un jour, vous avez été unis tous les deux par un lien fusionnel.

Et je sais que c'était vrai. Il aimait aussi mon frère aîné, mais, quand je suis arrivée, Terry est devenu le fils de ma mère, et moi, la fille de mon père.

On m'a raconté que, la nuit de ma naissance, il avait parcouru les couloirs de l'hôpital, complètement soûl, un cigare aux lèvres, au plus grand désarroi de la religieuse qui dirigeait le service.

— Dès le début, m'a dit ma mère, alors que tu n'étais qu'un nourrisson, il riait en disant qu'il ferait de toi la meilleure petite prostituée du quartier.

2

Les débuts d'une vie de famille

Malgré l'image glamour qu'affichaient mes parents quand ils sortaient ensemble dans les pubs, la vie ne devait pas être si facile pour eux. Loin de là. Quand Terry était bébé, ils vivaient tous les trois dans un studio, et ce n'est qu'après ma naissance que la municipalité leur a attribué un logement social.

Si mon père travaillait à cette époque, ce devait être en tant que peintre décorateur. Mais, comme je ne l'ai jamais vu occuper le moindre emploi, j'ai du mal à imaginer que c'était différent quand il avait vingt ans. Il prétend avoir travaillé au début de sa relation avec ma mère, mais, d'après elle, il ne faisait pas grand-chose.

Il avait tout de même appris son métier, si bien qu'il a pu faire quelques travaux dans la maison. Mais il ne se souciait que des pièces dans lesquelles il passait du temps et recevait des visiteurs. Par conséquent, il s'est donné beaucoup de mal pour embellir le salon et la chambre parentale, mais la cuisine et les toilettes extérieures étaient horribles. Quant à nos chambres, elles ne contenaient même pas de lit, et leurs murs étaient recouverts de l'affreux papier peint laissé par les précédents occupants. Terry et moi n'avions droit ni à des meubles, ni à des rideaux, ni même à des ampoules électriques. Privés de chauffage, nous devions nous contenter de deux couvertures chacun. Le matin, pour éviter de sentir le froid glacé de ma chambre, je m'habillais sous les couvertures et ne sortais que quand j'avais autant de vêtements que possible sur moi.

Ma mère était superbe à cette époque. Elle savait s'habiller et se maquiller pour se mettre en valeur, et sa collection de perruques lui permettait de changer de coiffure quand elle en avait envie. Elle chantait régulièrement dans les bars qu'elle fréquentait avec mon père, cherchant sans cesse à développer son talent. Elle rêvait de devenir professionnelle. Grâce à sa voix magnifique, elle a eu un jour la possibilité de participer à *Opportunity Knocks*, l'ancêtre de *X Factor*. Mais mon père l'en a empêchée. Il a dû avoir peur qu'elle devienne célèbre et qu'il perde son contrôle sur elle. En sortant du monde dans lequel elle était enfermée avec lui, elle aurait connu d'autres gens et il aurait été mis à l'écart. Peut-être craignait-il qu'elle rencontre un homme gentil et respectueux et qu'elle le quitte pour lui. Ce concours de chant était loin de garantir le succès, mais il représentait pour elle une occasion de s'éloigner de lui, de gagner sa vie et de devenir indépendante. Rien que pour cela, il n'était pas question qu'il la laisse faire. La chance rend visite à tout le monde de temps à autre, même à ceux qui ont l'air d'attirer le malheur. Mais, plus on la laisse passer, plus on risque de la perdre pour toujours.

Malgré leurs problèmes matériels et le tempérament violent de mon père, mes parents formaient un couple joyeux au début. Comme ils aimaient sortir ensemble pour boire, ils nous laissaient souvent tous les deux à la maison, Terry et moi. Quand ils nous emmenaient, nous devions les attendre dehors, assis devant le bar qu'ils avaient choisi pour la soirée. Nous mangions des chips et buvions du Coca-Cola en attendant qu'ils ressortent, ivres morts. Il nous arrivait de rester ainsi pendant des heures, jusqu'à ce qu'ils émergent, incapables de marcher ou de parler normalement.

On m'a raconté que, quand j'avais à peu près trois ans, ils sont allés un soir au Lamb, un pub de Norwich. En ressortant, comme ils ne me voyaient pas là où ils m'avaient laissée, ils ont paniqué et appelé la police. On m'a finalement trouvée à l'arrêt de bus, avec une femme qui était sur le point de m'emmener. Je me demande parfois ce qui se serait passé si la police était arrivée quelques minutes plus tard. Ma vie avec cette étrangère aurait-elle pu être pire que celle qui s'annonçait à moi ? Je ne le saurai jamais.

Mes parents avaient déjà pris l'habitude de dépenser tout leur argent dans l'alcool. Je suis à peu près certaine que mon père ne travaillait pas à cette époque, car mes grands-parents maternels venaient chez nous toutes les semaines avec des provisions. Et ma mère avait eu des problèmes avec la justice pour avoir trafiqué le compteur électrique. J'en conclus que leurs problèmes d'argent étaient déjà récurrents.

Mon père a prouvé par ses nombreuses déclarations le peu de cas qu'il faisait de son rôle au sein de la famille. Non seulement il répétait à qui voulait l'entendre qu'il ferait de moi une prostituée dès que possible, mais ce n'est pas tout. Ma mère m'a dit que, quand j'avais trois ans, il lui a demandé un jour d'aller parier pour lui chez le bookmaker. Comme elle ne lui obéissait pas dans la seconde, il s'est impatienté. Il n'aimait pas qu'on le fasse attendre. Alors, il m'a attrapée, a soulevé ma robe et baissé ma culotte.

— Si tu te dépêches pas, a-t-il hurlé à ma mère, je te promets que je l'aurai prise avant que tu reviennes !

Je pense qu'il plaisantait, mais quel père s'amuserait à menacer de violer sa fille de trois ans ? À force d'entendre ce genre de choses, ma mère ne pouvait que s'inquiéter pour moi. Elle n'était jamais sûre de ce dont il était capable et craignait sans cesse qu'il franchisse les limites. Mon père avait une vision de la vie bien à lui.

Il lui arrivait de revenir à la maison avec une grosse somme d'argent. Cela voulait généralement dire qu'il avait gagné aux courses, en tout cas à cette époque, avant qu'il ne mette ma mère sur le trottoir. Dans ces cas-là, il en faisait profiter tout le monde. Personne ne pouvait l'accuser d'être radin, bien au contraire. Un jour, il s'est acheté une Jaguar Mark 10, et, comme il ne savait pas conduire, il a engagé Eric, l'un de ses amis, comme chauffeur. Il prenait un malin plaisir, vêtu d'un beau costume et fumant un gros cigare, à se faire conduire toutes les semaines pour aller pointer au chômage. Dans ces moments-là, il se considérait comme un homme très intelligent qui savait tirer profit du système. Je ne sais pas comment il a pu le faire aussi longtemps sans avoir de problèmes. Sans doute grâce à sa force de persuasion.

C'était pour ce genre d'actes de bravade que ses amis l'aimaient. Tout comme moi. À mes yeux, c'était un héros. Je me souviens que, parfois, quand il avait de l'argent, il prenait des billets de dix ou de vingt livres et les enflammait dans la cheminée pour allumer son cigare. Mon père brûlait de l'argent. Pour moi, c'était le geste le plus brillant que l'on pût imaginer. Quelles filles de mon âge auraient pu se vanter d'assister à une scène aussi extravagante ?

Il possédait des furets et aimait les mettre dans les poches de son costume pour sortir. Rien ne l'amusait autant que de les brandir à la table d'un bar pour faire hurler les femmes.

— Oh ! Terry ! Tu en as de bonnes !

Elles le trouvaient toutes tellement drôle. Où qu'il soit, il arrivait toujours à former un petit public autour de lui quand il s'asseyait pour boire. Il a toujours su attirer la foule.

Que mes parents aient de l'argent ou non, mon père était toujours vêtu de manière impeccable. Même pour aller dans les pubs les plus misérables ou chez les bookmakers, il ne sortait jamais autrement qu'en costume-cravate, avec une chemise immaculée.

Il cirait ses chaussures tous les soirs et les frottait jusqu'à ce qu'elles brillent. Tous les matins, il se lavait les cheveux et se rasait, afin d'être prêt à se présenter de nouveau à son public.

Quand il avait de l'argent, il n'hésitait pas à le dépenser pour la famille, à condition d'acheter des choses qui impressionneraient les gens. Par exemple, nous avons été les premiers de notre quartier à avoir une télévision en couleurs, ainsi qu'un lave-linge automatique.

Mais, en dehors des rares périodes fastes, nous étions loin de ces excès. La plupart du temps, il n'y avait rien à manger à la maison, et Terry et moi n'avions même pas de vêtements de rechange. L'argent manquait presque tous les jours de l'année.

Mon père possédait aussi des chiens qu'il adorait. Pour affirmer son originalité, je pense, et pour se vanter d'avoir les mêmes chiens que la reine, il a surtout eu des corgis. Sa Majesté étant le seul autre amateur de cette race que je connaisse, il était presque certain de ne pas en voir d'autres que les siens dans le quartier quand il se rendait au pub. Quand j'étais petite, nous avions un caniche et un saint-bernard. Ils étaient tous les deux beaucoup trop grands pour notre maison, mais avaient le mérite de faire la fierté de mon père quand il les promenait ou recevait des amis dans son petit royaume. Adolescent, mon père avait été surnommé « Minou » à force de porter de grandes bottes pointues qui rappelaient celles du Chat botté.

Si bien que, par extension de son propre ego, il a appelé son premier corgi « Minou ». Ce chien le suivait partout où il allait, se dandinant sur ses petites pattes, haletant en permanence. Il n'avait jamais ni collier ni laisse. Mon père aimait l'idée de le savoir assez attaché à lui et bien dressé pour ne jamais chercher à se sauver. Le tenir en laisse aurait nui à son image. Chaque fois que mon père se faisait arrêter pour avoir bu ou pour s'être battu, Minou le corgi était raccompagné à la maison par une voiture de police ou un taxi. Tout le monde savait à qui il appartenait. Sa fidélité contribuait à mettre son maître en valeur dans le quartier.

Même quand il manquait d'argent pour nourrir et habiller ses enfants, mon père trouvait tout naturel de se rendre dès 10 h 30 en ville pour faire l'ouverture des bars. Selon lui, un homme digne de ce nom devait faire ce qu'il voulait de sa vie, et personne n'avait le droit de lui dire le contraire.

Il tenait aussi à élever ses enfants tel qu'il l'entendait, c'est-à-dire en les battant chaque fois que l'envie lui prenait. Selon lui, nous lui appartenions au même titre que Minou le corgi ou que ses bottes bien cirées. Comme son chien, nous le suivions à la trace en trottinant, cherchant sans cesse à lui faire plaisir pour éviter les punitions.

Si mes parents ont réussi à s'occuper de Terry et moi après notre naissance, c'est sans doute avec l'aide de leurs parents à eux. À moins que ce ne soit grâce à l'énergie et l'enthousiasme de la jeunesse. Mais quand mes petits frères Christian et Glen sont nés, mes parents étaient devenus incapables d'avoir des bébés sous leur responsabilité. Pour une raison que j'ignore, mon père ne supportait pas de les voir. Chris l'agaçait tellement qu'un jour, il l'a mis dans le lave-linge, menaçant de le faire démarrer pendant que ma mère poussait des hurlements en le suppliant de le laisser sortir. Évidemment, Chris était terrifié dès qu'il voyait mon père. Il se mettait à trembler par crainte de se faire battre et courait se réfugier dans les jupes de ma mère.

À court de solutions, ma mère a eu l'idée d'enfermer Chris et Glen ensemble dans leur chambre quand notre père était à la maison. J'avais quatre ans quand Glen est né et, pourtant, je n'ai pas souvenir d'avoir passé du temps avec eux. Quand la voie était libre, notre mère descendait avec eux pour les laver et leur donner à manger, mais, en dehors de ces rares moments, ils étaient en permanence enfermés au premier étage.

Dans une telle situation, n'importe quel bébé se serait mis à pleurer pour attirer l'attention, mais eux gardaient le silence. C'était certainement la peur qui les incitait à être aussi sages, quitte à se faire littéralement oublier par nos parents. Chris évitait de se faire entendre de crainte d'attirer la colère de mon père ; quant à Glen, il a dû commencer par imiter le comportement de son frère.

Par la suite, il n'avait simplement plus la force de crier. J'imagine qu'ils ont renoncé à espérer que quelqu'un viendrait un jour répondre à leurs besoins. Leur mutisme relevait du fatalisme.

La chambre silencieuse de Chris et Glen nous effrayait, Terry et moi. Nous détestions l'odeur fétide d'urine et de selles qui s'en échappait et n'osions ni y entrer seuls ni même ouvrir la porte. Nous ne savions pas si nous les trouverions vivants ou morts à l'intérieur. Je me rappelle encore cette odeur et l'horreur que j'ai découverte dans cette chambre les rares fois où j'y suis entrée avec un adulte. Mais je ne me souviens pas d'avoir entendu l'un de mes petits frères pousser le moindre cri.

Si seulement j'avais pu faire quelque chose pour les aider. Mais, hélas, j'étais moi-même trop petite et impuissante. Et aucun des habitants de cette maison n'aurait osé défier mon père et risquer de réveiller sa mauvaise humeur. Je faisais tout mon possible pour qu'il soit content de moi, mais plus je me démenais, plus je semblais avancer sur la mauvaise voie. Un jour, alors que j'avais à peu près quatre ans, nous jouions aux petits chevaux en famille. Dans mon excitation, j'ai lancé le dé trop fort et il a roulé si loin que je l'ai perdu.

— Retrouve-le tout de suite, m'a ordonné mon père de sa voix menaçante.

J'ai cherché partout, sous les tapis, sous les fauteuils, mais en vain. Aujourd'hui, j'en arrive à me demander s'il ne l'avait pas discrètement glissé dans sa poche pour être sûr que son plaisir ne serait pas gâché. Une fois qu'il avait décidé de battre l'un de nous, rien ne pouvait l'arrêter. Il est sorti dans le jardin pour couper la branche d'un buisson, choisissant une brindille bien solide et flexible à la fois. Pendant que nous continuions tous les trois à chercher activement le dé, il a pris un couteau afin de couper méthodiquement les feuilles et les petites branches attachées à son bâton, le transformant en une arme menaçante qu'il s'est mis à agiter dans l'air, comme pour s'assurer de sa souplesse. Ma mère savait ce qu'il préparait et l'a supplié d'y renoncer, mais il l'a ignorée. Quand mon père avait décidé de faire quelque chose, il ne laissait jamais personne l'en dissuader.

Une fois prêt, il m'a ordonné de baisser ma culotte et m'a installée sur ses genoux. Puis, me tenant fermement, il m'a fouettée jusqu'au sang. Je hurlais, incapable de comprendre pourquoi mon père adoré s'en prenait à moi aussi violemment.

Aussi insupportable qu'ait été la douleur, la trahison que je ressentais était encore plus forte. Du moins sur le moment, car, après cela, je n'ai pas pu m'asseoir pendant une semaine. C'était la première fois qu'il me battait, mais, à partir de ce jour, cette branche est restée à portée de main dans le salon, prête à servir dès que mon père perdait son sang-froid.

Les coups en eux-mêmes étaient extrêmement douloureux, mais ce fut leur attente qui devint la pire des tortures. Mon père nous menaçait sans cesse de nous battre, laissant le bâton à côté de la cheminée et le regardant de temps en temps pour nous rappeler ce qui nous attendait. Terrifiée, je me mettais à pleurer avant même qu'il ait saisi son affreux accessoire. Il s'en servait pour nous taquiner.

— Tu en veux un peu ? demandait-il tout en le faisant claquer contre sa paume.

Il ne se servait pas toujours du bâton. Parfois, il se

contentait d'une pantoufle. Et il n'avait pas besoin d'être soûl pour nous attraper l'un ou l'autre, baisser notre pantalon et nous faire basculer sur ses genoux. Parfois, il était même complètement sobre. Il avait juste besoin d'évacuer sa frustration sur plus faible que lui.

— C'est l'heure de tes dix coups, déclarait-il par moments.

Et dans ce cas, nous savions qu'il était impossible d'y échapper.

Je me souviens d'un jour en particulier où, la pantoufle à la main, il m'a ordonné de m'approcher de lui pour recevoir une correction.

— Baisse ta culotte, m'a-t-il dit.

J'avais tellement peur que je suis restée immobile, les pieds plantés dans le sol. Puis je me suis mise à pleurer et à le supplier tout en sachant que cela ne servait à rien.

— Arrête de pleurer, m'a-t-il ordonné. Sinon, c'est pas dix coups que tu vas avoir, mais vingt.

Il me paraissait impossible de faire les quelques pas qui me séparaient de lui. Alors, je suis restée là où j'étais. Je savais ce qui m'arriverait si je ne lui obéissais pas, mais mes jambes refusaient de bouger, comme dans un cauchemar.

— Viens ici tout de suite ! a-t-il vociféré, fou de rage.

Cette fois, j'ai réussi à avancer pour traverser le salon. À mesure que je m'approchais de lui, je voyais un sourire se dessiner sur ses lèvres, et j'ai cru l'espace d'un instant qu'il avait changé d'avis. Qu'il avait juste voulu me taquiner, pour s'amuser. Malgré les tremblements de mon corps, je me suis forcée à lui sourire aussi, essayant de faire en sorte qu'il m'aime assez pour renoncer à me faire mal. Mais, dès que j'ai été à sa portée, il m'a attrapée pour m'installer sur ses longues jambes. Comme il brandissait sa pantoufle dans les airs, j'ai poussé un hurlement strident, ce qui l'a fait rire.

— Je t'ai même pas encore touchée !

Comme je n'arrêtais pas de pleurer, il s'est mis encore plus en colère et a doublé le nombre de coups pour m'apprendre à être courageuse et forte et à obéir à ses ordres sans le faire attendre. Ses leçons ont porté leurs fruits, car j'ai peu à peu pris l'habitude d'étouffer mes cris et de recevoir mes corrections en silence. Cherchant à oublier la douleur, je comptais les coups et me concentrais de toutes mes forces pour éviter de pleurer et de le rendre encore plus furieux.

Quand il a eu fini, il m'a jetée sur le sol et, toute tremblante, je me suis dépêchée de remonter ma culotte. Les larmes continuaient à couler sur mes joues, mais j'étais soulagée d'avoir survécu à ce supplice après m'être crue sur le point de mourir. Je m'en voulais d'en avoir fait toute une histoire. Après tout, ce n'était pas si insupportable. J'avais mal, mais je m'en étais sortie. Mon père avait eu raison de se moquer de moi.

J'ai essayé de me traîner jusqu'à un fauteuil pour m'asseoir, mais cela faisait trop mal et j'ai été obligée de m'allonger sur le côté. Même une fois ma punition terminée, j'étais incapable de retenir mes larmes et faisais seulement mon possible pour que mon père ne les voie pas.

— Arrête de renifler ! a-t-il crié. Sinon, tu vas avoir droit à une deuxième série et, cette fois, ce sera avec le bâton.

Ses hurlements me donnaient encore plus envie de pleurer. Je voulais courir vers lui, lui dire que je l'aimais toujours et lui demander pardon pour tout le mal que j'avais pu lui faire. Je voulais le prier de me prendre dans ses bras et de me faire un câlin, mais je savais que de telles faiblesses ne feraient que le rendre encore plus furieux. Alors, je suis restée sur mon fauteuil, luttant pour faire cesser mes sanglots.

Je me rappelle l'avoir vu battre Terry très violemment un jour, avec ses poings. J'ai regardé mon frère s'effondrer contre le mur, laissant une trace de sang sur le papier peint.

Si j'étais intervenue, mon père m'aurait fait subir le même traitement pour me punir de mon insolence, si bien que j'ai dû rester immobile à attendre que ce soit fini. Celui qui lui demandait pourquoi il était en colère ne risquait qu'une seule chose : recevoir une violente correction. La moindre opposition lui donnait un prétexte pour se montrer encore plus vicieux.

Ma mère était incapable de nous protéger, pour la bonne et simple raison qu'elle avait aussi peur de lui que nous. Il aurait fallu avoir un courage hors du commun pour lui résister. Peu à peu, à force de lui dire qu'elle était laide et bonne à rien, il était parvenu à lui faire perdre toute confiance en elle. Il la battait elle aussi.

Un jour, en lui donnant un coup de pied dans la mâchoire, il lui a cassé des dents, qu'elle a dû faire remplacer par des fausses. Elle garde encore de cette attaque une cicatrice importante au menton.

La relation de mes parents a dû être instable dès le départ, mais, d'après ma mère, c'est quand elle attendait Glen que les choses ont commencé à dégénérer. Mon père s'était mis à boire énormément. Un jour, alors que ma mère était enceinte de plusieurs mois, ils rentraient ensemble du pub quand ils ont croisé un Chinois dans la rue. Cela a peut-être commencé par une plaisanterie, mais mon père a accusé ma mère d'avoir une aventure avec cet homme, et, progressivement, il s'est convaincu que c'était avec lui qu'elle avait conçu Glen. Évidemment, c'était absurde, d'autant plus que ma mère ne l'avait jamais vu hormis ce soir-là dans la rue.

Mais l'histoire que mon père avait inventée a fini par le rendre fou, jusqu'au jour où il a poussé ma mère du haut de l'escalier. Sa chute a déclenché le travail et elle a dû subir une césarienne en urgence. En la préparant pour l'opération, les médecins se sont rendu compte qu'elle souffrait d'anémie et de malnutrition. Après la naissance prématurée de Glen, ils l'ont donc gardée un certain temps à l'hôpital pour la soigner.

La théorie de mon père s'est révélée encore plus ridicule quand Glen est né, puisque, loin d'avoir les traits de son prétendu géniteur chinois, c'était celui de nous quatre qui ressemblait le plus à notre père.

Pourtant, cette évidence ne l'a en rien dissuadé de croire que ce bébé n'était pas le sien. Il s'est mis à prétendre qu'il ne pouvait pas sortir travailler de peur de trouver sa femme au lit avec un autre homme quand il rentrerait. C'était absurde, mais il n'a cessé de le répéter pendant des années pour attirer la compassion, et je suis sûre que ses camarades du pub ne doutaient pas de son histoire. Pauvre Terry qui ne pouvait pas faire confiance à sa femme…

Quand ma mère a été emmenée d'urgence à l'hôpital pour la naissance de Glen, Terry Junior, Chris et moi avons été placés en famille d'accueil. Mon père a dû penser qu'il ne s'en sortirait pas seul avec nous trois, à moins que ce ne soit ma mère qui ait prévenu les services sociaux pour nous protéger de lui. À cette époque, je crois que les autorités avaient compris à quel point il était violent. Nous étions sans doute considérés comme des enfants en danger.

Je garde très peu de souvenirs de cette période, mais je me rappelle parfaitement le matin où je suis descendue de ma chambre après notre première nuit dans cette famille d'accueil.

— Bonjour, m'a dit quelqu'un en me voyant apparaître dans l'encadrement de la porte.

Je me suis figée. J'ai senti que je devenais écarlate et j'ai été incapable de répondre. Ce simple bonjour a dû me décontenancer, tout simplement parce que c'était le genre de mots que je n'entendais jamais chez moi. À la maison, les gens ne faisaient que crier quand ils étaient obligés de communiquer.

À partir de ce jour, mon surnom au sein de cette famille d'accueil a été « la muette ». Peut-être qu'on ne m'a appelée comme cela que quelques fois, avec la seule intention de me taquiner et non d'être méchant avec moi. Néanmoins, j'avais tellement honte que ce mot est resté gravé dans ma mémoire. Je savais que c'était uniquement ma faute si je n'avais pas répondu quand on m'avait dit bonjour, et cela m'a convaincue que j'étais inférieure aux autres enfants qui vivaient là. Je me voyais comme une bonne à rien qui n'avait pas le droit de vivre dans cette maison et dont personne, pas même ses propres parents, ne voudrait jamais.

Une fois ma mère sortie de l'hôpital, nous avons eu le droit de rentrer chez nous. Les médecins avaient déclaré qu'une nouvelle grossesse la mettrait en danger et lui avaient prescrit une pilule contraceptive. En apprenant qu'elle ne pourrait plus être enceinte, mon père a conclu qu'il était temps de la mettre sur le trottoir. Il en avait déjà parlé auparavant ; manifestement, cette idée n'avait rien de choquant à ses yeux. Au contraire, il ne comprenait pas pourquoi cette pratique n'était pas plus répandue.

— Toutes les femmes sont assises sur une mine d'or, avait-il coutume de dire. Si au moins j'avais eu quatre filles, je dirigerais une vraie petite maison de passe et j'aurais plus jamais besoin de travailler.

Cela peut sembler ironique de penser qu'il avait battu ma mère à cause d'une prétendue infidélité alors qu'il était prêt à la vendre à d'autres hommes. Mais cela correspondait à sa logique si particulière.

— Quitte à le faire, disait-il, il faut que ce soit contre de l'argent et pas gratuitement.

3

Les premiers pas de ma mère sur le trottoir

Ma mère n'avait pas pris mon père au sérieux quand, au début de leur relation, il lui avait parlé de la possibilité de se prostituer. Elle avait cru à une plaisanterie. Qui aurait imaginé qu'un homme pouvait vouloir cela pour la femme qu'il aimait ?

Mais mon père était bien différent de la plupart des hommes, et ma mère l'a découvert à ses dépens au fil des années. Ce qui avait commencé comme de l'humour de mauvais goût entre deux amants est bientôt devenu une menace à prendre au sérieux.

Ma mère n'a pas tardé à comprendre que mon père avait toujours des projets pour elle, d'autant plus aisés à concrétiser que maintenant elle prenait la pilule. Le plus sérieusement du monde, il lui a annoncé qu'il était temps pour elle d'exploiter la « mine d'or » sur laquelle elle « était assise » afin d'entretenir sa famille.

Ils devaient déjà connaître des gens qui travaillaient dans ce milieu, car les endroits qu'ils fréquentaient en étaient remplis. J'ai d'ailleurs vu beaucoup de prostituées à la maison par la suite. Aux yeux de mon père, vendre son corps n'avait rien d'extraordinaire. C'était une manière facile de gagner beaucoup d'argent sans faire d'efforts. Du moins, sans que lui fasse le moindre effort.

Il est difficile d'imaginer comment un homme arrive à convaincre sa femme d'aller pour la première fois se poster sur le trottoir afin de vendre son corps. Mais mon père avait le don d'obtenir ce qu'il voulait en usant de son charme, de sa brutalité et de son talent de manipulateur. Il avait beau adorer ma mère, il luttait sans cesse pour garder le contrôle sur elle par tous les moyens.

Il la dominait et la terrorisait presque autant que ses enfants. Quand il voulait quelque chose, il s'obstinait jusqu'à obtenir satisfaction, et c'est ce qu'il a fait avec ma mère pour en arriver là. Il a dû la flatter, lui dire à quel point elle était superbe avant de se mettre à l'insulter en soutenant qu'elle était incapable et qu'elle dépendait de lui.

Puis il lui a sans doute répété à longueur de journée que la famille avait besoin d'argent, qu'il ne lui en demandait pas tant que ça. Je l'imagine très bien dans ce rôle. Cela peut paraître difficile à croire, mais je sais à quel point il savait se montrer persuasif quand il avait une idée en tête.

En tout cas, ma mère a fini par accepter. Elle l'a cru quand il lui a dit qu'elle n'aurait à le faire qu'une ou deux fois. Qu'il lui demandait seulement un service parce qu'il ne voyait pas d'autres moyens pour eux de gagner vite un peu d'argent pour retourner boire. Le premier soir, il l'a emmenée dans le quartier de Norwich, où travaillaient toutes les prostituées. Là, il lui a expliqué ce qu'elle devait dire aux hommes pour les aborder et ce qu'elle devait faire une fois montée en voiture avec eux. J'ai une idée très précise de la façon dont il lui a présenté les choses, puisque, quelques années plus tard, c'est à moi qu'il a tenu ce discours.

Ma mère n'a pas mis longtemps à se rendre compte de sa naïveté. L'argent facile est une drogue dure, surtout pour quelqu'un qui n'a absolument rien à faire pour le gagner. En voyant tout ce que rapportait ma mère à la maison, mon père a refusé qu'elle arrête. Il n'était pas plus capable d'y mettre un terme que de cesser de boire ou de jouer. Plus elle lui rapportait d'argent, plus il en voulait et plus il la faisait travailler.

Il prenait son rôle de proxénète très au sérieux. Les premières fois, il est resté au coin de la rue toute la nuit et s'est assuré que ma mère restait bien à son poste et qu'elle faisait tout pour attirer les clients potentiels. Il ne l'autorisait à rentrer que quand il était sûr qu'il n'y avait plus d'argent à gagner.

Lorsqu'elle avait affaire à des clients peu recommandables ou même menaçants, elle prenait peur et suppliait mon père de la laisser rentrer. Mais il l'ignorait, feignant de ne pas l'entendre, et la poussait pour qu'elle retourne à sa place.

La plupart du temps, elle montait dans la voiture des clients qui l'emmenaient à l'abri des regards et faisaient ce qu'ils avaient à faire sur la banquette. Mais il arrivait aussi qu'elle ramène des clients à la maison. Mon père se moquait de savoir où cela se passait du moment qu'elle continuait à travailler. Assis dans le salon, il regardait la télévision pendant qu'elle montait avec un homme dans leur chambre, à côté de là où nous dormions, Terry et moi, et de l'endroit où Chris et Glen gisaient en silence. Elle entrait simplement dans la maison et montait à l'étage avec ses clients, comme si c'était la chose la plus naturelle du monde. Cela ne posait aucun problème à mon père.

Elle a commencé peu après la naissance de Glen et continué ainsi pendant deux ou trois ans, s'enfermant dans l'illusion que cela s'arrêterait un jour.

Des années plus tard, elle m'a confié qu'elle se sentait si mal qu'elle passait ses journées assise à lire des livres en mangeant des chips, ne se levant que pour retourner travailler le soir.

Durant une certaine période, elle occupait en même temps un emploi dans une usine de chaussures, si bien qu'elle devait vivre dans un état d'épuisement chronique. Luttant pour sa propre survie, elle n'avait plus aucune force pour s'occuper de Terry et moi.

Quant à Chris et Glen enfermés en haut, elle semblait avoir oublié jusqu'à leur existence. Elle allait de moins en moins souvent les chercher, même quand notre père n'était pas là, en arrivant finalement à les abandonner des heures durant.

À la lecture des rapports rédigés à l'époque par les travailleurs sociaux, il est évident que ma mère menait une vie épouvantable, avec quatre enfants en bas âge et aucun revenu, en dehors de ce qu'elle arrivait à récupérer des mains de mon père. Pour sa part, il n'envisageait pas une seconde de l'aider à s'occuper de nous. Il agissait sans doute comme la plupart des hommes de cette époque. Et elle n'aurait pas eu l'idée non plus de nous confier à lui puisque c'était aux femmes de s'occuper des enfants. Toutefois, la plupart des hommes auraient fait en sorte de subvenir aux besoins de leur famille. Si le rôle traditionnel d'une femme était d'entretenir la maison et d'élever les enfants, celui d'un homme était de travailler. Même quand elle travaillait, ma mère ne gardait rien de ce qu'elle gagnait. Mon père récupérait tout son argent pour aller au pub et chez les bookmakers. Souvent, elle était obligée d'aller demander de l'aide aux services sociaux, car nous n'avions plus rien à manger.

Mais si mon père le découvrait, il prenait aussi l'argent des aides sociales et le dépensait encore pour boire. Nous percevions parfois des bons ou des enveloppes pour payer l'électricité, mais il vendait les bons et trafiquait le compteur dès qu'il avait besoin d'argent.

Par conséquent, ma mère devait se contenter de l'aide de certains voisins généreux et de celle de ses parents qui nous apportaient des provisions tous les mercredis. Comment mes grands-parents ont-ils fait pour ne pas voir ce qui se passait chez nous ? Pourquoi n'ont-ils pas cherché à nous aider davantage ? C'est difficile à comprendre. Je pense qu'ils ne savaient tout simplement pas quoi faire pour nous. Et ils n'étaient sûrement pas conscients de la réalité de notre vie, surtout de celle de Chris et Glen. J'imagine que ma mère prenait la peine de les laver avant leurs visites.

Quand il avait bu, mon père devenait encore plus obsessionnel et cruel avec ma mère. Faisant les cent pas dans la maison comme un lion en cage, il lui répétait en criant qu'elle était grosse, moche et nulle et que personne ne l'aimerait jamais à part lui. À force de volonté, il n'a pas tardé à l'en persuader.

— Tu fais honte à la famille, martelait-il. Je n'aurais jamais dû t'épouser. Tu étais à ta place dans ton HLM avec tes parents.

Il vivait lui aussi avec elle dans un HLM, mais, comme les autres membres de sa famille avaient réussi, il considérait qu'il valait mieux qu'elle. Et, sachant qu'il la battrait si elle daignait lui répondre, elle restait assise à recevoir ces avalanches d'insultes.

Ce devait être en 1972, quand j'avais à peu près cinq ans, que ma mère a quitté mon père pour la première fois. Étant donné qu'elle avait toujours du mal à nous faire sortir tous les quatre ensemble de la maison, elle n'a emmené que Glen et Chris et s'est rendue dans un foyer pour femmes battues. Je comprends pourquoi elle les croyait plus en danger que Terry et moi. Ils étaient beaucoup plus petits, et mon père semblait les avoir pris en grippe depuis leur naissance.

Le foyer a alerté la société pour la protection de l'enfance et les services sociaux locaux, qui sont allés voir mon père après avoir interrogé ma mère.

Leur rapport fait mention du fait qu'il était au bord de la dépression nerveuse quand ils l'ont rencontré. Aujourd'hui, ils emploieraient sans doute une expression plus précise pour décrire son mal, telle que « troubles bipolaires ». Mais les diagnostics psychologiques étaient limités à l'époque.

Toujours est-il qu'ils ont promis à ma mère de le faire admettre en hôpital psychiatrique pendant un mois. Elle pourrait profiter de cette période et faire au tribunal une demande d'ordonnance restrictive afin qu'il n'ait plus le droit de s'approcher de la maison. Ils lui ont aussi assuré qu'elle obtiendrait la garde de ses quatre enfants. Pendant quelques instants, elle a dû croire qu'elle allait enfin être protégée de lui et que les choses allaient s'arranger.

Une ambulance est venue chercher mon père à la maison, et deux membres des services sociaux sont restés avec Terry et moi jusqu'à ce que ma mère rentre avec Chris et Glen. Une fois que nous avons été installés tous les cinq, ils nous ont laissés, et, quelques minutes plus tard, ma mère recevait un coup de téléphone de mon père. Il s'était sauvé de l'ambulance sur le trajet de l'hôpital et était allé chez sa mère pour lui voler des somnifères qu'il était maintenant en train d'avaler.

— J'ai pris mes propres cachets avant de quitter la maison, lui a-t-il dit.

C'est alors que ma mère a vu le flacon vide sur la table de la cuisine.

— Je serai bientôt mort. J'appelais pour te dire au revoir.

Il n'a pas manqué de lui dire où il se trouvait exactement, si bien qu'elle s'est empressée de raccrocher pour appeler les secours. Il a été aussitôt transporté aux urgences, où on lui a fait un lavage d'estomac. À l'hôpital, les médecins ont dit à ma mère que, si l'ambulance était arrivée dix minutes plus tard, il serait mort. Il a passé trois jours sous assistance respiratoire et a développé une pneumonie. Mon père était vraiment dépressif, cela ne fait pas de doute, mais il était toujours difficile de savoir si ses tentatives de suicide relevaient d'une vraie volonté d'en finir ou d'un « appel à l'aide ».

Un jour où ma mère lui rendait visite à l'hôpital, un psychiatre est venu lui parler. Il avait reçu mon père en consultation et avait été épouvanté par tout ce qu'il avait découvert sur notre vie.

— Vous êtes mariée à un homme très dangereux, lui a-t-il dit. Votre mari est schizophrène. Il a désespérément besoin de soins médicaux. Je me demande comment vous avez fait pour vivre avec lui tout ce temps.

Il a organisé le transfert de mon père à l'hôpital psychiatrique, et ma mère a accepté de monter dans l'ambulance avec lui. Elle a dû se sentir soulagée de voir que quelqu'un reconnaissait enfin ses problèmes et était décidé à l'aider. Mais je pense qu'elle s'inquiétait aussi pour mon père. Même s'il était terrible avec elle, il restait son amour de jeunesse et le père de ses enfants.

— Combien de temps ils vont m'enfermer là-bas ? a demandé mon père pendant le trajet.

— Ils ne peuvent pas vous garder de force, a répondu l'ambulancier. Vous entrez à l'hôpital de votre plein gré.

Quand ils sont arrivés à destination, les médecins ont essayé de donner des sédatifs à mon père, mais il ne cessait de dire qu'il voulait s'en aller et il a ordonné à ma mère d'appeler un taxi.

Elle a bien essayé de le convaincre qu'il avait besoin de ce traitement et qu'ils étaient tous là pour son bien, mais rien ne pouvait le faire changer d'avis. Elle a fini par céder, et ils sont rentrés en taxi à la maison, où ils n'ont pas tardé à retomber dans la violence. Et ma mère a retrouvé sa place dans le quartier des prostituées.

Peu de temps après cet événement, ma mère a de nouveau voulu le quitter et s'est rendue une fois de plus dans un foyer pour femmes battues. Comme son absence se prolongeait, les services sociaux nous ont placés, Terry et moi, chez les Watson, des gens absolument adorables. Ils habitaient dans le Suffolk, et c'est dans leur piscine que nous avons appris à nager. Leur méthode douce était bien différente de celle de notre père, qui avait eu l'idée un jour de nous pousser de la jetée de Great Yarmouth en nous disant que c'était la meilleure façon d'apprendre.

— Nage ou coule ! s'exclamait-il en riant.

Comme nous avons survécu à cette expérience, j'en déduis qu'il n'avait pas tort. Ou peut-être est-ce le courant qui nous a ramenés sur la plage en même temps que les algues et les déchets flottants. En tout cas, je me souviens encore de la terreur que j'ai ressentie en me débattant au milieu des flots, avalant des gorgées d'eau salée chaque fois qu'une vague me submergeait. La méthode des Watson, faite de paroles encourageantes et d'aide patiente, m'a laissé un goût légèrement moins amer.

Leur gentillesse était sans pareil. Ils faisaient tout leur possible pour que nous nous sentions bien chez eux en nous traitant comme des membres de la famille. Nous allions cueillir des mûres et préparions des tartes et des confitures avec Mme Watson.

Mais tous leurs efforts ne m'empêchaient pas de penser que j'étais une intruse dans leur maison. Je savais que je n'étais pas leur fille et restais convaincue que ma place n'était pas chez eux. Je n'arrivais jamais vraiment à me sentir à l'aise. Je passais mon temps à me demander en quoi les enfants des Watson étaient meilleurs que nous pour mériter une vie aussi fantastique.

Pourquoi mes parents ne me traitaient-ils pas comme les Watson traitaient leur fille ? Je ne saurais dire combien de temps nous sommes restés chez eux, mais notre séjour a dû être assez long, car ils nous ont inscrits à l'école de leur commune. C'est là que j'ai appris à écrire.

La vie avait beau être merveilleuse chez les Watson, j'étais impatiente de rentrer chez moi et de retrouver mon père. Je ne me trouvais pas assez bien pour vivre dans cette jolie maison avec des gens aussi gentils.

Je garde en mémoire un après-midi de très beau temps où j'étais allongée au bord de leur piscine. C'était un moment parfait.

J'avais un nouveau foyer et de nouveaux vêtements. Mme Watson nous avait apporté des boissons fraîches, et, de peur que j'attrape des coups de soleil, elle m'avait mis de la crème solaire, me portant une attention que je n'avais jamais reçue auparavant. Pourtant, je ne pouvais pas m'empêcher d'être triste. Je rêvais d'être quelqu'un d'autre, et ce sentiment ne devait plus me quitter pendant des années.

Ma mère est venue plusieurs fois nous rendre visite avec ses parents. Je ne me souviens pas de l'avoir vue chez les Watson, mais je me rappelle y avoir vu mon grand-père. Manifestement, Mme Watson était très compréhensive et laissait ma mère nous donner notre bain et nous lire des histoires le soir.

Pendant cette période, nous n'avions le droit de voir notre père qu'une fois par semaine, dans les bureaux des services sociaux et sous la surveillance d'un agent. Un jour, comme il n'était pas venu à notre rendez-vous, on nous a simplement ramenés à Suffolk.

Il est arrivé le lendemain sur le lieu de nos rencontres hebdomadaires, ivre et très agité, exigeant de nous voir, car c'était son droit. Un certain M. Ashby, membre du personnel, l'a reçu dans son bureau et lui a expliqué que nous habitions désormais trop loin pour que les visites puissent être improvisées.

Mon père, refusant d'entendre raison, s'est mis à frapper ce pauvre homme, non sans s'être enfermé à clé avec lui pour l'empêcher de s'enfuir. Finalement, des policiers ont dû forcer la porte. En entrant, ils ont trouvé M. Ashby avec trois côtes fracturées, un nez cassé et de multiples plaies et contusions.

Au-dessus de lui, mon père essayait de lui arracher les yeux quand les policiers l'ont maîtrisé. Cette agression lui a valu quelques mois de prison, mais lui a surtout donné matière à se vanter pendant des années. Selon lui, il avait prouvé son amour pour ses enfants et sa capacité à se dresser contre tout ce qui venait se mettre entre lui et nous, y compris un misérable fonctionnaire.

Ma mère était alors persuadée que notre séjour en famille d'accueil n'était que temporaire et qu'elle obtiendrait notre garde pour s'installer seule avec nous quatre. Elle comptait sur les autorités pour nous protéger de notre père, maintenant que tout le monde avait conscience de sa dangerosité.

Mais dès sa sortie de prison, il s'est mis à la suivre à la trace et à la harceler pour qu'elle revienne vivre avec lui. Il savait toujours où la trouver grâce au lien que les services sociaux maintenaient entre tous les membres de la famille. Par deux fois, elle a déménagé et changé de travail dans l'espoir de lui échapper, mais en vain. Il finissait toujours par rentrer en contact avec elle en se servant de son droit à voir ses enfants. Les gens qui l'engageaient ou qui la logeaient, lassés par l'attitude de mon père qui la suivait partout où elle allait, perdaient patience et lui demandaient de partir.

Quand mon père la retrouvait, il usait sa capacité de résistance avec ses discours, lui promettant que tout allait être différent, qu'il était le seul à l'aimer. Ma mère l'a quitté trois ou quatre fois, mais il a toujours réussi à la faire revenir. Et, une semaine plus tard, elle recommençait à se prostituer pour lui.

Elle s'était fait arrêter à plusieurs reprises pour racolage et vivait sous la menace d'une condamnation avec sursis, mais cela ne dissuadait pas mon père de la renvoyer sur le trottoir. Elle était terrifiée à l'idée d'être de nouveau arrêtée et mise en prison, mais il n'en avait que faire. Un soir, comme elle avait entendu dire que la brigade des mœurs faisait une descente dans le quartier, elle l'a supplié de la laisser rentrer plus tôt. Elle avait déjà gagné beaucoup d'argent ce jour-là, mais cela ne changeait rien aux yeux de mon père.

Furieux qu'elle ose lui demander une chose pareille, il lui a rappelé que c'était lui qui décidait de ses horaires. Puis, soulevant sa jupe, il s'est mis à crier aux voitures qui passaient dans la rue :

— Venez goûter la meilleure chatte de Norwich !

Selon ma mère, c'est à ce moment qu'elle a compris qu'elle devait lui échapper une fois pour toutes, par tous les moyens, quitte à abandonner ses enfants à sa merci. Après tout ce qu'elle avait essayé, elle n'avait plus d'autres choix.

4

Le départ de ma mère

Je n'ai presque aucun souvenir de vie commune avec ma mère, et pourtant, j'avais six ans quand elle est partie pour de bon. Il ne me vient à l'esprit aucune image d'elle à la maison. Je revois une femme en train de faire de la gelée un jour de fête d'anniversaire, mais je suis incapable de lui donner un visage.

Il n'y a plus jamais eu de fête d'anniversaire après son départ ; j'en déduis donc que c'était elle. C'est ce qu'elle affirme aujourd'hui.

À peu près tout ce que j'ai raconté jusque-là, je le tiens de récits de ma mère et d'autres personnes qui faisaient partie de notre entourage à l'époque, mais aussi des rapports des services sociaux auxquels j'ai eu accès. Terry et moi avons toujours eu du mal à connaître la vérité sur les départs répétés de notre mère, car nos deux parents avaient une version radicalement différente des faits.

Je me souviens toutefois de son retour après l'une de ses absences, même si je n'arrive pas à revoir son visage.

Pour célébrer nos retrouvailles, nous sommes allés tous les quatre au cinéma, comme une vraie famille. Chris et Glen étaient certainement restés dans leur chambre.

Là non plus, je ne revois pas précisément ma mère, mais je me rappelle cette soirée, car, sur le chemin du retour, je me suis perdue. J'imagine que, dans mon excitation, j'ai couru en avant et pris la mauvaise direction. Je ne crois pas avoir disparu pendant longtemps, mais, quand mon père m'a trouvée, il était furieux que je l'aie contrarié. Lorsque ma mère a quitté la maison définitivement, il m'a dit que c'était à cause de moi si elle était partie. Elle me trouvait exaspérante, d'après lui, et le soir où je m'étais perdue dans la rue, elle s'était rendu compte qu'elle ne pouvait plus me supporter.

Il savait très bien faire porter à d'autres la responsabilité de tout ce qui n'allait pas dans sa vie. Je l'ai cru parce que c'était mon père et que j'étais déjà convaincue d'être une fille indigne. Il me l'avait tellement dit que je n'en doutais plus. Par conséquent, pendant des années, j'ai pensé que c'était uniquement ma faute si notre mère était partie et ne voulait plus nous voir.

Avant cela, quand ma mère est revenue après ses tentatives de rupture, je crois qu'elle espérait le voir changer. Mais, loin de tirer des leçons de ce qui s'était passé, il recommençait à la rabaisser, à la battre et à la harceler pour qu'elle retourne faire le trottoir.

— Regarde, disait-il, c'est un de tes clients. Tu pourrais bien le refaire une dernière fois, non ?

Si elle ne cédait pas à ses cajoleries, il employait la violence. Rien ne lui faisait davantage perdre son sang-froid que la désobéissance de l'un d'entre nous. Ma mère a dû finir par comprendre que, tant qu'elle resterait avec lui, rien ne changerait. Elle serait toujours obligée de se soumettre à ses ordres, de vendre son corps pour lui permettre d'acheter de l'alcool et de jouer. Alors, elle a décidé de disparaître une fois pour toutes.

En 1973, un jour où elle travaillait à l'usine de chaussures, elle est rentrée à la maison à l'heure du déjeuner en sachant que mon père serait au pub. Elle a fait sa valise. Terry et moi avions sans doute accompagné mon père, et nous devions être assis dehors en train de l'attendre. Mais ce n'était pas un problème pour ma mère, au contraire, puisqu'elle n'avait pas prévu de nous emmener. Cette fois, elle partait seule. Elle devait savoir qu'elle ne pourrait pas échapper à mon père si elle emmenait ne fût-ce qu'un seul d'entre nous, car il l'aurait retrouvée grâce aux services sociaux.

Elle voulait simplement disparaître de la surface de la terre. Elle n'avait certainement pas oublié les paroles du psychiatre qui lui avait dit qu'elle vivait avec « un homme très dangereux », et c'est sans doute ce qui lui a donné la force de rassembler ses affaires à la hâte et de franchir le seuil une dernière fois en claquant la porte derrière elle. Chris et Glen l'ont certainement entendue depuis leur chambre, mais ils devaient être trop affaiblis par la faim pour émettre le moindre son. De toute façon, je crois que rien ne l'aurait retenue.

Elle est d'abord allée chez un ami en lui demandant de l'héberger. Au début, il lui a promis de s'occuper d'elle jusqu'à ce qu'elle puisse se débrouiller seule. Mais elle n'a pas tardé à se rendre compte qu'avec lui, elle entrait dans le même cercle vicieux qu'avec mon père. Si elle ne voulait pas être contrainte de recommencer à se prostituer, elle allait devoir quitter Norwich pour toujours et prendre un nouveau départ ailleurs, là où personne ne connaîtrait son passé. Quand les gens savent que vous êtes une prostituée ou que vous l'avez été, quand vous ne rencontrez que des personnes évoluant dans le même milieu, vous n'avez presque aucune chance de vous en sortir à moins de changer complètement de vie. Consciente de cette triste réalité, ma mère a mis dans sa valise toutes les affaires qui lui restaient et a marché jusqu'à la sortie de la ville, où un chauffeur routier l'a prise en auto-stop.

— Où allez-vous ? lui a-t-elle demandé.

— À Blakeney, a-t-il répondu.

— Ça me va.

C'est ainsi que ma mère s'est installée à Blakeney. Elle ne se trouvait qu'à une cinquantaine de kilomètres au nord de chez nous, mais c'était comme si elle avait été à l'autre bout du monde.

Elle s'est fait engager comme femme de chambre dans un hôtel et a pu louer un petit studio. Elle a contacté les services sociaux de Norwich pour les avertir qu'elle était partie et pour leur demander de nous prendre en charge, leur répétant à quel point elle avait peur pour nous. Sa plus grande crainte me concernait, à cause de ce qu'elle avait entendu si souvent de la bouche de mon père. Il avait prévu depuis toujours de me « mettre au travail » dès que je serais assez grande.

Désormais, elle le connaissait assez bien pour savoir qu'il fallait le prendre très au sérieux quand il proclamait ce genre de choses. S'il avait été capable de forcer sa propre femme, l'amour de sa vie, à se prostituer, pourquoi se retiendrait-il de faire la même chose à sa fille ? Après avoir dit à son interlocuteur combien mon père était dangereux, elle a raccroché en étant persuadée qu'on nous éloignerait de lui et qu'on nous placerait dans des familles dignes de confiance.

Quand les agents des services sociaux sont arrivés chez nous ce jour-là, nous étions absents, Terry, mon père et moi. Ils ont certainement enfoncé la porte, car ils ont trouvé Chris et Glen, alors âgés de trois et deux ans, comme toujours abandonnés dans leur chambre fermée à clé. Ils n'ont eu aucune réaction quand des étrangers sont entrés : leur regard était vide de toute expression. Chris se balançait dans son petit lit, tandis que Glen, affamé, était en train de manger le contenu de sa propre couche.

C'est cette scène, découverte par les travailleurs sociaux, qui a donné pour toujours à ma mère la pire réputation qui soit. Mon père en a profité pour se donner le beau rôle, et ses amis du quartier ont fait de lui le héros de cette histoire. Il avait beau être aussi responsable que ma mère du sort de ces bébés, il a réussi à se faire passer pour une autre victime de sa négligence et de sa cruauté alors qu'il n'était que la cause de la plupart de ses problèmes. Je crois volontiers ma mère quand elle me dit qu'elle était dépressive durant les dernières années qu'elle a passées avec nous. C'est la seule explication plausible au comportement qu'elle a eu avec ses enfants.

Je ne me rappelle pas avoir découvert ce jour-là en rentrant que ma mère était partie. Comme ce n'était pas la première fois qu'elle quittait la maison, j'ai sans doute pensé qu'elle reviendrait bientôt. Ce n'est qu'avec le temps que j'ai compris que son départ était définitif et que, désormais, nous étions seuls tous les trois, Terry, mon père et moi. À presque sept ans, je devais devenir la femme de la maison. Autant dire qu'assumer ce rôle dans la maison de mon père avait de quoi m'angoisser.

Les services sociaux ont pris Chris et Glen en charge, mais, pour une raison mystérieuse que personne n'a jamais su m'expliquer, ils ont considéré qu'ils pouvaient nous laisser, Terry et moi, avec notre père. Peut-être pensaient-ils à ce moment-là que le problème venait surtout de notre mère. Après tout, c'était elle qui se prostituait, ce qui voulait dire pour beaucoup de gens qu'elle ne pouvait pas être une bonne mère. Et c'était elle qui avait abandonné le domicile familial. Ils ont peut-être cru que, débarrassé d'une femme aussi méprisable, notre père pourrait nous offrir une éducation plus décente. Qui sait ce qu'il a bien pu dire pour les convaincre qu'elle était coupable de tout et qu'il n'avait rien fait de mal... En usant de son charme, il était capable de faire croire n'importe quoi à n'importe qui.

Quand ma mère a appris par ses parents que Terry et moi étions restés à la maison, elle a sauté dans le premier train pour Norwich afin d'aller voir les services sociaux et de les supplier de faire quelque chose.

Ce voyage a dû être terriblement angoissant pour elle, tant elle avait peur d'être vue par une connaissance de mon père. Les deux agents avec qui elle avait été en contact par le passé avaient été mutés, si bien qu'elle a dû raconter toute son histoire à quelqu'un d'autre.

Elle a parlé des problèmes d'alcoolisme de mon père, de sa violence, de son implication dans la prostitution et de la promesse qu'il avait faite de me mettre sur le trottoir dès que possible. Personne ne l'a prise au sérieux. On a dû croire qu'elle exagérait et qu'elle ne cherchait qu'à se venger du mari qu'elle avait quitté.

— Tous vos enfants sont suivis par les services sociaux, lui a-t-on dit pour la rassurer. Et ce sera le cas jusqu'à leur majorité.

Étant donné notre situation, c'était aux autorités publiques de décider par exemple où nous devions habiter et être scolarisés. On lui a promis que notre père serait surveillé de près et que notre garde lui serait retirée s'il nous mettait en danger. Mais je doute que ma mère ait eu l'esprit tranquille après cette conversation. Elle était bien placée pour connaître le talent de manipulateur de mon père.

Étant aujourd'hui en possession de tous les rapports rédigés à l'époque par les services sociaux, j'ai le plus grand mal à trouver une cohérence entre ce qu'ils ont écrit et certaines de leurs décisions. Les années qui ont suivi le départ de ma mère, j'étais toujours pleine d'espoir quand je savais que nous devions recevoir la visite d'un agent des services sociaux. Chaque fois, je pensais qu'il allait comprendre notre situation et nous aider à en sortir. Mais la femme chargée de notre dossier avait si peur de mon père qu'elle n'acceptait de venir qu'à condition d'être accompagnée par un policier ou par l'un de ses supérieurs. Elle nous rendait très rarement visite et restait aussi peu de temps que possible. Ses craintes n'étaient pas infondées, bien sûr, puisque mon père avait déjà été condamné à six mois de prison pour avoir battu l'un de ses confrères. Mais s'ils savaient qu'il était capable d'une telle violence, comment ont-ils pu penser qu'il ne nous faisait rien, à nous ? Qu'est-ce qui a bien pu leur faire imaginer qu'il pouvait sans problème revenir vivre avec nous après avoir été libéré ?

Néanmoins, cela n'aurait sans doute rien changé s'ils étaient venus nous voir plus souvent et s'ils nous avaient posé des questions plus poussées. Je n'aurais jamais dénoncé mon père, ni devant lui ni en son absence. Il m'aura fallu des années pour trouver le courage de raconter en toute sincérité ce qu'il me faisait subir. Quand je me trouvais face à la personne venue pour effectuer sa visite de contrôle, il m'arrivait de rester silencieuse et de la regarder fixement, essayant de lui faire deviner ce qui se passait dans notre maison.

J'espérais qu'elle parviendrait à lire dans mes pensées, à entendre les messages que je lui envoyais par télépathie. Évidemment, c'était sans succès.

— Est-ce que tu manges à ta faim ? me demandait-elle.

Mon estomac se mettait alors à gargouiller, mais je n'osais pas lui dire que nous n'avions rien avalé depuis nos quelques frites de la veille. Elle interprétait mon silence comme un signe que je n'avais à me plaindre de rien. J'essayais bien de faire des allusions, de donner quelques indices sur la réalité de notre situation, mais en vain. Je ne devais pas être assez claire. Ou bien personne ne voulait m'entendre. Manifestement, il était plus simple pour eux de penser que tout allait bien.

J'avais aussi peur de mon père que les autres, mais cela ne m'empêchait pas de l'adorer et d'avoir envie de vivre avec lui. Je voulais juste qu'il devienne gentil avec nous et qu'il cesse de nous maltraiter et de nous battre. J'en voulais terriblement à ma mère d'être partie, car je voyais le mal que son absence faisait à mon père et à mon frère. Je la méprisais d'avoir pu les abandonner alors qu'ils l'aimaient tant. La haine que je ressentais pour elle n'a fait que me rapprocher de mon père ; cela nous faisait un point commun.

En voyant à quel point il souffrait, j'ai eu le sentiment que c'était désormais à moi de veiller sur lui. Nous vivions toujours les moments les plus difficiles quand il avait bu et qu'il se mettait à s'apitoyer sur son sort, réinventant sa propre existence comme le plus imaginatif des conteurs n'aurait osé le faire. Régulièrement, nous le trouvions, Terry et moi, à quatre pattes sur le tapis du salon, pleurant et priant pour le retour de « sa Jane », poussant des hurlements hystériques.

Entendre ses enfants pleurer le mettait toujours dans une colère noire. Au moindre sanglot, il nous criait de nous taire et nous battait en nous disant que les larmes étaient un signe de faiblesse.

C'était là l'une des contradictions de mon père que j'étais incapable de comprendre. Pourquoi se sentait-il si libre de pleurer en public en dépit de ce qu'il nous apprenait ? Ce devait être une façon pour lui d'affirmer son honneur, de montrer à tout le monde la douleur que lui infligeait sa femme si cruelle.

— Je peux comprendre que ta mère ait abandonné ses autres enfants, disait-il à Terry. Mais toi, tu étais son préféré. Comment a-t-elle pu te laisser ? Une mère est censée aimer son premier enfant plus que tout.

Je voyais dans le regard de Terry la peine que lui faisaient ces paroles. Quant à moi, j'étais tout aussi triste d'entendre la confirmation de ce que j'avais toujours su : ma mère avait aimé Terry plus que moi. Mon grand frère pleurait rarement, mais, dans ces moments-là, ses yeux s'emplissaient de larmes et j'en voulais à mon père de se montrer aussi cruel envers lui. C'était comme s'il versait du sel sur ses plaies quand il tenait ce discours.

Le comportement de mon père suscitait souvent ma haine ; pourtant, il parvenait toujours à me convaincre qu'il m'aimait de façon inconditionnelle. Il semblait vouloir compenser le fait que ma mère ne m'ait pas suffisamment aimée pour rester. Souvent, il me répétait que, tant que je resterais auprès de lui, tout irait bien.

— Toutes les mères ont une préférence pour leur fils aîné, disait-il, et les pères adorent leur petite fille.

Il ne joignait jamais à ses déclarations le moindre

signe d'affection ou de gentillesse, mais ces quelques miettes suffisaient à entretenir ma loyauté et mon adoration envers lui.

Et ce, même s'il ne cessait de nous torturer, Terry et moi, en se vengeant sur nous du départ de notre mère. Terry était anéanti, incapable de comprendre comment elle avait pu lui faire ça, et je souffrais tout autant de savoir que je n'avais jamais compté pour elle et qu'elle n'avait aimé que son fils. Après m'être posé des milliers de questions, j'en suis arrivée à la conclusion qu'elle n'avait pas pu s'attacher à une fille aussi exécrable que moi. Puis, avec le temps, j'ai décidé de ne plus y attacher d'importance. Peu m'importait ce qu'elle avait ressenti pour moi, puisque c'était moi que mon père préférait et qu'il était toujours là pour nous.

Il savait très bien rabaisser l'opinion que les gens avaient d'eux-mêmes et, par la même occasion, faire de lui-même un héros à leurs yeux. Ceux qui tombaient dans son piège se laissaient convaincre qu'ils ne pouvaient compter que sur lui, surtout dans la difficulté.

Pour cela, il commençait par les rendre dépendants de lui pour pouvoir ensuite leur faire remarquer à quel point ils étaient incapables. Il prenait ainsi le pouvoir sur eux, et ils n'avaient plus qu'à lui être reconnaissants d'être le seul à continuer à prendre soin d'eux.

C'est de cette façon qu'il a procédé avec ma mère et avec toutes les femmes qu'il a fréquentées, mais aussi avec ses enfants. Je voulais sans cesse m'approcher de lui, monter sur ses genoux et lui dire combien je l'aimais, mais il me repoussait avec dégoût.

— T'es trop grosse et trop moche, lâchait-il d'une voix méprisante. Personne t'aimera jamais à part moi. Même ta propre mère t'a abandonnée.

Je sais maintenant que ces insultes n'étaient destinées qu'à me rabaisser, mais, à l'époque, je croyais qu'il disait la vérité.

Mon père aimait les femmes qui avaient des kilos en trop, car il pouvait se servir de leurs complexes pour les dominer. Cela lui donnait l'occasion de se moquer d'elles et de les traiter de grosses et de bonnes à rien.

Il lui arrivait tout de même de me prendre dans ses bras, mais je n'avais que quelques secondes avant qu'il ne me rejette de nouveau. Si bien que j'ai peu à peu cessé d'aller vers lui. Ses réactions me faisaient trop de mal. J'aimais plus que tout l'entendre me dire que j'étais sa préférée, même si j'avais de la peine pour Terry. Mais je ne croyais pas mériter un tel honneur.

Nous n'étions pas tout le temps avec lui à la maison, car il lui arrivait régulièrement d'être mis en prison pour avoir volé ou battu quelqu'un. Dans ces cas-là, Terry et moi étions placés dans des familles d'accueil ou des foyers pendant la durée de sa peine, qui pouvait aller jusqu'à plusieurs mois. On nous emmenait de temps à autre lui rendre visite en prison, ce qui était toujours une expérience traumatisante. Le seul fait d'être assis dans la salle d'attente avec les autres visiteurs nous intimidait. Tout le monde avait l'air si plein de colère, si agressif. Les cris qui résonnaient dans les couloirs, le bruit des portes grillagées, le cliquetis des clés suspendues à la ceinture des gardiens... Tout contribuait à faire peur à des enfants qui ne comprenaient absolument pas ce que les gens disaient ni ce qui se passait autour d'eux.

Arrivés au parloir, nous étions mis face à la vision terrible de notre père, d'ordinaire si bien habillé, perdu dans son uniforme trop grand de prisonnier. Pour nous qui avions l'habitude de le voir si puissant, si dominateur, cette soudaine vulnérabilité était insupportable. En prison, c'étaient les gardiens qui avaient le contrôle sur ses moindres faits et gestes et qui le malmenaient. Il devenait très émotif lors de ces visites, mais aussi plein de bonnes intentions. Il nous promettait que tout serait différent quand il rentrerait, que notre vie serait magnifique et qu'il trouverait du travail pour nous offrir tout ce dont nous avions besoin. Il semblait jouer le rôle d'un père héroïque luttant chaque jour pour assurer le bien-être de ses enfants dans un monde hostile.

J'avais toujours envie de le croire, alors que, chaque fois, il nous laissait tomber et oubliait bien vite ses promesses. En public, je prenais toujours son parti, et j'ai continué à le faire même quand je me suis rendu compte à quel point c'était un mauvais père.

Dès qu'il sortait de prison, je trouvais un moyen de quitter l'endroit où je séjournais pour courir le retrouver à la première occasion. Je croyais de mon devoir d'être loyale envers lui, car, malgré tous ses défauts, lui au moins ne nous avait pas abandonnés comme notre mère. Il était resté avec nous, nous étions ses enfants, et notre place était auprès de lui.

— Personne d'autre ne voudra jamais de toi, me disait-il. Je suis le seul. Tu es grosse et nulle, mais au moins, tu m'as, moi.

Il ne supportait pas l'idée que Terry et moi puissions être placés de façon définitive, car, selon lui, personne n'avait le droit de juger sa manière d'élever ses enfants. Mais aussi parce que, s'il avait perdu notre garde, il aurait été privé des avantages que lui offrait son statut de père célibataire. Nous le suivions partout, comme une véritable petite cour, et il était contrarié dès que quelqu'un essayait de nous éloigner de lui.

Pendant des années, il a même essayé de récupérer Chris et Glen, bien qu'il n'ait jamais su s'occuper d'eux et n'ait même jamais supporté de les voir dans sa maison. Il s'est rendu plusieurs fois dans le quartier où résidait leur famille d'accueil pour essayer de les voir, mais, par chance, personne ne lui a permis de les approcher. J'ai entendu dire qu'il avait même fait des avances à leur mère adoptive, et je ne serais pas étonnée d'apprendre qu'elle avait un faible pour lui.

Quand mon père décidait d'user de son charme, très rares étaient ceux qui lui résistaient. Il savait convaincre les gens que rien ne comptait plus à ses yeux que ses enfants. Que c'était un père dévoué, trompé par une femme et par une administration sans cœur.

Terry et moi avons dû attendre de devenir adultes pour faire la connaissance de Chris et Glen. Toutefois, nous avons eu l'occasion de les voir après leur départ, car leurs parents adoptifs étaient apparemment amis avec nos voisins et venaient parfois leur rendre visite.

Il n'y avait qu'une petite clôture entre leur maison et la nôtre, si bien que nous les voyions arriver et repartir, mais les services sociaux nous avaient interdit de leur parler. Je me revois en train de guetter par la fenêtre, remarquant comme ils étaient mignons dans leurs vêtements tout neufs. Et je me sentais triste.

Au bout d'un moment, quelqu'un a dû se rendre compte de la cruauté de cette situation, car les visites ont brusquement cessé. J'ai dû attendre d'avoir vingt ans pour revoir mes petits frères.

5

La vie à trois

Une fois seul avec nous, notre père n'a pas vraiment fait plus d'efforts pour assumer son rôle qu'à l'époque où notre mère était encore là. Terry et moi devions nous débrouiller pour nous nourrir la plupart du temps. Je faisais des sandwichs à la confiture s'il y avait du pain, ou bien nous allions chercher quelques pommes de terre dans le potager pour faire des frites.

J'avais dû apprendre en observant ma mère, mais, aujourd'hui, je me rends compte à quel point il était dangereux de laisser une petite fille de mon âge manipuler une friteuse.

Dans le jardin, il y avait aussi une vingtaine de poules qui nous fournissaient des œufs, mais elles ne cessaient de se sauver et de provoquer des conflits avec les voisins. Je détestais ces animaux, en particulier le jeune coq qui m'attaquait en gloussant et en battant des ailes quand je devais aller ramasser les œufs. Mon père disait toujours que son rêve était d'avoir une petite ferme à la campagne, où il pourrait vivre en totale autarcie. Mais il n'a jamais rien fait pour le réaliser. À vrai dire, il n'a jamais rien fait pour que notre vie s'améliore. Il préférait aller se réfugier dans les bars, espérant gagner assez d'argent aux courses pour faire disparaître tous ses problèmes.

S'il se souciait rarement de ce que nous avions à manger, il se moquait complètement des vêtements que nous portions. Quant aux siens, c'était à moi de m'en occuper. Après le départ de ma mère, c'est moi qui ai été chargée de laver et de repasser ses chemises tous les jours. J'avais appris à le faire en regardant ma grand-mère quand nous lui rendions visite dans son petit pavillon. Mon travail devait être irréprochable, car, si j'avais le malheur de laisser un seul faux pli, il me giflait en me traitant d'idiote comme un propriétaire de plantation l'aurait fait avec son esclave.

Cela ne l'empêchait pas de répéter à ses amis qu'il avait une petite fille extraordinaire, qui faisait tant de choses pour son papa. Comme si c'était une preuve de l'amour que je lui portais. Ce qui, du reste, n'était pas totalement faux. J'étais fière quand il parlait de moi en ces termes, mais je ne comprenais pas pourquoi il me disait exactement l'inverse quand nous étions à la maison. Je ne savais jamais à quoi m'en tenir avec lui. Grâce à cette stratégie, il gardait le contrôle de ses relations avec les autres, y compris ses amis.

Terry et moi n'avions jamais l'occasion de laver nos propres vêtements, et notre père n'était pas dérangé par le fait qu'ils soient sales et qu'ils sentent mauvais. En revanche, il prenait un plaisir malsain à nous regarder prendre notre bain.

Il se vantait d'être très à l'aise avec la nudité et, régulièrement, il nous faisait même prendre des bains avec lui. Cela se passait dans une toute petite pièce derrière la cuisine, sous l'escalier qui menait à l'étage, où il y avait tout juste la place pour un lavabo et une baignoire. Il entrait dans l'eau en premier et y restait seul un moment avant de nous appeler pour que nous le rejoignions. Une fois que Terry s'était lavé, il sortait et je devais rester seule avec mon père, qui s'asseyait au bout de la baignoire en écartant les jambes. Là, il m'ordonnait de me retourner pour que je le regarde pendant qu'il se caressait.

— Je ne veux pas, disais-je, immobile, en regardant fixement le robinet.

Je n'aurais pas su dire pourquoi, mais je sentais que ce qu'il faisait n'était pas normal.

— Je ne pourrais pas sortir maintenant ?

Il m'obligeait à rester aussi longtemps qu'il l'avait décidé.

J'avais de longs cheveux blonds qu'il aimait passionnément, refusant toujours que je les coupe. Environ une fois par semaine, il me les lavait dans le bain et les rinçait à l'eau glacée. Mes sursauts le faisaient rire, mais il devenait furieux dès que je pleurais ou que je m'agitais.

Dans ces moments-là, il était aussi immature et sadique qu'un petit garçon dans une cour d'école. Il inventait des théories sur mes cheveux, toutes plus absurdes les unes que les autres. Par exemple, il pouvait décider d'y verser du vinaigre pour les faire briller.

Et quand il fallait les démêler, au lieu de les brosser doucement pour que ce soit agréable pour nous deux, il me faisait subir un véritable supplice. Il était si brutal que je ne pouvais pas m'empêcher de gémir et de me tortiller, ce qui avait le don de le faire rire aux éclats.

Il avait un humour aussi cruel que pervers. À l'époque où ma mère vivait encore à la maison, il avait parfois l'idée d'uriner dans la bouteille de vinaigre et il s'amusait à la regarder en verser quelques gouttes sur ses frites.

Quand il se trouvait à l'étage et n'avait pas l'énergie de descendre pour aller aux toilettes, il se soulageait dans de vieilles bouteilles de lait et nous appelait, Terry et moi, pour que nous venions les chercher et que nous les vidions à sa place. S'il ne disposait pas de bouteilles vides à portée de main, il se contentait d'ouvrir la fenêtre de sa chambre pour arroser directement le jardin. Il ne se soumettait à aucune règle de la vie en société. Ces contraintes ne s'appliquaient pas à lui et il pouvait faire ce qu'il voulait quand bon lui semblait.

Il éprouvait aussi un malin plaisir à s'en prendre aux plus faibles que lui. Parfois, alors que Terry et moi étions assis avec lui devant la télévision ou que nous jouions tranquillement dans le salon, il lui arrivait de se lever d'un bond pour se jeter sur l'un de nous et lui tordre le bras comme s'il essorait une serviette mouillée. Si nous criions de surprise ou de douleur, il se mettait à rire ou nous ordonnait en hurlant de la fermer. On aurait dit qu'il voulait nous imposer un rite initiatique pour nous endurcir et nous apprendre à surmonter la torture.

Le plus perturbant pour nous était que nous ne pouvions jamais prévoir ses réactions. Il lui arrivait en effet de prendre notre défense avec une énergie démesurée. Une année, l'équipe de football de Norwich City, dont il était un supporter assidu, s'est hissée en finale de la coupe d'Angleterre. Le grand jour étant arrivé, mon père s'est installé avec excitation devant la télévision pour regarder le match et nous a envoyés, Terry et moi, jouer dehors. Au bout d'un moment, Terry s'est disputé avec un autre enfant et a fini par rentrer à la maison en pleurant. Mon père était agacé d'être interrompu, mais, au lieu de s'en prendre à Terry en le traitant de petit pleurnicheur comme on aurait pu s'y attendre, il est sorti en trombe pour régler le problème lui-même.

Le père de l'autre garçon s'est joint lui aussi au conflit, et les deux hommes se sont mis à se battre si violemment qu'on a dû appeler la police pour les séparer. Quand mon père a été arrêté et emmené au poste, c'est d'avoir manqué le match qui l'a mis le plus en colère.

Pendant des années, il a raconté cette histoire à qui voulait l'entendre pour prouver qu'il aimait ses enfants plus que tout et qu'il serait toujours présent pour eux, quelles que soient les circonstances. Mais il était imprévisible, et Terry et moi savions parfaitement qu'il aurait très bien pu le renvoyer dehors ce jour-là en le traitant de mauviette et en lui ordonnant de régler ça tout seul.

Comme tous les frères et sœurs, il nous arrivait de nous battre, Terry et moi. Quand cela se produisait, notre père tenait à nous apprendre à donner de vrais coups de poing au lieu de nous laisser nous griffer et nous tirer les cheveux.

Forte de son enseignement, je me souviens d'avoir fait saigner Terry à la lèvre un jour, ce que j'ai aussitôt terriblement regretté. Mais notre père m'a félicitée et a empêché Terry de me rendre ce coup.

Je savais qu'il ne fallait jamais désobéir à mon père ni le contrarier, sous quelque prétexte que ce soit. Je pouvais lui demander la permission de sortir pour une raison ou pour une autre, mais, s'il disait non, il n'était pas question que j'insiste. Dès l'instant où je l'entendais élever la voix, je cessais instantanément de plaider ma cause, car je savais qu'il ne changerait pas d'avis et que je risquais seulement de me faire battre.

Mon père avait beau se soucier de son apparence dans les moindres détails, il se moquait totalement de savoir de quoi nous avions l'air.

Nous pouvions sentir mauvais et porter des guenilles, cela ne le dérangeait pas le moins du monde. Une fois par semaine, nous apportions notre linge sale chez ma grand-mère paternelle qui le lavait afin que nous puissions le récupérer la fois suivante.

N'ayant aucun habit de rechange, pas même de chaussettes et de sous-vêtements, nous devions garder les mêmes pendant sept jours. Terry et moi transportions le linge dans de grands sacs-poubelle noirs. Sur le trajet, notre père marchait loin devant nous en faisant mine de ne pas nous connaître, alors que ces sacs contenaient principalement ses affaires.

Nous essayions désespérément de suivre ses grandes enjambées. Si je me mettais à pleurer parce que j'avais mal aux jambes, il se moquait de ma faiblesse ou se mettait en colère en me reprochant de me plaindre. Même ma grand-mère le réprimandait quand elle découvrait l'état de mes chaussettes.

Elle lui disait de m'acheter de nouveaux vêtements pour que je puisse me changer plus régulièrement et qu'ils ne deviennent pas aussi sales, mais il ne l'écoutait pas. Chaque fois, elle parvenait par miracle à les rendre propres.

Le souvenir le plus précis que je garde d'elle est cette silhouette debout devant l'évier de la cuisine, entourée de piles de linge, et ces mains énergiques frottant encore et encore pour faire disparaître la saleté.

Quiconque nous voyait ou sentait notre odeur avait forcément une idée précise de l'état dans lequel nous étions. Si bien qu'un jour, la directrice de notre école a considéré qu'il était temps qu'elle réagisse pour mettre un terme à cette situation.

Dans le courrier qu'elle a fait parvenir à mon père, elle lui expliquait sans détour que je devais me laver plus souvent. Comme mon père était illettré, il m'a fait lire sa lettre à haute voix. La seule idée que quiconque s'accorde le droit de faire un commentaire sur notre éducation lui était insupportable.

Ce genre d'intrusion le mettait hors de lui. Il pouvait accepter les remarques de sa mère, d'autant plus qu'il avait besoin d'elle pour la lessive, mais il n'était pas question pour lui de tolérer cela de la part d'une personne extérieure à la famille croyant faire autorité.

— Écris ce que je te dicte, m'a-t-il ordonné sévèrement.

Il fulminait déjà avant de commencer. Puis j'ai dû rédiger une lettre pleine de jurons et d'insultes très explicites. À un moment, il m'a même envoyée demander à un voisin comment s'écrivait le mot « salope ». Même si je ne savais pas exactement ce que cela voulait dire, mon intuition me disait que ce n'était pas un terme convenable pour m'adresser à ma directrice. J'avais entendu ce mot assez souvent dans la bouche de mon père quand il voulait s'en prendre à une femme ou quand il parlait de ma mère pour deviner que c'était un gros mot.

Manifestement, notre voisin n'a pas trouvé très normal qu'une petite fille de mon âge lui pose une telle question, car il m'a raccompagnée à la maison pour voir mon père. Sans doute voulait-il vérifier que je ne mentais pas et que c'était bien lui qui m'avait envoyée.

— Pourquoi Maria veut-elle connaître l'orthographe de ce mot ? a-t-il demandé.

Quand mon père lui a expliqué ce qu'il était en train de faire, notre voisin a bien essayé de l'en dissuader, mais en vain. Le lendemain, j'ai été obligée d'apporter la lettre que j'avais écrite avec tant d'application. J'avais honte, car je savais que ce n'était pas bien. J'avais toujours bien aimé la directrice et je ne voulais pas entrer en conflit avec elle, mais mon père me faisait bien plus peur que n'importe quel professeur, et pour rien au monde je n'aurais pris le risque de lui désobéir.

La lettre a été remise à sa destinataire, qui l'a certainement lue. Mais, après cela, je n'ai plus jamais eu la moindre remarque de sa part, et mon père n'a pas fait plus d'efforts pour que je sois propre.

La directrice a dû considérer que cette bataille ne valait pas la peine d'être menée, et mon père en a fait une nouvelle victoire sur les fonctionnaires mesquins qui venaient se mêler de sa vie privée.

Les services sociaux versaient à mon père une allocation qu'il était censé utiliser pour nous acheter des vêtements et nous emmener faire des sorties, mais il la dépensait en totalité pour s'acheter à boire.

Quand les autorités s'en sont rendu compte, elles ont décidé de remplacer l'argent par des bons d'achat, mais il a eu l'idée de les revendre à des amis pour récupérer des espèces.

Il essayait sans cesse d'élaborer des stratagèmes pour être sûr d'avoir les moyens de passer ses journées dans les bars. Le plus souvent, l'élaboration de ces plans lui demandait tellement d'efforts qu'il lui aurait sans doute été plus facile de travailler pour gagner la même somme. Mais il ne voyait pas les choses de cette façon. Ce qu'il voulait, c'était avoir la sensation de s'en sortir mieux que les autres. Montrer au monde qu'il était plus intelligent que ceux qui cherchaient à lui donner des leçons.

Si le fait que Terry et moi portions les mêmes vêtements tous les jours ne le dérangeait pas du tout, il était en revanche très strict sur d'autres détails.

Par exemple, il ne supportait pas de nous voir mâcher du chewing-gum ou de nous entendre jurer, et il nous faisait cirer nos chaussures tous les soirs. Tout le monde portait des tennis à l'école, pour des raisons de confort mais aussi de mode, et nous le suppliions de nous permettre d'en faire autant.

Mais il tenait à ce que nous portions les belles chaussures en cuir que nous avait données un gentil voisin. Terry et moi voulions tellement ressembler aux autres élèves que nous mettions nos tennis dans notre sac et remplacions les chaussures que nous avions aux pieds dès que nous avions dépassé le coin de la rue. Notre père devait se douter de quelque chose, car, un jour, il a décidé de nous suivre.

Nous ayant surpris en flagrant délit, il nous a ramenés à la maison, furieux d'avoir été dupé. Je ne me souviens pas de ma propre punition, mais Terry a été obligé de mettre une large cravate à motifs jaunes et orange.

Il avait l'air ridicule et a supplié notre père de changer d'avis pour qu'il ne soit pas la risée de toute l'école. Mais, au bout du compte, il a dû la porter plusieurs jours de suite. De peur de recevoir une sanction pire que celle-ci, il n'a pas osé cette fois enlever la cravate sur le chemin. C'était par ce genre d'intimidation que notre père gardait le contrôle sur notre vie dans les moindres détails. Il aimait humilier les gens afin de leur démontrer sa supériorité et son pouvoir sur eux.

Ma vue était très mauvaise quand j'étais enfant et, pendant des années, j'ai été incapable de lire ce qui était écrit au tableau. Je n'osais rien dire, de peur d'attirer l'attention de toute la classe. Les enseignants ont fini par deviner mon problème et ont conseillé à mon père de m'emmener consulter un opticien. Il a refusé catégoriquement, prétendant que je faisais semblant de ne pas bien voir pour me faire remarquer.

À vrai dire, sa réaction m'a presque rassurée, car les lunettes remboursées par l'assurance maladie n'étaient pas vraiment à la pointe de la mode, et en porter n'aurait fait que me différencier un peu plus des autres enfants. J'étais déjà la cible des moqueries et je n'avais pas envie de donner aux tyrans des cours d'école une nouvelle raison de s'en prendre à moi.

Finalement, l'un des foyers pour enfants dans lesquels j'ai séjourné pendant que mon père était en prison m'a fourni une paire de lunettes. Mes notes se sont aussitôt améliorées, mais, dans le même temps, ma dignité s'est un peu plus effondrée.

J'avais beau adorer mon père, j'ai compris assez tôt que notre famille n'était pas normale, car je voyais que les autres gens ne vivaient pas comme nous. Ils étaient tous plus gentils, non seulement les Watson qui nous avaient accueillis avec tant de générosité, mais aussi nos voisins Ivan et Ann Bunn. Ils avaient deux filles, Frances et Denis, et un petit garçon qui s'appelait Stephen et avec qui je m'entendais très bien. Il y avait un piano chez eux, et ils me permettaient d'en jouer quand mon père m'autorisait à leur rendre visite, ce qui n'arrivait pas très souvent. Nous laisser jouer dehors ne l'ennuyait pas, mais il se montrait toujours réticent quand nous commencions à sympathiser avec une autre famille. Peut-être avait-il peur que nous en disions trop sur ce qui se passait dans notre maison, ou que nous nous rendions compte qu'il ne nous faisait pas mener une existence normale. À moins qu'il ait simplement craint de perdre le contrôle qu'il avait sur nous. Voir un autre adulte participer à notre éducation ou influencer notre façon de penser était intolérable à ses yeux.

Les Bunn ont dû sentir que la vie n'était pas facile chez nous, car, quand j'avais sept ou huit ans, ils m'ont invitée à passer les vacances d'été avec eux à Hemsby, sur la côte du Norfolk. Je ne sais pas comment ils ont obtenu l'accord de mon père, mais je leur en serai éternellement reconnaissante, car ce séjour représente l'un de mes meilleurs souvenirs d'enfance. Ann m'a offert un pyjama en coton rose, dont le bas était rayé, et le haut, orné de petits pois. Ce vêtement était à mes yeux le plus joli et le plus doux du monde.

Un jour, comme j'avais pris un coup de soleil, elle m'a délicatement passé de la pommade pour apaiser la brûlure et empêcher ma peau de peler. Jamais personne n'avait autant pris soin de moi, mais, une fois de plus, j'avais la sensation de ne pas être à ma place. C'était comme si j'étais là pour observer la vie d'une famille normale. Je ne savais pas pourquoi, mais je croyais que je ne méritais pas d'être aimée et chérie comme les enfants des Bunn. Je croyais être responsable de tout ce qui m'arrivait d'horrible et restais convaincue que je n'étais pas digne d'une vie meilleure. Mais je ne savais pas quoi faire pour changer. Je pouvais seulement continuer à subir les cris et les coups de mon père.

Bien des années plus tard, quand j'avais une trentaine d'années, j'ai croisé Ann par hasard dans le grand magasin de décoration et de bricolage où je travaillais.

Nous avons parlé de cette époque et des vacances que j'avais passées avec eux.

— Je n'ai jamais oublié ce séjour, lui ai-je confié.

— J'ai quelques photos à la maison, a-t-elle dit. De ces vacances, mais aussi de toi jouant dans notre jardin. Je pourrai te les apporter si tu veux.

J'étais si heureuse que j'ai failli l'embrasser pour lui témoigner ma reconnaissance. Mais j'ai ressenti un immense chagrin en songeant que cette femme, qui était seulement notre voisine, avait gardé des photos de moi alors qu'aucun membre de ma famille n'avait jamais pris la peine de le faire. J'avais toujours souffert du fait que personne ne tenait assez à moi pour avoir envie de me prendre en photo.

Alors, quand j'ai appris qu'Ann Bunn l'avait fait, j'ai eu la preuve encore plus évidente du peu d'affection que j'avais reçu de la part de mes parents. Quelques jours après cette rencontre, quand elle est revenue m'apporter les photos, j'ai eu la sensation de voir une étrangère en regardant la petite fille que j'avais été.

Jusqu'à ce moment, je n'avais pas eu la moindre idée de ce à quoi je ressemblais étant enfant. Non sans surprise, j'ai découvert que j'étais plutôt mignonne, ni laide ni grosse contrairement à ce que mon père avait voulu me faire croire.

Mais, pour lui, il y avait toujours une raison de se moquer de moi et de m'humilier. Par exemple, j'aimais beaucoup les cours de musique à l'école et je m'étais portée volontaire pour apprendre à jouer du violon. Il fallait s'inscrire sur une liste d'attente pour bénéficier du prêt d'un instrument, et le fait d'en recevoir un était un immense privilège. Quand mon tour est enfin arrivé et qu'on m'a annoncé que, pendant deux semaines, j'allais avoir un violon que j'aurais le droit d'emporter chez moi, j'étais folle de joie. Une fois rentrée, je l'ai sorti avec fierté pour en jouer quelques notes à mon père. J'avais hâte d'entendre ses compliments et ses encouragements, mais, au lieu de cela, je n'ai eu droit qu'à des sarcasmes.

— T'es pitoyable, a-t-il dit sur un ton moqueur et méprisant. Tu seras jamais capable de faire quoi que ce soit avec ça.

Puis le bruit a commencé à l'énerver.

— Ne rapporte plus jamais ce truc à la maison !

Il refusait systématiquement que je fasse quelque chose qui échappe à son contrôle. Je devais rester entre les frontières du petit monde sur lequel il régnait en maître incontesté. Je mourais d'envie d'aller au catéchisme le dimanche comme le faisait ma meilleure amie de l'époque. Non seulement cela m'aurait-il permis de quitter la maison, mais je savais aussi que les enfants recevaient du lait et des biscuits et qu'ils rentraient chez eux avec leurs propres peintures.

Mais je n'ai jamais eu le droit d'y aller, pas plus que de rejoindre les jeannettes ou les guides ou de participer aux activités des petites filles de mon âge. Il semblait nous considérer comme des êtres trop différents des autres pour se comporter normalement, ce qui ne faisait que renforcer mon sentiment que je ne serais jamais aussi bien que les enfants qui m'entouraient.

À quelques rues de chez nous, il y avait une ravissante église nommée Sainte-Catherine. C'était là que nous allions avec notre école pour les célébrations de Noël et de Pâques. Quand j'avais huit ans, on m'a proposé de jouer le rôle d'un ange dans un spectacle sur la Nativité, ce qui m'a transportée de joie.

Mais, comme d'habitude, mon père, sans me donner d'explication, a refusé que je participe. Une fois de plus, j'en ai conclu que je n'étais pas assez bien pour le faire. Chaque fois que je lui demandais la permission de faire quelque chose, il me répondait que je n'en serais pas capable, que j'allais me ridiculiser, et je le croyais.

Je croyais que je n'étais bonne à rien et que je ne méritais pas d'avoir ou de faire les mêmes choses que les autres enfants.

Durant les années que j'ai passées avec mon père, j'ai souvent fait le même cauchemar. Je rêvais que j'étais prisonnière au centre d'une spirale de cercles colorés qui tournaient de plus en plus vite autour de moi.

Prise au piège, je me sentais tomber dans un abîme et je savais que, si je n'arrivais pas à m'en sortir, j'allais mourir. J'essayais de crier à l'aide, mais aucun son ne sortait de ma bouche, et je me réveillais prise de vertiges et de nausées. Ce cauchemar m'a poursuivie pendant des années, de jour comme de nuit.

6

Le voyage chez ma grand-mère

Un matin, l'hiver de mes huit ans, mon père, Terry et moi regardions tranquillement la télévision en mangeant des frites. La neige avait cessé de tomber, et le soleil éclairait le salon tandis que le poêle à charbon réchauffait délicieusement la pièce.

Dans ces moments-là, j'aimais vraiment notre vie de famille. Nous étions bien tous les trois, à l'abri du monde extérieur. Désireuse de maintenir cette atmosphère paisible et de faire plaisir à mon père, je me suis levée pour aller laver les assiettes une fois que nous eûmes terminé.

Je voulais seulement rendre service. C'est alors que quelque chose a attiré mon attention sur l'écran de télévision, et, pendant que je tournais la tête, j'ai malencontreusement incliné une assiette, et quelques gouttes de graisse sont tombées sur la moquette. Mon père s'en est aperçu avant moi et s'est mis à vociférer, me faisant si peur que je suis restée comme paralysée pendant que la graisse continuait à couler. Évidemment, cela l'a rendu encore plus furieux, comme si je faisais exprès de le provoquer.

Notre précieuse tranquillité oubliée, il s'est brusquement levé de sa chaise et m'a attrapée pour me jeter à l'autre bout de la pièce comme une poupée de chiffon, faisant voler les assiettes en éclats. Au moment où il m'a lancée, j'ai eu peur que ma tête n'explose contre un mur comme la vaisselle.

Comme sa colère ne s'appaisait pas, il a saisi son bâton et l'a fait claquer dix fois sur mes fesses nues. Mais cela ne suffisait toujours pas.

Alors, il m'a repoussée et est monté à l'étage. Là, il a ramassé toutes les couvertures et toutes les serviettes qu'il a pu trouver. Tremblante, j'attendais de voir ce qui allait se passer. Il a finalement rempli deux grands sacs-poubelle avec tout le linge qui pouvait avoir besoin d'être lavé, le tassant jusqu'à ce que le plastique soit sur le point de craquer.

— Voilà ! a-t-il crié en les jetant à mes pieds. Apporte ça chez ta grand-mère.

Je savais déjà combien il était difficile de porter aussi longtemps un seul de ces sacs ; je l'avais fait au moins une centaine de fois. Mais deux ? Et aussi remplis ? Il y avait au moins cinq ou six kilomètres de marche, et je pouvais à peine les soulever. Prise de panique, j'ai fondu en larmes.

Mon expérience m'avait appris qu'il était inutile de discuter ou même de le supplier quand il était aussi en colère et que cela lui donnait seulement envie de me frapper. Je savais aussi que les larmes ne faisaient que l'énerver davantage, mais je ne pouvais pas m'empêcher de pleurer. J'ai tout de même réussi à rester silencieuse, consciente que j'allais de toute façon devoir exécuter son ordre et que je pouvais au moins échapper à une deuxième correction.

Il a ouvert la porte d'entrée et m'a poussée dehors. Le contraste de l'air glacial avec la chaleur du salon m'a coupé le souffle et je lui ai demandé si je pouvais prendre mon manteau.

— Sûrement pas ! Tant pis pour toi !

Sur ces mots, il m'a lancé les sacs et a claqué la porte derrière moi. Mes jambes ne me portaient plus et je me suis laissée tomber sur le sol enneigé, ne sachant plus quoi faire. Je savais qu'il n'existait qu'une seule option possible, mais je doutais de trouver la force nécessaire. Je tremblais déjà de froid et souffrais des coups que j'avais reçus. Je ne pensais qu'à une chose : rentrer pour retrouver la chaleur du coin du feu.

Mais j'aurais été inconsciente de frapper à la porte ou de supplier par la fente de la boîte à lettres. Je n'avais aucun autre choix que d'accepter ma punition et d'accomplir la tâche qu'il m'avait imposée. Alors, je me suis relevée et, agrippant comme je le pouvais les sacs qui me glissaient entre les doigts, j'ai franchi en titubant les premiers mètres de mon impossible voyage.

À mesure que j'avançais, mon fardeau me semblait de plus en plus lourd, et j'avais l'impression que je n'arriverais jamais. Le plastique était trop fin et fragile pour que je puisse traîner les sacs sur le sol et il craquait chaque fois que j'essayais de l'agripper, si bien que le linge menaçait de s'échapper par les trous béants.

En regardant les voitures passer, je priais pour que l'un des conducteurs me voie en train de lutter et me propose de m'emmener, mais personne ne s'est arrêté. Pour essayer de me distraire de ma peine, j'ai entrepris d'attribuer une note aux maisons qui bordaient le trottoir en fonction de leur apparence. Puis je me suis fixé des objectifs à atteindre entre mes pauses, afin de découper mon trajet en étapes surmontables.

En regardant à travers les fenêtres, je ne voyais que des visages souriants et je rêvais d'être bien au chaud à l'intérieur de l'une de ces maisons, de faire partie d'une famille normale, où les gens étaient gentils les uns avec les autres. Je savais que je ne méritais pas ce bonheur, car mon père me le répétait assez souvent, me criant que j'étais vilaine et que ma mère était partie à cause de moi, mais cela ne m'empêchait pas de l'imaginer.

Quand je me suis finalement effondrée sur le seuil de chez ma grand-mère, elle n'a pas caché son choc en voyant dans quel état j'étais et dans quelle tenue mon père m'avait fait sortir. Je lui ai dit ce qui s'était passé, m'attendant à ce qu'elle me gronde elle aussi en apprenant que j'avais fait couler du gras sur le sol. Mais elle s'est montrée étonnamment gentille avec moi. D'ordinaire, elle ne faisait que renchérir quand notre père était en colère contre nous, allant même jusqu'à nous tirer les oreilles pour faire bonne mesure.

Alors, quand j'ai entendu sa voix douce, j'ai été tellement surprise et émue que j'ai fondu en larmes. Elle n'est pas allée jusqu'à se montrer affectueuse avec moi, c'était au-dessus de ses forces.

Mais elle m'a fait asseoir et m'a servi une boisson chaude en m'assurant que tout allait s'arranger, qu'elle parlerait à mon père. Elle lui a téléphoné devant moi et l'a grondé comme un enfant à cause de ce qu'il m'avait fait faire. En l'entendant, j'étais partagée entre la reconnaissance et la crainte. J'étais heureuse que quelqu'un prenne enfin ma défense, mais j'avais aussi peur qu'elle le rende encore plus furieux contre moi.

J'allais bientôt devoir rentrer à la maison et je n'avais aucune envie qu'il m'accueille avec son bâton à la main. Les coups que j'avais reçus plus tôt me faisaient encore mal.

J'ai passé un si bon après-midi chez ma grand-mère que je n'avais plus envie de rentrer chez moi, mais elle m'a promis que mon père ne me frapperait plus.

Elle m'a même donné de l'argent pour que je puisse prendre le bus. Finalement, je suis partie de chez elle avec deux sacs remplis de provisions et le paquet de linge que nous lui avions laissé la semaine précédente pour qu'elle le lave.

J'étais à peu près sûre que mon père serait ravi de recevoir de la nourriture gratuitement et que le contenu de mes sacs le calmerait, lui faisant peut-être même oublier à quel point il était en colère contre moi. Au moment de m'asseoir dans le bus, je commençais déjà à me sentir mieux, même si la perspective de retrouver mon père m'angoissait encore.

Cette journée m'avait épuisée. Dans la chaleur du bus, j'ai fermé les yeux et me suis assoupie. En me réveillant en sursaut, je me suis rendu compte que j'avais manqué mon arrêt. J'ai été aussitôt prise de panique.

Après mon périple dans la neige, je n'avais plus la force de parcourir des kilomètres avec les paquets que m'avait confiés ma grand-mère.

Alors, je me suis levée de mon siège et j'ai marché en titubant jusqu'à la plateforme située à l'arrière du bus, attendant une occasion de descendre en cours de route. Dès que le chauffeur a ralenti à l'approche d'un carrefour, j'ai saisi ma chance et sauté à terre. Mais la neige m'a déséquilibrée, et, en glissant, j'ai vu se déchirer l'un des sacs de provisions de ma grand-mère.

J'ai baissé les yeux. Consternée, j'ai découvert qu'un paquet de sucre avait éclaté en tombant sur le sol et que la poudre blanche se mêlait maintenant à la neige et à la boue qui couvraient le trottoir. J'ai eu la nausée en voyant ce que j'avais fait. Comment allais-je avouer à mon père ce que ma maladresse nous avait encore coûté ? Il allait terriblement m'en vouloir d'avoir gâché un paquet de sucre entier.

Je suis restée longtemps assise par terre, à me demander ce que j'allais faire. Je n'avais qu'une seule envie : disparaître de la surface de la terre. J'ai même envisagé de me sauver en laissant les sacs derrière moi.

Tout me semblait préférable à l'horreur d'affronter encore une fois la colère de mon père. Mais où aurais-je bien pu m'enfuir ? Je ne pouvais pas retourner chez ma grand-mère maintenant que j'avais renversé tout le sucre, et je n'avais plus d'argent pour reprendre le bus dans l'autre sens. J'étais obligée de rentrer chez moi.

Tout en remettant dans les sacs les paquets que j'avais fait tomber, j'ai songé que mon père ne savait pas ce que m'avait donné ma grand-mère. J'avais donc un espoir de m'en sortir indemne en faisant comme si rien ne s'était passé.

À l'instant où j'ai franchi la porte de chez nous, mon père m'a annoncé qu'il venait d'appeler sa mère pour lui demander quand j'allais rentrer. Elle lui avait dit qu'elle m'avait donné des sacs de provisions et il avait tenu à savoir ce qu'ils contenaient exactement. J'ai senti ma gorge se nouer quand il m'a dit cela tout en déballant avidement les paquets.

— Où est le sucre ? m'a-t-il demandé.

Prise de panique, j'ai menti avant d'avoir eu le temps de réfléchir à ce que j'allais dire.

— Mamie ne nous a pas donné de sucre.

— Elle m'a dit que si.

Il était décidé à élucider ce mystère. Pour rien au monde il n'aurait renoncé à un paquet de sucre gratuit. J'aurais voulu retirer mon mensonge et lui avouer la vérité, mais c'était trop tard et je me retrouvais piégée par la réponse précipitée que je lui avais donnée.

Je m'étais mise dans une situation encore plus désastreuse. Maintenant, j'étais coupable non seulement d'avoir renversé le sucre, mais aussi d'avoir menti. Si seulement j'avais tout de suite raconté ce qui s'était passé, j'aurais été punie, mais je l'aurais mérité. C'était en tout cas ce que je pensais.

Cherchant une solution pour m'en sortir, j'ai décidé de ne plus rien dire. Il finirait peut-être par laisser tomber et par oublier le sucre disparu. Quelle naïveté de ma part ! Il n'était pas question qu'il me laisse m'en tirer aussi facilement. Qui essayait de le duper ? Était-ce sa fille ou sa mère ? Déterminé à le savoir, il a rappelé ma grand-mère, et le ton n'a pas tardé à monter.

Elle insistait sur le fait qu'elle avait bel et bien mis du sucre dans un sac tandis que lui affirmait le contraire et la traitait de menteuse. Je me sentais de plus en plus mal ; la pression devenant trop forte, j'ai fini par ne plus y tenir et par tout avouer.

— J'ai eu un accident ! me suis-je exclamé. Je suis tombée et le paquet de sucre a éclaté.

Aussitôt, ma conscience a été soulagée d'un énorme poids. Je savais que j'allais être punie et j'étais terrifiée en pensant à ce qui allait m'arriver, mais, au moins, j'avais dit la vérité. À ma grande surprise, il ne s'est pas mis autant en colère que je l'avais prévu. Au contraire, il semblait presque content d'avoir la réponse à ses questions. J'ai peu à peu retrouvé ma respiration tout en me disant que cette aventure m'avait enseigné une bonne leçon. Je savais désormais qu'un mensonge ne restait jamais caché bien longtemps.

Mais, après cela, un nouveau titre s'est mis à me coller à la peau : celui de « menteuse ». J'avais apporté à mon père la preuve que j'étais une mauvaise fille et que personne d'autre que lui ne pourrait jamais m'aimer, mais ce n'était pas tout : j'avais aussi trahi ma grand-mère après avoir passé un si bon moment avec elle et alors qu'elle s'était montrée si gentille avec moi. En mentant, j'avais donné à mon père et à ma grand-mère une arme à utiliser contre moi, et, durant les années qui ont suivi, ils ne s'en sont pas privés. J'avais prouvé à quel point j'étais indigne de leur affection.

Enfant, j'ai toujours eu le sentiment que ma grand-mère ne m'aimait pas, car elle ne faisait que me gronder et me tirer les oreilles. La petite fille toujours en quête d'approbation que j'étais devait l'agacer. C'est pourquoi sa gentillesse m'a surprise le jour où mon père m'a envoyée chez elle dans le froid avec deux sacs de linge sale. Sans doute s'était-elle rendu compte qu'il avait dépassé les limites. J'aurais pu profiter de cet événement pour lui faire changer d'avis sur moi, mais, hélas, j'avais tout gâché en improvisant un mensonge stupide.

Si j'avais encore baissé dans son estime, j'ai tout de même continué à aller déjeuner chez elle le dimanche avec le reste de la famille. J'aimais cela, car les repas étaient magnifiques, et il y avait toujours un dessert. Chaque fois, Terry et moi nous servions aussi abondamment que possible.

J'observais tout ce que faisait ma grand-mère afin d'apprendre ses gestes dans l'espoir de les reproduire à la maison pour faire plaisir à mon père. Elle faisait la meilleure croûte au fromage du monde. Pour cela, elle posait une miche de pain coupée sur la table et y mettait le fromage avant de couper une parfaite tranche horizontalement. Grâce à cette technique, le pain se maintenait parfaitement, et cela me paraissait très astucieux. Ce sont des petits détails de ce genre qui restent à jamais gravés dans la mémoire des enfants.

Du côté de mon père, j'avais quatre cousins dont ma grand-mère s'occupait souvent la semaine pendant que leurs parents travaillaient. Cependant, elle n'a jamais proposé de nous garder, Terry et moi, alors qu'il était évident que nous avions besoin d'elle. Peut-être que notre père ne voulait pas que nous allions chez elle, mais je pense que cela venait d'elle.

Sinon, pourquoi aurait-elle laissé Chris et Glen dans une famille d'accueil plutôt que de les accueillir chez elle ? Pourquoi ne voyait-elle pas que notre père s'occupait mal de nous, et pourquoi ne faisait-elle rien pour y remédier ? Je ne cessais de me poser ces questions, mais je n'avais personne vers qui me tourner pour obtenir des réponses. Alors, je me contentais de souffrir en silence.

Je pense qu'au début, certains membres de notre famille paternelle ont essayé de nous aider. Ma tante Jill, que nous voyions parfois chez ma grand-mère le week-end, nous a offert des cadeaux de Noël une année, car elle savait que notre père ne le ferait pas. Je me souviens de la petite caisse enregistreuse en plastique avec laquelle j'ai tellement joué par la suite, et des personnages de cow-boys et d'Indiens de Terry. Le mari de Jill, qui était à la tête d'une entreprise de décoration, avait proposé un travail à mon père. Son offre est restée sans réponse. À force, mon oncle et ma tante ont dû finir par se décourager. C'est sans doute ce qui s'est passé avec toute notre famille. Nos problèmes étaient si considérables que personne ne parvenait à entrevoir la moindre solution, si bien que tout le monde nous a laissés tomber.

Mes cousins étaient assez gentils avec moi, mais j'étais trop timide pour savoir comment réagir quand ils m'invitaient à participer à leurs activités. Nous allions souvent dans la maison vide qui se trouvait à côté de chez ma grand-mère, mais, incapable de m'intégrer, je ne faisais que les regarder jouer. Leur façon de parler était différente de la mienne. Là encore, j'avais l'impression d'être une étrangère.

Si ma grand-mère avait été enthousiaste à l'idée que mon père épouse ma mère, elle n'avait plus de mots assez durs pour parler d'elle après son départ. Elle l'accusait d'être une mère abominable qui avait abandonné ses enfants. Elle ne s'était jamais remise de la honte que lui avait infligée la découverte de son petit-fils mangeant le contenu de sa propre couche. Bien sûr, je n'aimais pas l'entendre dire du mal de ma mère, mais comment aurais-je pu la contredire ? En réalité, j'étais souvent d'accord avec ce qu'elle disait. J'en voulais terriblement à ma mère d'être partie. Néanmoins, Terry et moi n'avions pas à entendre cette harangue permanente.

Aucun de nous n'avait eu de nouvelles de ma mère depuis son départ. Elle ne nous avait pas envoyé une seule carte postale, que ce soit pour Noël ou pour notre anniversaire. Notre grand-mère n'avait donc pas besoin de nous rappeler à quel point nous nous sentions tristes et abandonnés. Elle ne faisait jamais aucun reproche à notre père, alors que c'était surtout à cause de lui si Christian et Glen avaient été enfermés et ignorés, parfois pendant des jours entiers. C'était aussi lui qui avait forcé notre mère à se prostituer et qui avait rendu sa vie si insupportable qu'elle n'avait plus trouvé d'autre issue que la fuite. Du point de vue de notre grand-mère, notre père ne faisait jamais rien de mal.

Elle désapprouvait le fait qu'il boive trop et qu'il ne travaille pas, mais, d'après elle, notre mère était la seule responsable parce qu'elle lui avait brisé le cœur. Il lui arrivait de faire des remontrances à son fils, mais, si quelqu'un d'autre avait le malheur de le critiquer, elle s'empressait de prendre vigoureusement sa défense.

Parfois, j'en arrive à me demander si elle était jalouse de la relation que j'avais avec son fils bien-aimé. Cela expliquerait peut-être l'hostilité dont elle a fait preuve avec moi dès mon plus jeune âge. Quoi qu'il en soit, elle n'a jamais manqué une occasion de s'en prendre à moi ou de me donner une claque.

Elle ne me faisait pas subir des corrections comme mon père, mais je savais que lui m'aimait malgré sa violence. Parce qu'il me le disait et parce qu'il était toujours là pour moi. Ma grand-mère ne m'a jamais dit qu'elle m'aimait, et j'étais convaincue que ce n'était pas le cas. Par moments, elle se comportait seulement comme la majorité des femmes de sa génération qui avaient une certaine idée de l'éducation.

J'avais par exemple la fâcheuse habitude de me ronger les ongles, et, quand elle me surprenait en train de le faire, elle me donnait une violente tape derrière la tête. Si elle ne m'avait frappée que pour des raisons spécifiques comme celles-ci, j'aurais peut-être compris, même si j'avais horreur de cela.

Mais, où que j'aie pu être dans sa maison, j'avais toujours l'air de me trouver en travers de son chemin, surtout dans sa petite cuisine, et je recevais systématiquement une tape à cause de cela. À l'époque, je pensais que c'était normal et que je l'avais méritée, et je ne disais rien. J'étais très timide et j'avais toujours l'impression de déranger tout le monde. Cela expliquait selon moi pourquoi ma mère m'avait abandonnée et pourquoi mon père me battait aussi souvent.

Aujourd'hui, je pense que, si ma grand-mère me détestait autant, c'est en partie parce que je lui rappelais ma mère, la femme qui avait gâché la vie de son fils.

Conformément à ses pires craintes, j'allais bien des années plus tard suivre l'exemple de ma mère en trahissant mon père de la pire des façons. C'est du moins ainsi qu'elle interprètera les faits.

7

Le chagrin de mon père

Mon père ne s'est jamais vraiment remis du choc du départ de ma mère. En partie parce qu'il avait dû renoncer à sa principale source de revenus, mais pas seulement.

De toute évidence, il avait perdu l'amour de sa vie et savait qu'il ne pourrait jamais le remplacer. Tous les soirs, il allait noyer son chagrin dans l'alcool. Il n'avait pas attendu qu'elle le quitte pour boire autant, mais sa situation lui donnait une autre excuse.

Quand il sortait, il ne faisait jamais appel à des baby-sitters ; soit il nous emmenait, Terry et moi, soit nous restions seuls à la maison à l'attendre. Gagnés par la fatigue, il nous arrivait de monter nous coucher avant son retour, mais nous étions incapables de nous endormir tant nous craignions qu'il se soit battu ou ait eu un accident. Ou tout simplement qu'il soit trop ivre pour retrouver le chemin de la maison.

Je me sentais responsable de lui. Nous savions que, s'il lui arrivait quelque chose, nous resterions orphelins et qu'aucun membre de notre famille ne nous prendrait sous son aile. Personne ne s'intéressait à nous. Si notre père avait mieux pris soin de lui et de nous, nous nous serions sentis plus en sécurité.

Quand nous l'entendions finalement s'écrouler dans l'entrée après l'heure de fermeture des bars, nous nous précipitions en bas pour l'accueillir, car nous savions qu'il aimait cela.

Si jamais nous nous étions endormis, il montait à l'étage et trébuchait pour nous réveiller et que nous soyons là pour l'écouter pleurer la perte de son amour. Il tombait à genoux et se lamentait comme un damné, se donnant en spectacle devant le public dont il ne pouvait pas se passer.

— Jane, Jane, gémissait-il. Je t'en supplie, reviens.

Cette litanie pouvait durer des heures, et rien de ce que nous disions ne parvenait à soulager sa douleur. Si jamais nous essayions de retourner discrètement nous coucher pendant l'une de ces séances, il se mettait en colère contre nous. Selon lui, nous devions à tout prix être les témoins des ravages que notre égoïste de mère avait faits sur lui.

C'était tellement déroutant… Je la détestais à cause de ce qu'elle nous avait fait, mais je souhaitais quand même qu'elle revienne pour mon père et pour Terry. Je ne comprenais pas pourquoi elle ne revenait pas. Pas pour moi, je m'en moquais bien.

Mais pour lui, mon pauvre père abandonné, que je voyais chaque soir sombrer dans la folie et implorer tous les dieux, allant jusqu'à se cogner la tête contre le sol tant la peine le dévorait. Quand il se mettait à donner des coups dans le vide en pleurant, je la détestais encore plus, mais j'avais aussi envie qu'il se reprenne et qu'il se concentre sur sa vie avec nous.

Il tenait le même discours partout où il allait. Les gens qu'il côtoyait dans les pubs admiraient son courage et sa force de caractère, lui qui tenait le coup malgré le départ de sa femme et l'enlèvement de deux de ses enfants par les services sociaux.

Il passait des heures à raconter ses malheurs à qui voulait l'écouter. Il expliquait comment il s'était battu pour nous garder auprès de lui, sans jamais oublier de rappeler ce qu'il avait fait subir à celui qui lui avait interdit de voir ses enfants. Il passait sans arrêt la même chanson de Charlie Rich[1] sur le juke-box : *Eh ! auriez-vous croisé la plus belle femme du monde, et si oui, était-elle en train de pleurer ?* Elle racontait l'histoire d'un homme qui avait laissé partir l'amour de sa vie et qui se rendait compte trop tard de son erreur.

Les paroles correspondaient tout à fait à l'image qu'il se faisait de sa rupture avec ma mère, et il écoutait cette chanson encore et encore en pleurant, debout à côté du juke-box, chantant d'une voix déchirée. J'ai fini par détester ce morceau.

Dès que j'entendais les premiers accords, je me sentais mal. Je ne comprenais pas pourquoi il pensait sans arrêt à ma mère, pourquoi elle lui manquait autant alors que j'étais là, prête à tout pour le rendre heureux.

Dans la journée, quand nous étions tous les trois à la maison, mon père avait ses petites habitudes. Pour s'attirer la sympathie des gens, il aimait que l'un de nous le suive partout où il allait. Il nous exposait comme des petits trophées qui témoignaient du bon père qu'il était.

---

1. *The Most Beautiful Girl,* 1973.

Comme Minou le corgi, nous contribuions à l'image qu'il voulait donner de lui. C'était souvent moi qui l'accompagnais, car Terry ne se montrait pas aussi coopératif. Curieusement, mon père lui accordait plus de liberté qu'à moi.

Mais le suivre n'était pas la seule chose qu'il m'obligeait à faire. Par exemple, c'était le lundi que lui était versé son revenu minimum, et, le mardi, il percevait ses allocations familiales. Pour récupérer son argent, il devait se rendre au bureau de poste qui ouvrait à 9 h du matin. Mais il n'était pas question pour lui de faire la queue comme tout le monde.

C'était moi qui devais aller me placer dans la file d'attente, si bien que, ces matins-là, j'arrivais trop tard pour être admise à l'école et j'étais disponible pour passer le reste de la journée avec lui. Ou devant le pub dans lequel il avait décidé d'aller dépenser son argent.

Il m'arrivait de passer des heures à l'attendre dehors. Les fenêtres des pubs étant en verre granité, je ne pouvais rien voir de ce qui se passait à l'intérieur, hormis quand quelqu'un ouvrait la porte pour entrer ou sortir. Dans ce cas, je tendais le cou pour essayer d'apercevoir mon père et regarder ce qu'il faisait.

Ses amis ne cessaient de nous dire, à Terry et moi, quel homme formidable il était. Selon eux, nous devions lui être reconnaissants et nous réjouir d'avoir un père tel que lui. Nous devions être sages et éviter de lui rendre la vie encore plus compliquée.

Ces propos me rendaient malade, d'autant que je me sentais déjà coupable de ne pas être à la hauteur de ce qu'il attendait de moi. Je me rappelle un jour où deux vieilles dames sont sorties du pub après avoir écouté la triste histoire de mon père. En larmes, elles m'ont offert des chips et du Coca-Cola tout en me disant tout le mal qu'elles pensaient de ma mère.

— Tu dois être gentille avec ton pauvre papa, m'ont-elles dit avant de repartir.

Dans ces moments-là, j'avais vraiment le sentiment que mon père était un héros et que ma mère était la méchante de l'histoire. Pauvre papa. Il faisait tant pour nous alors qu'elle nous avait abandonnés. Il avait bien besoin de boire pour se réconforter.

Le jour où il n'a plus supporté de voir les vêtements et les perruques de ma mère dans la maison, il a allumé un feu de joie derrière la maison et brûlé toutes ses affaires, comme s'il mettait en scène un bûcher funéraire. Il a longtemps gardé des photos d'elle en haut du placard de la cuisine, mais elles ont disparu elles aussi au cours de l'une de ses peines de prison, alors que la municipalité avait repris possession de la maison. Mais il n'avait pas besoin de ces objets pour se souvenir d'elle, et jamais il n'allait permettre aux autres non plus d'oublier que l'amour de sa vie l'avait trahi.

Ayant pitié de moi, l'un des patrons des bars que fréquentait mon père me proposait toujours de m'installer dans son appartement situé au-dessus du pub au lieu d'attendre dehors. Mon père acceptait parfois, mais, la plupart du temps, il m'empêchait de monter.

— Elle sera très bien dehors, disait-il avec dédain.

Il ne voulait surtout pas être redevable à qui que ce soit.

Des réactions de ce type étaient récurrentes, mais ce n'en était pas moins déconcertant. S'il était aussi dévoué que tout le monde le disait, pourquoi n'y avait-il jamais rien à manger chez nous ? Pourquoi n'allait-il jamais faire de courses ? Pourquoi ne travaillait-il pas pour prendre soin de sa famille ? Pourquoi n'aménageait-il pas nos chambres convenablement et pourquoi refusait-il de nous consoler quand nous en avions besoin ? Pourquoi ne pensait-il jamais à nous offrir une petite carte pour Noël ou pour notre anniversaire ? Pourquoi nous battait-il aussi souvent, même quand nous n'avions rien fait de grave ? À l'époque, pourtant, j'étais loin de me poser toutes ces questions. Je ne trouvais pas anormal qu'il dépense tout son argent au pub et qu'il se comporte comme il le faisait. Je ne connaissais rien d'autre.

Mon père détestait l'idée d'acheter quoi que ce soit dans un magasin. Pour rien au monde il ne se serait abaissé à parcourir les allées d'un supermarché avec un panier à la main pour choisir des produits dans les rayons. Par conséquent, il n'y avait jamais de petit-déjeuner à la maison.

Certains matins, sur le chemin de l'école, j'arrachais des feuilles dans les arbres ou cueillais des brins d'herbe pour avoir quelque chose à mâcher et essayer de tromper ma faim. Certaines de ces plantes avaient un goût étonnamment agréable, mais, malheureusement, elles ne suffisaient pas à me couper l'appétit.

À la sortie de l'école, Terry et moi attendions devant la friterie qui se trouvait en bas de notre rue. Torturés par les odeurs alléchantes qui s'échappaient de la cuisine, nous entrions de temps en temps pour réclamer les miettes tombées dans le fond des bacs à friture.

Nous nous plaignions souvent que notre père n'achète rien dans les magasins. Las de nous entendre, un jour où il avait gagné aux courses, il nous a donné cinq livres chacun pour que nous achetions ce que nous voulions.

— Ça veut dire que vous n'aurez pas le droit de manger mes pommes de terre et mes œufs, a-t-il précisé. Je ne vous nourrirai pas pendant une semaine. Vous n'avez qu'à vous débrouiller si vous êtes si intelligents.

Nous étions aux anges. Munis de nos billets, nous sommes allés dans le magasin le plus proche pour nous acheter un grand paquet de céréales, du lait et du sucre, ainsi que du pain, du beurre et de la confiture, toutes ces choses que nous n'avions jamais à la maison.

Quelques jours plus tard, nous avons dû aller voir notre père et reconnaître que nous nous y étions mal pris. Nous avions dépensé tout notre argent et mangé tout ce que nous avions acheté.

Cela ne l'a pas mis en colère, car rien ne lui faisait plus plaisir que de prouver qu'il avait eu raison. Notre échec avait démontré que nous ne pouvions pas nous en sortir sans lui et lui avait fourni une nouvelle occasion de railler notre désir d'indépendance.

Comme nous n'avions jamais de dîner en rentrant chez nous le soir, Terry et moi profitions des jours où nous allions à l'école pour manger autant que possible et demander à être servi une seconde fois. Néanmoins, il est arrivé que cette stratégie se retourne contre nous les rares fois où notre père avait cessé de boire pour se transformer soudain en père parfait.

Si Terry et moi étions d'ordinaire chargés de toutes les tâches ménagères, nous trouvions ces soirs-là notre père à quatre pattes en train d'astiquer la maison de fond en comble, d'enlever du papier peint ou de repeindre un mur tout en préparant un énorme repas pour nous, le plus souvent un ragoût ou des saucisses avec des pois et de la purée de pommes de terre. Quand cela arrivait, j'étais si fière de lui que, le lendemain, je racontais à toutes mes amies que mon père avait arrêté de boire et qu'il m'aimait autant que leur père les aimait.

N'ayant jamais aucune alerte pour nous annoncer ces changements d'humeur, nous n'avions pas de raison de modifier nos habitudes à la cantine.

Si bien que, le soir venu, en nous mettant à table, nous n'avions plus assez faim pour faire honneur au repas que notre père nous servait avec tant de fierté. Cela le mettait hors de lui. Il nous traitait alors d'ingrats, se lamentait de se donner autant de mal pour des enfants qui ne lui témoignaient aucune reconnaissance.

Sous son œil vigilant, je me forçais à avaler une bouchée après l'autre. Je me sentais de plus en plus mal, mais j'étais prête à tout pour apaiser sa colère et éviter de le blesser. Comme il lui arrivait de jouer ce rôle pendant plusieurs jours d'affilée, Terry et moi décidions de nous priver de déjeuner à la cantine pour être sûrs d'avoir de l'appétit en rentrant chez nous.

Mais, dès le premier jour de cette résolution, nous découvrions à notre retour que notre père était de nouveau sorti boire. Le placard était vide, et il ne nous restait plus qu'à rester affamés jusqu'au déjeuner du lendemain.

Il nous arrivait aussi de trouver une foule de gens chez nous le soir. Il s'agissait principalement d'alcooliques et de prostituées que notre père avait ramenés du pub et qui étaient ravis de trouver un refuge lorsqu'ils traversaient une période difficile. Notre père ne tournait jamais le dos à ceux qui étaient dans le besoin. Il était toujours le premier à offrir son canapé à quiconque venait lui raconter ses problèmes. Il aimait que les gens dépendent de lui et lui soient reconnaissants de se montrer aussi généreux. Bien sûr, il s'empressait de les rejeter dès l'instant où ils prenaient trop de libertés à son goût où s'ils ne faisaient pas assez de cas de tout ce qu'il faisait pour eux.

Je garde en mémoire deux Noëls lors desquels il avait décidé, pour une raison mystérieuse, de faire des efforts considérables. Il avait commencé par acheter une boîte d'After Eight, car c'étaient « les chocolats préférés de maman ». Je détestais ça, en partie parce que je savais qu'ouvrir la boîte allait être l'occasion pour lui d'entamer ses discours pleins de détresse et de rancœur mêlées. Nous allions encore devoir l'écouter parler d'elle et se lamenter sur son malheur. Il l'évoquait sans arrêt, et toutes les femmes qu'il fréquentait savaient qu'elles passaient après « sa Jane ».

— Elle est bien, disait-il en parlant de sa petite amie du moment. Mais aucune n'arrivera jamais à la cheville de ma Jane.

Pour fêter dignement Noël, il voulait s'assurer que nous ayons un déjeuner copieux le jour J. Il entreprenait donc de gagner de l'argent à l'approche de la fin de l'année. Pour cela, il passait des jours entiers à plumer des dindes dans la cuisine et dans la salle de bains pour le compte d'un de ses amis. Il travaillait jusqu'à ce que ses mains saignent.

Quand cela arrivait, j'étais convaincue qu'il avait changé. Dans ces moments-là, il était difficile de lui en vouloir pour son comportement des trois cent soixante jours du reste de l'année. S'il avait pris soudain la décision ferme de changer, nous lui aurions tout pardonné. Nous aurions mis ses défaillances sur le compte du départ de notre mère. Mais, au fil des années, son attitude n'a fait qu'empirer, et les répits n'ont été que de plus en plus courts et de plus en plus rares.

À 14 h 30, quand les pubs fermaient, il se rendait chez les bookmakers. Je quittais donc le poste auquel je l'avais attendu pour le suivre, comme un petit chien effrayé à l'idée d'être abandonné ou de ne pas satisfaire son maître. Il ne m'adressait presque pas la parole avant de disparaître dans un autre bâtiment, devant lequel je devais de nouveau l'attendre.

Pour passer le temps, je regardais les vitrines en rêvant de beaux habits, de jouets et de nourriture. Obsédée par la faim, j'attendais le jour où il ressortirait avec une somme suffisante pour m'offrir quelque chose à manger. Mais, au fond de moi, je savais parfaitement qu'il ne le ferait jamais, quels que soient ses gains. Quand il réapparaissait enfin, j'essayais parfois de lui prendre la main, courant pour rattraper ses grandes enjambées.

— Sois pas ridicule, me grondait-il alors en me repoussant. Les gens vont croire que t'es ma petite amie.

Tenir la main d'un enfant aurait sans doute nui à l'image d'homme dur qu'il voulait donner de lui. En revanche, il devait trouver valorisant que je le suive partout en trottinant.

Son humeur de l'après-midi dépendait de sa réussite chez les bookmakers. C'était aussi en fonction d'elle qu'il décidait de prendre un taxi ou de rentrer à pied sans se soucier des efforts que je devais faire pour le suivre. J'essayais parfois de lui demander combien il avait gagné ou perdu, mais il ignorait mes questions, me donnant l'impression que je n'existais pas où que je n'étais pas digne qu'il m'adresse la parole.

Sur le chemin du retour, il lui arrivait de s'arrêter devant des toilettes publiques pour hommes et de me dire d'attendre encore dehors pendant qu'il disparaissait à l'intérieur. Assise sur le muret, je regardais les autres usagers entrer et sortir, sans comprendre pourquoi il y restait aussi longtemps. Quand il revenait enfin, affichant un air important, il avait souvent assez d'argent pour que nous finissions le trajet en taxi. Ce n'est que des années plus tard que j'ai compris ce qui devait se passer dans ces toilettes pendant que j'attendais dehors. S'il considérait que « toutes les femmes étaient assises sur une mine d'or », peut-être était-il arrivé à la conclusion qu'il en était de même pour lui.

Quand il n'avait pas du tout d'argent, mais qu'il avait décidé de préparer des œufs frites, il m'envoyait dans le petit supermarché situé sur notre chemin afin que je vole des saucisses ou du bacon pour compléter notre repas. J'étais terrifiée à l'idée qu'on me surprenne, mais la peur de ses sanctions étant bien plus forte, l'idée de lui désobéir ne me traversait pas l'esprit.

Il lui arrivait aussi de demander à Terry de le faire, mais mon frère était moins doué que moi. Il se montrait plus nerveux. Les commerçants le surveillaient peut-être de plus près, étant donné que c'était un garçon et qu'il avait un an de plus que moi.

Pour voler, je me contentais de cacher les paquets sous mon manteau et de sortir du magasin comme si de rien n'était. Cette habileté me rendait assez fière, et j'espérais toujours que mon père se montrerait plus gentil avec moi en signe de reconnaissance.

Mais ses réactions étaient complètement imprévisibles. Il lui arrivait, le plus souvent sans raison apparente, de ne plus pouvoir supporter Terry ou moi. Dans ce cas, il enfermait sa victime dans la réserve de charbon, une toute petite pièce située derrière la cuisine et qui était rarement remplie. Je crois que j'avais à peu près sept ans la première fois que c'est arrivé. C'était peu de temps après le départ de ma mère. Quand je comprenais qu'il allait m'enfermer, je le suppliais avec de plus en plus de ferveur à mesure que nous approchions de cet affreux cachot.

— Papa, s'il te plaît, non. Je vais être sage, je te le promets. S'il te plaît, non, papa. Je t'aime, papa. Je suis désolée.

Mais il se contentait de rire, ou tout simplement de m'ignorer. Quand il avait décidé d'une punition pour l'un de nous, il ne revenait jamais sur sa décision. C'eût été un signe de faiblesse inacceptable de son point de vue. Une fois enfermés à clé, nous n'avions plus qu'à nous asseoir sur ce qu'il restait de charbon, sans oser appeler ni faire le moindre bruit.

Il faisait si noir que nous pouvions ouvrir ou fermer les yeux sans que cela fasse aucune différence. Quand j'étais là toute seule, recroquevillée dans un coin, je restais à l'affût du moindre bruit. Je me demandais s'il y avait des serpents, des rats ou des souris qui allaient me dévorer sans que personne ne vienne me sauver. Dès que j'entendais la sonnerie du téléphone, le claquement d'une porte ou la voix de mon père, j'étais quelque peu rassurée. Cela me rappelait que j'étais toujours chez moi et que cet enfermement n'était que provisoire.

Parfois, après nous avoir l'un ou l'autre réduits au silence de cette façon, notre père s'endormait dans un fauteuil et nous oubliait tout bonnement. Nous devions alors attendre plusieurs heures pour être délivrés.

Quand il se réveillait enfin, se remettant difficilement de son ivresse, il marchait tranquillement jusqu'à la petite porte et l'ouvrait, l'air surpris de nous trouver encore assis là. Si j'étais restée de longues heures dans le noir, la lumière soudaine me faisait mal aux yeux.

Ni Terry ni moi n'osions intervenir quand l'autre était enfermé, car nous savions que notre punition serait terrible si nous le faisions.

J'étais parfois tentée d'aller déverrouiller la porte de la réserve quand je savais que mon frère était à l'intérieur et je sais qu'il ressentait la même chose que moi quand les rôles étaient inversés, mais nous redoutions trop la correction de notre père pour agir. Terry et moi étions toujours solidaires. C'était lui et moi contre le reste du monde. Mais, même à deux, nous ne trouvions jamais le courage de nous opposer à notre père.

C'était toujours l'un de nous deux qui était chargé d'aller acheter du charbon. Une tâche aussi dégradante aurait porté atteinte à la dignité de notre père. Le vendeur refusait de livrer le charbon chez nous, car notre père ne payait jamais ses factures, si bien que nous devions aller jusqu'au magasin qui se trouvait en bas de la côte et faire tout le trajet du retour avec le sac sur nos épaules.

Toutefois, ces punitions et ces humiliations auraient été supportables s'il n'y avait pas eu le reste. J'aurais pu lui trouver des excuses et tout lui pardonner s'il n'avait pas commencé à m'infliger l'irréparable.

8

La lecture

Entre autres choses, notre père aimait que nous lui lisions le journal du soir quand il rentrait du pub, puisqu'il ne pouvait pas le faire lui-même. Il regardait les photos et nous demandait de lui lire les titres. S'il était intéressé par le sujet de l'article, nous devions continuer.

C'était sans doute un bon entraînement pour nous, même si nous étions loin de comprendre tout ce que nous lisions. Par exemple, j'ai mis un temps fou à saisir que « geôle » signifiait tout simplement « prison ».

Hélas, c'est en me demandant de lui faire la lecture que mon père m'a fait subir un abus supplémentaire qui surpassait tous les autres. Il possédait une collection de magazines pornographiques. Un jour, il a commencé à me faire monter avec lui dans sa chambre quand il rentrait à la maison, qu'il soit ivre ou non.

Là, il m'ordonnait de m'asseoir sur le bord de son lit et de lui lire des histoires très explicites pendant que, allongé à côté de moi, il se masturbait. Bien sûr, à l'époque, j'étais incapable de mettre un nom sur ce qu'il faisait. Je n'avais que huit ou neuf ans. Je ne comprenais même pas ce qu'il faisait, pas plus que les textes qu'il m'obligeait à lire. Mais je devinais que ce n'était pas bien et, surtout, je détestais ça. Au début, je le suppliais en pleurant de ne pas me forcer à le faire, mais il se mettait tellement en colère que j'avais peur de ce qu'il me ferait si je ne continuais pas à lire.

Quand il était dans cet état, il était impossible de parler avec lui et je savais que je n'avais aucun autre choix que de lui obéir. C'était préférable à une série de coups de chausson ou de bâton. J'essayais de ne pas le regarder, mais je ne pouvais pas ignorer les tremblements du matelas sur lequel j'étais assise. Je faisais aussi mon possible pour éviter de poser les yeux sur les photos des magazines et pour me concentrer sur les mots que je lisais sans penser à rien d'autre. Tout ce que je voulais, c'était en finir aussi vite que possible.

Puis il a commencé à me demander de m'allonger à côté de lui et, pendant que je lisais, il glissait sa main libre dans ma culotte, ce qui me mettait mal à l'aise et me faisait peur, même si, au début, il ne me faisait pas mal.

Une fois que c'était terminé, il insistait sur le fait que je ne devais surtout parler à personne de ce que nous faisions ensemble. Il me racontait l'histoire d'une petite fille du quartier que nous connaissions et dont le père était allé en prison à cause des histoires qu'elle avait racontées sur lui.

— Si je vais en prison, Terry et toi vous serez placés dans un foyer où tout le monde vous détestera, disait-il pour me menacer. Les foyers pour enfants sont pleins de pervers qui vont te torturer et te violer. Tu as besoin que ton papa soit près de toi pour te protéger. Tu es grosse et moche, et personne ne t'aimera jamais à part moi.

Je croyais tout ce qu'il me disait. Et, même si je détestais ce qu'il me faisait faire, je redoutais plus que tout qu'il soit envoyé en prison. Notre famille devait rester réunie.

Curieusement, les histoires qu'il me racontait sur les foyers pour enfants me terrifiaient alors que je n'avais jamais vécu de telles expériences quand j'y avais séjourné.

Je pensais toujours qu'il m'arriverait les choses terribles qu'il décrivait dès la fois suivante. Plus ses exigences augmentaient, plus il me répétait que je ne devais pas raconter ce qui se passait dans cette chambre. De toute façon, disait-il, personne ne me croirait.

— C'est notre secret. Et sache que, tant que tu n'auras pas dix ans, ajoutait-il, personne ne t'écoutera.

Plus tard, quand il a finalement dû répondre de ses actes, il a prétendu que j'avais mal compris ce qu'il faisait, qu'il avait simplement toujours eu une approche « ouverte » de la nudité et du sexe. Ce qui était vrai, c'est qu'il ne voyait aucun mal à faire ce qu'il voulait. Mais il ne tenait aucun compte de ce que voulaient les autres, à commencer par moi. Aucun enfant ne souhaite voir ses parents se promener nus dans la maison, uriner par les fenêtres ou mettre les mains dans sa culotte.

J'ai fini par comprendre que le supplier d'arrêter ou essayer de m'enfuir était vain. Alors, je le laissais faire tout en m'efforçant de me concentrer sur autre chose et en faisant comme s'il ne se passait rien.

Je tentais de me convaincre que ce n'était pas si terrible et espérais seulement que cela se termine aussi vite que possible. Jusqu'au jour où, alors que j'avais neuf ans, il m'a demandé en rentrant du pub si j'avais envie d'une sucette.

— Oui, s'il te plaît, papa, ai-je répondu gaiement.

Comme il me prenait la main et m'emmenait à l'étage, j'ai commencé à me poser des questions. Je savais qu'il n'y avait pas de sucettes là-haut, et je n'avais pas entendu le camion du vendeur itinérant dans la rue. Prise de nausée, j'ai vu que, comme d'habitude, il me donnait un magazine et s'allongeait pour se masturber. J'ai cru que sa proposition n'avait été qu'une méchante plaisanterie, mais, au bout de quelques minutes, il m'a reposé la même question.

— Alors, est-ce que tu veux une sucette ?

— Oui, ai-je répondu naïvement, croyant qu'il avait fini. Où sont-elles ?

— Viens par ici, a-t-il dit brusquement en prenant ma tête dans sa main. Suce ça !

Avant que j'aie eu le temps de comprendre ce qui se passait, il s'était introduit de force dans ma bouche, me faisant suffoquer. Je me suis aussitôt débattue pour me libérer, mais il s'est mis en colère et m'a empêchée de partir. Je pleurais et toussais, persuadée qu'il allait me tuer. Je ne pouvais plus respirer.

Il a continué à s'enfoncer dans ma bouche, jusqu'à ma gorge, tout en me coinçant pour que je ne puisse pas m'échapper. Cette fois, j'étais incapable de penser à autre chose qu'à la nouvelle torture qu'il était en train de m'infliger.

Quand il m'a enfin libérée, il est resté allongé sur le lit en faisant éclater son rire moqueur. Je me sentais si stupide de m'être laissé piéger par sa fausse proposition ! Comment avais-je pu croire, ne serait-ce qu'une seule seconde, qu'il allait m'offrir une sucette sans raison ? Pourquoi continuais-je à imaginer qu'il pouvait être gentil avec moi, même occasionnellement ?

Après avoir repris mon souffle, je me suis sentie ridicule d'avoir pensé quelques minutes plus tôt que j'allais mourir. Je m'étais affolée pour rien, en fin de compte. Si mon père considérait cela comme une plaisanterie, ce ne devait pas être si grave. Je le détestais et je l'aimais tout en même temps, et j'avais pitié de lui autant que de moi. Je lui trouvais toujours des excuses quand il buvait, mais je n'arrivais pas à lui pardonner ça. C'était à la fois trop dégoûtant et trop effrayant.

Plus tard, quand il a essayé d'avoir des rapports sexuels avec moi, j'avais encore plus peur et j'étais encore plus convaincue que j'allais mourir. Il était tellement énorme que j'avais l'impression qu'il allait me déchirer en deux quand il se frayait de force un passage entre mes jambes. Je voyais mon corps en train de se disloquer et de se dissoudre dans le néant.

Dans ces moments-là, il me faisait l'effet d'un monstre énorme, ivre et nauséabond. Couché au-dessus de moi, il essayait de me pénétrer sans jamais se soucier de mes cris de douleur, me soufflant son haleine fétide au visage. J'étais certaine que quelque chose de terrible allait m'arriver.

— Ce sera plus facile comme ça, disait-il en se léchant les doigts pour me mouiller.

— Non, s'il te plaît ! criais-je sans cesse en pleurant.

Mais il s'en moquait.

— Détends-toi. Si tu n'en faisais pas toute une histoire, ce serait plus vite fini et tu aurais moins mal.

J'avais tellement hâte que cela s'arrête que j'essayais de suivre ses conseils. De toute façon, je n'avais pas assez de forces pour me débattre. Il était si grand et si fort. Et, comme c'était mon père, je le croyais quand il me disait que je devais le faire.

C'était comme s'il m'avait dit de prendre un médicament au goût atroce parce que le médecin me l'avait prescrit, ou comme s'il m'avait demandé de relever ma manche pour me faire injecter un vaccin : cela faisait mal sur le moment, mais, à terme, ce serait bon pour moi. Je savais qu'il fallait faire certaines choses simplement parce que les adultes nous l'ordonnaient. Je pensais que celle-ci en faisait partie.

J'aurais voulu au moins qu'il ne sente pas aussi mauvais. Il se lavait et se parfumait tous les matins, mais, en fin de journée, il rapportait du pub les odeurs de tabac et d'alcool qui lui collaient à la peau et aux cheveux et me donnaient des haut-le-cœur.

Une fois qu'il avait fini, il se moquait systématiquement de moi.

— Alors, tu vois, c'était pas si pénible ?

Il aurait été inutile de lui dire à quel point c'était horrible. Soit il ne m'aurait pas crue, soit il m'aurait reproché mon ingratitude compte tenu de tout ce qu'il faisait pour moi.

Après la première fois, il a déclaré :

— Maintenant que tu l'as fait une fois, tu peux commencer à le faire pour de l'argent.

Ses paroles m'ont emplie d'effroi, même si je ne comprenais pas exactement ce qu'il voulait dire. Du reste, il ne les a pas tout de suite converties en actes. Au fond, je n'arrivais pas à imaginer qu'il puisse me faire faire ça avec d'autres hommes alors que j'avais déjà si mal quand c'était lui.

Après avoir réussi à me pénétrer, il a voulu le faire sans cesse. Parfois, il donnait l'impression de vouloir se mettre en danger, comme si le risque d'être surpris ajoutait à son excitation. Il aimait montrer qu'il n'avait peur de personne, qu'il était au-dessus des lois et qu'il pouvait faire ce qu'il voulait. À Norwich, il y avait, pris entre deux routes, un bosquet broussailleux où il m'a emmenée plusieurs fois. Il fallait pour cela faire un détour en rentrant des pubs et des guichets de bookmakers.

Des voitures passaient à seulement quelques mètres de chaque côté de nous, mais cela ne l'empêchait pas de me violer là, comme pour mettre le monde au défi de l'empêcher de faire ce qu'il voulait. Je ne comprenais pas pourquoi il n'attendait pas quelques minutes que nous soyons rentrés à la maison, mais je n'aurais jamais eu le courage de lui poser la question. J'en étais encore à le suivre en courant comme un petit chien, cherchant à lui faire plaisir de toutes les façons possibles, espérant seulement qu'il ne me ferait pas trop souffrir. Ma plus grande peur était qu'il me rejette. Quant à son affection, j'y avais renoncé depuis longtemps.

Toujours avide d'argent facile, mon père a eu l'idée d'aménager un peu la chambre de Terry et la mienne pour y loger des locataires.

Par conséquent, il nous a obligés à venir dormir dans son lit, chose que nous détestions tous les deux, mais dont nous n'osions pas nous plaindre.

Il me forçait à m'allonger à côté de lui, prétextant que Terry bougeait trop et qu'il lui donnait des coups de pied pendant la nuit. J'avais toujours peur quand il était allongé près de moi, mais c'était encore pire quand je savais qu'il allait rentrer ivre et me toucher alors que Terry dormait dans le même lit. Même une fois que mon père était endormi, je continuais à ressentir le même dégoût, et l'odeur d'alcool qui s'échappait de sa bouche quand il ronflait m'écœurait.

En quittant la maison, ma mère l'avait privé d'un revenu précieux sans lequel il avait le plus grand mal à s'en sortir. Bien sûr, l'idée de se mettre lui-même à travailler ne lui était pas venue à l'esprit, si bien qu'il devait toujours élaborer de nouvelles escroqueries pour gagner un peu d'argent. Quand on lui avait accordé officiellement la garde de Terry et moi en tant que père célibataire, il avait aussitôt clamé haut et fort qu'il n'aurait plus jamais besoin de travailler grâce aux allocations familiales qu'il allait percevoir. Mais il s'est vite rendu compte que ces versements ne suffiraient pas pour financer sa consommation d'alcool.

En plus de lui payer un loyer, certains de ses pensionnaires lui fournissaient une autre source de revenus. En effet, les prestations sociales qu'ils percevaient arrivaient chez nous par mandat postal, et mon père les interceptait avant qu'ils se soient rendu compte qu'ils étaient arrivés. Il me chargeait ensuite d'imiter leur signature et d'apporter les mandats au guichet d'un bureau de poste éloigné de chez nous pour retirer l'argent liquide. Il n'a pas fallu longtemps à la police pour venir chez nous et comparer l'écriture de mon père aux fausses signatures. Il n'est venu à l'idée de personne de faire une expertise de mon écriture. Qui aurait pu imaginer une petite fille timide de neuf ans capable de falsifier des mandats postaux ?

— Tu pourras pas te faire attraper pour ça, m'assurait mon père quand je lui demandais nerveusement si on allait me mettre en prison. Un enfant de moins de dix ans n'est pas responsable légalement.

La plupart des locataires ne restaient que quelques jours. Souvent, leur départ était dû à une bagarre avec mon père. Je ne me souviens précisément que de deux d'entre eux, dont un était un garçon très beau et très gentil. Un après-midi, Terry et moi étions avec lui à la maison en train de discuter tout en mangeant des biscuits au chocolat que notre grand-mère avait déposés la veille. C'est alors que notre père est arrivé. Les biscuits étant une denrée rare chez nous, ceux au chocolat plus encore, je pense que nous avons cru, Terry et moi, qu'ils avaient été achetés par les locataires.

Mon père avait dû rêver tout au long du trajet du biscuit au chocolat qu'il allait manger avec son thé et, quand il nous a vus tous les trois, il s'est mis dans une colère noire. C'est le locataire qui a été la victime de sa rage. Se jetant sur lui, mon père l'a battu devant nous, si violemment que son sang giclait.

Ses coups s'abattaient sur lui et il le jetait sur le sol tout en l'accusant de lui avoir volé ses biscuits. Terry et moi avons essayé de lui dire que c'était notre faute, mais il ne voulait rien entendre. Il a rassemblé toutes les affaires du pauvre garçon et les a jetées dans la rue.

Même si j'étais encore petite, je me souviens de m'être demandé pourquoi il avait réagi ainsi pour un paquet de biscuits alors qu'il lui aurait suffi d'en racheter un.

Mais aujourd'hui, je pense que, s'il a battu ce gentil pensionnaire, c'est parce qu'il avait remarqué que je l'aimais bien et qu'il avait vu en lui une menace sur le contrôle qu'il exerçait à la maison. Il n'était pas question que Terry et moi ayons d'autres héros que lui. Mais tout ce que je ressentais sur le moment était une immense culpabilité. Comme d'habitude, je pensais que c'était à cause de moi si ce garçon avait subi une telle correction.

Une autre fois, un locataire a laissé la porte du jardin ouverte, et notre chien s'est échappé. Furieux d'avoir perdu son cher corgi, mon père l'a battu lui aussi et jeté dans la rue avec ses affaires. Apparemment, il lui était insupportable de voir un autre homme que lui sur son territoire, même si la personne lui payait un loyer.

Rien ne nous permettait jamais d'anticiper ses réactions. Parfois, il sortait de ses gonds à cause d'un détail qu'il était le seul à avoir remarqué, alors qu'à d'autres moments, la perspective d'être punis nous faisait trembler de peur, et ce que nous redoutions n'arrivait jamais. Cette situation nous maintenait dans une insécurité permanente et augmentait le pouvoir qu'il avait sur nous. Il était si imprévisible que nous ne pouvions qu'être tendus et nerveux à longueur de temps.

Dans le salon, il y avait un cadre accroché au mur auquel il tenait beaucoup. C'était une sorte de diplôme en rapport avec lui et la franc-maçonnerie. Cela voulait-il dire qu'il en était membre ? En tout cas, cet objet faisait sa fierté et sa joie. Quand Terry et moi avons brisé le verre du cadre un jour en jouant au ballon à l'intérieur, nous avons cru tous les deux qu'il allait nous tuer en rentrant à la maison.

Nous n'avions aucun moyen de cacher ni de réparer notre bêtise, si bien qu'en l'entendant pousser la porte d'entrée, nous nous sommes mis à trembler de peur. Accourant vers lui, nous l'avons supplié de nous pardonner et d'avoir pitié de nous.

— Aucune importance, a-t-il dit en souriant, comme pour nous montrer combien nous étions idiots de nous en faire pour si peu. C'est facile de remplacer un cadre.

S'en tenant toujours au principe selon lequel nous étions trop jeunes pour être arrêtés, il s'est mis à nous envoyer de plus en plus souvent voler dans les magasins. S'il nous avait seulement chargés au début de rapporter un peu de bacon et quelques denrées nécessaires, il a peu à peu pris l'habitude de réclamer des bouteilles de whisky qu'il partageait ensuite avec ses amis. Tandis qu'il servait les verres de ses invités, il se vantait de l'habileté de sa fille comme si je venais de remporter un prix.

J'étais emplie de fierté quand il chantait mes louanges et que ses amis me regardaient avec admiration sans comprendre que je ne commettais ces vols que parce que mon père m'y avait obligée. Si seulement il avait pu être aussi content de moi quand je jouais du violon ou quand j'avais de bonnes notes à l'école...

J'ai toujours réussi à voler des bouteilles de whisky pour lui sans me faire prendre. J'imagine que les commerçants étaient loin d'imaginer une petite fille faisant ce genre de choses ; c'est pourquoi ils ne me surveillaient pas particulièrement quand je traversais le rayon des alcools forts.

Ma tâche aurait pu toutefois être plus simple si mon père n'avait pas eu des exigences supplémentaires, car il ne pouvait accepter que deux marques : Teacher's et White Horse. Il lui arrivait de nous accompagner dans ces excursions pour jouer le rôle de chaperon. Derrière le supermarché, il y avait, toujours attachée au même endroit, une bicyclette équipée d'une sacoche à l'arrière.

Il s'asseyait là, à côté du vélo, et récupérait les bouteilles avec lesquelles je ressortais. S'empressant de les cacher dans la sacoche, il m'envoyait aussitôt en chercher d'autres. Une fois que nous en avions trois ou quatre, nous les ramassions toutes et reprenions triomphalement le chemin de la maison. Il était enchanté de m'avoir appris cela et d'échapper une fois de plus à la loi et aux règles de la vie en société. Quant à moi, même si je détestais qu'il m'oblige à voler, j'étais heureuse d'avoir enfin trouvé un moyen de lui faire plaisir et de lui montrer que je n'étais pas complètement inutile.

Un jour, alors qu'il nous avait envoyés, Terry et moi, voler du whisky sans lui, nous avons décidé de prendre plutôt des bonbons pour calmer notre faim. C'est là que nous avons été surpris.

Si les commerçants ne se méfiaient pas des enfants quand ils passaient au milieu des bouteilles d'alcool, ils faisaient certainement plus attention quand ils nous voyaient rôder autour des friandises.

J'étais terrifiée en imaginant l'arrivée de la police et, pourtant, je me sentais presque soulagée. Maintenant que nous avions été repérés, notre père allait sûrement se rendre compte que c'était trop risqué et qu'il ne devait plus nous envoyer voler du whisky pour lui.

Quand les policiers nous ont ramenés à la maison et lui ont expliqué ce qui s'était passé, il a interprété son grand numéro de père scandalisé tout en leur assurant qu'il allait punir « ces petits cons », qui plus jamais n'oseraient commettre une faute aussi grave. Je détestais le voir tout à coup soumis à l'autorité. Je le trouvais lâche quand il se montrait prêt à tout pour se protéger.

Après le départ des policiers, il s'est mis encore plus en colère contre nous, non pas à cause de notre malhonnêteté, évidemment. Il ne nous en voulait pas non plus d'avoir été surpris, même si cela prouvait une fois de plus à ses yeux que nous n'étions que des bons à rien. Non, ce qui le rendait le plus furieux, c'était que nous ayons essayé de voler des bonbons à la place du whisky. Et il nous a aussitôt envoyés réparer notre erreur.

— Ne revenez pas tant que vous n'aurez pas une bouteille chacun, nous a-t-il ordonné.

Terry a fondu en larmes devant le magasin. Il se sentait incapable de retourner à l'intérieur après ce qui nous était arrivé.

J'ai donc dû partir toute seule en mission. Je trouvais normal de faire des choses pour lui, car, dès qu'il en avait l'occasion, il se montrait tout aussi gentil avec moi. Notre situation nous rendait solidaires.

Notre père a caché les deux bouteilles sous le canapé tout en se félicitant d'avoir une fois de plus obtenu quelque chose gratuitement. Quand ses amis sont arrivés, il les a fièrement sorties, et ils ont pu passer la nuit à boire en jouant aux cartes. Le fait qu'il n'ait pas eu à les payer semblait leur donner encore plus de valeur. Son aversion pour l'acte d'achat dépassait les limites de l'entendement.

Se refusant même à payer le papier toilette, il se rendait dans les sanitaires publics des petits villages et volait les grands rouleaux mis à la disposition des usagers. Il se vantait sans arrêt de ne pas avoir acheté de papier toilette depuis des années, comme pour dire que ceux qui le faisaient étaient des imbéciles.

Il a bien acheté une Jaguar un jour, mais nous n'avons presque jamais eu de voiture, si bien que, la plupart du temps, il demandait à des amis de le conduire là où il avait besoin d'aller. Il adorait braconner afin de rapporter des lapins ou des faisans, non seulement pour avoir de la nourriture gratuite, mais aussi pour entretenir l'illusion d'être au-dessus des lois.

Les armes à feu le passionnaient et il en possédait plusieurs, avec lesquelles il tirait sur les oiseaux depuis la fenêtre de la cuisine. Il visait bien et les touchait souvent. Il m'a même appris à tirer, ce qui me rendait folle de joie. C'était si rare qu'il m'enseigne des choses à peu près normales, comme un vrai père, lui qui a déployé tellement d'énergie pour m'apprendre à voler, à tricher et finalement à vendre mon corps.

Il avait certes rejeté les règles imposées par la société, mais cela ne l'empêchait pas d'avoir son propre code de moralité. Par exemple, pour rien au monde il n'aurait volé de l'argent dans un portefeuille. Cela lui aurait paru malhonnête. Il n'avait pourtant pas éprouvé le moindre scrupule à considérer comme le sien l'argent que ma mère avait gagné en se prostituant et à lui confisquer chaque centime.

Parfois, le soir, quand mon père avait de la visite, il nous envoyait nous coucher, Terry et moi. Mais il lui arrivait aussi d'avoir envie que nous restions faire la fête avec son groupe d'amis jusqu'à 2 ou 3 heures du matin, surtout moi. Il me forçait à boire du whisky mélangé à du jus d'orange. Au début, cela me faisait mal au cœur, mais je m'y suis peu à peu habituée.

Terry et moi préférions toujours aller dormir, car nous voulions aller à l'école le lendemain, mais il nous était impossible de défendre ce point de vue quand il avait décidé que nous devions rester en bas avec lui.

Certains soirs, il voulait absolument se débarrasser de nous le plus tôt possible. Et à partir du moment où il nous avait chassés, pour quelque raison que ce soit, nous n'avions le droit de redescendre sous aucun prétexte, même si nous étions montés dès 16 heures.

Comme les seules toilettes se trouvaient en bas, derrière la maison, et qu'il n'était pas question pour nous de défier ses ordres, nous devions presque chaque fois trouver un autre moyen de nous soulager pendant ces longues soirées. Nous n'avions pas l'audace de le faire comme lui par la fenêtre ouverte. Terry pouvait atteindre la cuve qui se trouvait dans la chambre de notre père. Cuve qui nous approvisionnait en eau au rez-de-chaussée, ce qui me laisse imaginer avec effroi ce que nous avons bu et utilisé pour nous laver.

J'étais en revanche trop petite pour l'imiter, si bien que j'en suis arrivée à soulever un coin de la moquette pour me soulager directement sur le parquet. Nos chambres étaient déjà si sales et malodorantes que notre père ne s'est jamais rendu compte de ce qu'il nous obligeait à faire.

Nous ignorions ce qui se passait en bas quand nous étions ainsi relégués à l'étage, mais nous entendions des bruits curieux et nous savions qu'il gardait ses magazines pornographiques sous le coussin de son fauteuil. Comme la plupart de ses amis étaient des alcooliques ou des prostituées, il est aisé de deviner à quoi ils occupaient leurs soirées.

J'aimais beaucoup les prostituées qu'il avait pour amies, car elles étaient presque toutes très gentilles avec moi, et mon père se comportait mieux quand elles étaient là. Sans doute avaient-elles vécu une enfance semblable à la mienne et devinaient-elles le sort qui m'était réservé.

J'aimais surtout l'une d'entre elles, une femme noire prénommée Gail. C'était l'une des rares personnes capables de terroriser mon père. Parfois, elle venait me chercher pour que je garde ses enfants pendant qu'elle allait travailler. Ces soirs-là, il lui arrivait de ramener des clients quand j'étais chez elle, mais cela ne me paraissait pas anormal. C'était ainsi que les gens avaient toujours vécu autour de moi. D'une façon ou d'une autre, j'avais sûrement deviné qu'elle faisait avec ces inconnus ce que je faisais avec mon père, mais j'essayais de ne pas y penser.

Gail était une femme forte. C'était aussi une véritable obsédée sexuelle, et mon père lui plaisait beaucoup. Il avait beau aimer le sexe lui aussi et proclamer qu'il ne résistait jamais à l'appel du plaisir, il était évident que Gail le mettait mal à l'aise. Il aimait avoir le contrôle sur les autres et être à l'initiative de la séduction – ou du viol. À n'importe quelle heure du jour ou de la nuit, Gail et lui montaient à l'étage, et nous les entendions, Terry et moi, pendant qu'ils se battaient, qu'ils couchaient ensemble ou qu'ils faisaient ce qui leur venait à l'esprit. Je l'admirais parce que, contrairement à la plupart des gens, elle savait lui résister. Un jour, au pub, je l'ai vue lui taper sur la tête avec une queue de billard. Elle était formidable. J'admirais ceux qui ne se laissaient pas faire par mon père et qui avaient le courage de répondre à ses attaques. Je rêvais d'être comme eux.

Lucy était une autre prostituée amie avec mon père. Je l'aimais beaucoup, elle aussi. Elle avait un tempérament de feu et une allure de bohémienne. Mon père n'arrêtait pas de lui faire remarquer qu'elle était trop maigre, mais rien de ce qu'il disait n'avait le pouvoir de la vexer. Je ne crois pas qu'ils aient partagé autre chose qu'une franche amitié. Ils s'entendaient bien, et Lucy était l'une des rares femmes capables de lui répondre et de se défendre contre lui.

— Les hommes n'aiment pas les femmes maigres, disait-il pour se moquer d'elle.

Mais elle ne se laissait pas faire. Il n'arrivait pas à lui faire perdre sa confiance en elle malgré ses paroles acerbes. Souvent, elle arrivait à la maison en pleine nuit, couverte de blessures parce que l'un ou l'autre de ses souteneurs l'avait battue. Bien sûr, chacun de ces hommes se considérait comme son petit ami. Chaque fois que cela se produisait, mon père la faisait entrer et s'occupait d'elle, et Terry et moi la trouvions le lendemain matin couchée sur le canapé.

Sa profession n'était pas un mystère, étant donné qu'elle portait toujours des hauts moulants et décolletés, des minijupes et des chaussures à talons. Elle avait beau sortir travailler tous les soirs, elle n'avait jamais d'argent sur elle. Sans doute dépensait-elle en alcool ce que ses soi-disant petits amis voulaient bien lui laisser.

C'est souvent ce qui arrive aux prostituées : n'ayant pas l'impression que l'argent qu'elles gagnent est respectable, elles en viennent à le gaspiller alors qu'elles n'auraient jamais agi de la même manière si elles avaient travaillé dans un magasin ou dans une usine. À leurs yeux, cela ressemble plus à de l'argent sale qu'à une richesse à protéger et à économiser.

Quand Lucy était à la maison, elle m'envoyait constamment acheter pour elle des collants neufs, de la laque ou un peigne. J'adorais faire les courses pour elle, car elle me disait toujours d'en profiter pour m'acheter des bonbons ; mais j'aimais aussi lui rendre service, tout simplement. Même quand j'étais trop jeune pour savoir vraiment ce que signifiait le mot « prostituée », je savais que c'était son métier. Mais cela m'était égal. Je l'aimais pour ce qu'elle était. Un jour, alors que j'avais neuf ans, je suis revenue du magasin avec les nouveaux collants qu'elle m'avait commandés.

— Si Ria les essayait, a suggéré mon père.

Sans vraiment réfléchir, elle m'a tendu les collants que je venais de lui donner. Comme n'importe quelle petite fille, je mourais d'envie de m'habiller comme une femme et je les ai enfilés avec enthousiasme en espérant être aussi élégante que Lucy.

— Essaie les chaussures de Lucy, m'a ensuite dit mon père.

Faisant ce qu'il me disait, j'ai fait quelques pas dans la pièce en m'efforçant de garder l'équilibre sur des talons de plus de dix centimètres.

— Essaie la jupe de Lucy maintenant.

Lucy se sentait manifestement de plus en plus mal à l'aise, car elle a dit à mon père qu'elle ne voulait plus jouer à ce jeu. Elle a bien essayé de le distraire, mais, cette fois, j'étais du côté de mon père.

Je rêvais d'essayer ses vêtements. Alors, nous l'avons suppliée jusqu'à ce qu'elle cède et qu'elle me donne sa jupe, non sans réticence. Je me suis glissée dedans avec un plaisir fou, découvrant avec fascination la nouvelle ligne de mes jambes infiniment longues.

— Elle a les jambes de sa mère, a commenté mon père avec satisfaction en me regardant.

Pour moi, c'était le plus beau compliment qu'il pût me faire, car il s'était toujours extasié sur la silhouette de ma mère.

— Quand elle aura l'âge, a-t-il dit à Lucy, je la mettrai sur le trottoir. Elle va gagner des fortunes.

Je suis certaine que Lucy était au courant des projets qu'il avait pour moi, car il n'en avait jamais fait un secret. Mais elle a été choquée qu'il fasse cette déclaration devant moi.

— Elle est trop jeune pour que tu l'habilles comme ça, a-t-elle protesté.

— Maquille-la un peu, a rétorqué mon père, ignorant sa remarque.

Comme je la suppliais de me donner l'allure d'une

adulte, elle a cédé une fois de plus. Sans même un sourire, elle m'a légèrement maquillé les yeux et les lèvres, et, quand je me suis regardée dans la glace, j'ai eu l'impression d'être la plus jolie fille du monde.

— C'est ridicule, a-t-elle conclu avec un air renfrogné.

Son commentaire m'a fait l'effet d'un coup de poignard. Je trouvais que cela m'allait bien, et mon père me donnait l'impression de penser la même chose que moi, mais l'avis de Lucy comptait pour moi, et je ne voulais pas qu'elle me trouve ridicule.

Alors, je suis vite allée me changer et me laver la figure. Je me souviens que, tout en faisant disparaître mon maquillage, je m'étais dit que cette séance d'essayage m'avait amusée, mais que je ne voulais pas devenir prostituée. Même pas pour faire plaisir à mon père.

— Lucy va monter pour faire son travail, disait-il quand elle ramenait un client à la maison.

Et je n'étais pas étonnée. Je savais que, pour travailler, les prostituées recevaient des hommes. C'était leur façon de gagner de l'argent. Je ne voulais pas en savoir plus sur ce qu'elles faisaient. Mais, au fond de moi, je savais très bien à neuf ans que je ne voulais pas exercer ce métier plus tard.

9

Le temps de l'endurcissement

Bien que la famille de notre mère ait vécu dans la même ville que nous, Terry et moi n'avons plus vu personne après son départ. Même pas nos grands-parents. Tout le monde nous a tourné le dos, comme pour oublier la honte de ce qui s'était passé, et nous n'avons plus reçu aucune carte ni aucun coup de téléphone. Personne n'a cherché à savoir si nous allions bien. J'imagine que notre père n'a pas facilité les contacts, mais je ne comprendrai jamais pourquoi notre famille n'a pas au moins essayé de nous aider. J'imagine qu'il était plus facile pour mes grands-parents de faire comme si nous n'avions jamais existé.

Après des années, la petite sœur de ma mère a bien cherché à se rattraper en nous invitant à des réunions de famille, mais le temps écoulé avait fait de Terry et moi des étrangers au sein de notre propre famille.

Seuls notre père et notre grand-mère avaient fait partie de notre vie pendant notre enfance, ainsi que nos cousins avec qui nous avions parfois eu l'occasion de jouer. Comment aurais-je pu ne pas aimer mon père alors qu'il était tout ce que j'avais ? Il nous apparaissait comme la seule personne au monde qui ne nous ait pas abandonnés.

Les autres membres de la famille auraient pu profiter des moments où il était en prison et où Terry et moi séjournions en foyer pour venir nous voir sans crainte d'avoir à l'affronter. Seulement, ils ne l'ont jamais fait. Pas même à l'occasion de Noël.

Apparemment, notre existence ne faisait que déranger tout le monde. Nous n'étions qu'une charge pour ceux qui étaient responsables de nous. Et nous ne comprenions pas pourquoi notre grand-mère ne cherchait pas à nous voir, ni pourquoi nos oncles et tantes ne prenaient jamais de nos nouvelles.

Le fait qu'ils nous aient rayés de leur vie nous faisait presque autant de peine que le départ de notre mère. Si tout le monde nous avait tourné le dos, me disais-je, cela signifiait que nous étions vraiment des enfants horribles et que notre père devait être un saint pour continuer à vivre avec nous.

— Je suis la seule personne en qui tu puisses avoir confiance, me disait-il souvent. Personne d'autre que moi ne t'aimera jamais.

Je voyais bien qu'il avait raison.

Parfois, il nous enseignait certaines choses, à Terry et moi, en croyant sincèrement agir pour notre bien, même s'il le faisait pour de mauvaises raisons.

Comme il ne supportait pas de nous voir pleurer, il nous a appris à nous battre contre quiconque nous attaquait, sauf lui. Si nous rentrions en pleurnichant parce que les enfants avec qui nous avions joué à l'école ou dans la rue nous avaient tapés ou offensés, il se fâchait et nous disait que nous aurions dû les taper, nous aussi. Que nous ne devions jamais pleurer devant les autres. Il ne cessait de nous répéter que nous devions être durs si nous ne voulions pas nous faire écraser par le reste du monde.

Comme il nous avait souvent donné l'occasion de voir qu'il appliquait cette philosophie à la lettre, je savais que je n'aimais pas sa violence, mais je voyais aussi qu'elle lui permettait d'être respecté. Personne n'osait jamais s'en prendre à notre père.

— Ne te bats pas comme une fille, me disait-il. Arrête de griffer et de donner des claques. Tu dois apprendre à donner de bons coups de poing comme un garçon.

Durant ces séances d'entraînement, sans se soucier du mal qu'il nous faisait, il nous frappait de toutes ses forces pour nous montrer comment nous y prendre. Mais pas seulement. À n'importe quel moment, sans que nous nous y attendions, il nous frappait et nous tordait les bras et les jambes, riant de l'expression de choc qui apparaissait sur notre visage.

Tandis que nous retenions des larmes de douleur, il nous ordonnait de nous endurcir, comme si c'était la seule raison pour laquelle il se comportait de cette façon. Comme s'il le faisait pour notre bien.

Étant toujours intimidée à l'école, ayant sans cesse le sentiment d'être une étrangère au milieu des autres, j'étais une cible facile pour les élèves malintentionnés. J'avais surtout affaire à un groupe de trois filles qui passaient leur temps à se moquer de mes vieux vêtements et à me dire que j'étais sale et que je sentais mauvais.

— Tu n'as même pas de mère ! lançaient-elles. Elle est partie parce que tu étais trop moche.

Comme je savais qu'elles avaient raison, je n'essayais même pas de me défendre, mais leurs remarques me faisaient souffrir. Je rentrais à la maison en larmes, mais je ne devais pas compter sur mon père pour me réconforter. Il affirmait que c'était arrivé par ma faute et que je devais apprendre à ne pas me laisser faire. Il n'avait pas de temps à perdre avec une « gamine qui ne faisait que chialer ».

— T'es qu'une mauviette, m'assénait-il. Si tu leur donnes de bons coups de poing, elles te laisseront tranquille. Et elles te respecteront.

Même si j'étais convaincue que ces filles disaient la vérité, cela me faisait encore plus mal d'entendre ces paroles tous les jours. Avec leurs attaques, elles me rappelaient chaque instant que je n'étais qu'une créature laide et inutile que personne ne pouvait aimer.

Je voulais que cela s'arrête. Je voulais qu'elles deviennent gentilles avec moi, ou au moins qu'elles me laissent tranquille. Et, pour cela, je ne connaissais qu'une seule méthode : celle que mon père m'avait apprise. Seulement, je ne me sentais pas capable d'attaquer mes adversaires comme il me l'avait recommandé. Je ne voulais pas infliger à d'autres ce qu'il nous faisait subir avec tellement de satisfaction.

Un jour, les filles ont recommencé à se moquer de moi, au point que cela devint insupportable. J'ai senti la tension monter en moi, jusqu'au moment où j'ai compris que je devais réagir. Il m'est devenu tout à coup impossible de contrôler ma rage. Je me suis jetée sur elles.

À ce moment, tout ce que m'avait appris mon père m'est venu avec un naturel déconcertant. Je devais faire peur à voir, distribuant les coups à droite et à gauche avec une violence inouïe. C'était comme si j'étais sortie de mon propre corps. Mes adversaires ne devaient pas s'attendre à ma réaction, car elles ne m'ont opposé aucune résistance et j'ai facilement remporté mon combat.

Dès que je m'en suis prise à la meneuse, les autres se sont écartées en me regardant avec stupeur tandis qu'une foule de spectateurs se rassemblait autour de nous pour assister au spectacle.

J'avais beau dominer mon adversaire qui n'avait pas les moyens de se défendre, je ne pouvais pas m'empêcher de frapper encore et encore. Finalement, je ne me suis arrêtée qu'une fois que j'eus évacué toute ma colère et que ma victime fut inerte sur le sol. Je me suis sentie euphorique en découvrant ce que j'avais fait. Les leçons de mon père avaient porté leurs fruits !

Mais, aussitôt, j'ai été envahie par la culpabilité. En voyant cette fille se relever avec difficulté et s'écarter de moi en titubant, j'ai eu envie de me précipiter vers elle pour lui demander pardon et m'assurer qu'elle n'avait rien de grave.

Mais je savais que, si je le faisais, je perdrais la réputation que je venais d'acquérir. Mon père ne présentait jamais ses excuses à personne, et je voulais devenir aussi crainte, aussi respectée et aussi intouchable que lui.

J'avais hâte de rentrer à la maison pour lui raconter ce qui s'était passé. Il serait forcément ravi d'apprendre que j'avais enfin fait ce qu'il m'avait appris. Quant à moi, j'étais fière de m'être défendue.

Je n'ai pas été déçue en voyant son expression au moment où je lui ai décrit coup par coup ma fabuleuse victoire. Pour la première fois de ma vie, j'avais l'impression d'avoir fait ce qu'il fallait et de lui faire vraiment plaisir. Enfin, je me sentais digne de son amour. Seulement, quelques heures plus tard, le père de l'élève que j'avais agressée avec tant de férocité est venu sonner chez nous pour se plaindre du traitement que j'avais infligé à sa fille. Il voulait nous réclamer de l'argent, car j'avais cassé ses lunettes et déchiré sa robe.

Me tenant fièrement à côté de mon père sur le pas de la porte, j'étais on ne peut plus heureuse que cette visite inattendue vienne confirmer ma victoire. Je m'attendais à ce qu'il fasse subir au père ce que j'avais fait subir à la fille, exactement comme le jour où il avait pris la défense de Terry en s'attaquant au père de l'enfant qui lui avait fait du mal.

Mais il n'a même pas fait front avec moi. Au lieu de cela, il s'est montré étonnamment conciliant, allant jusqu'à demander pardon pour mon comportement et à me faire passer pour une délinquante qui lui causait des problèmes terribles.

Une fois de plus, il cherchait à susciter la compassion en jouant le rôle du pauvre père célibataire qui devait lutter chaque jour pour s'en sortir avec des enfants difficiles. J'avais cru que nous formions une équipe imbattable et que notre ennemi ne sortirait pas indemne de cette rencontre, mais mon père m'a laissée tomber.

Dès que nous avons été seuls, tous les deux, il a laissé éclater toute sa colère contre moi et m'a donné une correction pour me punir de lui avoir attiré des ennuis. Je me sentais de plus en plus perdue à mesure que les coups pleuvaient sur moi. Comment avait-il pu changer d'avis aussi brusquement ? J'en venais à croire que, décidément, je n'arriverais jamais à faire quelque chose de bien. Comment y serais-je parvenue alors que je ne comprenais pas ce qu'il attendait de moi ? Je m'étais enfin défendue comme il me l'avait toujours appris, et voilà qu'il me battait pour me punir. Jamais je ne trouverais le moyen de lui faire plaisir. Telle était la conclusion qui s'imposait à moi quand, une fois libérée, je suis allée m'asseoir seule dans l'escalier.

Même si mon père m'en voulait à cause de la visite qu'il avait reçue, j'étais forcée d'admettre qu'il avait eu raison en me disant de montrer les poings pour me défendre.

À compter de ce jour, tout a changé pour moi à l'école. J'avais gagné le respect des autres élèves, et ma nouvelle réputation me protégeait des attaques.

Ceux qui avaient assisté à la bagarre en avaient parlé à tout le monde, et leurs propos avaient certainement exagéré la grandeur de ma performance. Tous ceux qui avaient toujours pris soin de m'ignorer voulaient soudain devenir mes amis.

Au fond de moi, je m'en voulais d'avoir fait du mal à la pauvre fille que j'avais frappée, mais je ne pouvais pas me permettre de dévoiler mes remords. Mon changement de statut me rendait trop heureuse.

En apparence, j'avais sans doute gagné de la confiance en moi, mais mes incertitudes de petite fille mal dans sa peau étaient intactes. Même si les gens avaient cessé de se moquer de moi, je me sentais toujours différente des autres filles. J'étais convaincue de ne pas mériter tout ce qu'elles avaient, à commencer par des parents qui les aimaient et qui s'occupaient d'elles.

Je voyais mes camarades de classe comme des êtres supérieurs, même si je savais frapper plus fort qu'elles. J'étais incapable de jouer naturellement avec d'autres enfants et la simple idée de me joindre à leurs activités me rendait nerveuse. Je me tenais toujours sur mes gardes, m'attendant à me faire attaquer d'un instant à l'autre. J'étais persuadée que, si plus personne n'osait se moquer de moi ouvertement, tout le monde continuait à le faire en cachette.

Mon nouveau statut avait tout de même un inconvénient : je m'étais fait remarquer, et d'autres filles désiraient maintenant jouir du même prestige que moi. Si bien que, régulièrement, elles venaient me provoquer pour montrer qu'elles étaient aussi téméraires que moi. Je n'avais pas envie de répliquer, mais, comme les autres guettaient ma réaction, j'étais obligée de me battre. Je savais parfaitement que, si je ne relevais pas le défi, je perdrais aussitôt le respect que j'avais acquis et risquerais de redevenir leur souffre-douleur. La plupart du temps, je m'en sortais avec de simples menaces, et j'étais toujours soulagée quand ma réputation me permettait d'éviter un combat.

Malgré le respect que l'on me témoignait désormais, je ne me sentais toujours pas populaire. On m'avait si souvent répété, à la maison comme à l'école, que je n'étais qu'une horrible bonne à rien, que j'en étais totalement persuadée.

Mes seules amies étaient des filles qui comptaient sur moi pour les défendre contre les autres, ou certaines, beaucoup plus rares, qui éprouvaient de la compassion envers moi à cause de ma vie de famille. Ce type de popularité ne risquait pas de renforcer mon amour-propre.

Les professeurs, eux, se montraient souvent gentils avec moi, comme s'ils avaient décelé en moi un potentiel à exploiter, mais je ne me suis jamais autorisée à me rapprocher d'aucun d'entre eux. Mon père m'avait suffisamment répété qu'il ne fallait accepter la charité de personne, et je croyais toujours voir de la condescendance dans leurs mains tendues. J'étais sûrement loin de faciliter la tâche des bonnes volontés qui cherchaient à m'aider. Je m'interrogeais toujours sur la réalité de leurs intentions et j'étais prête à imaginer le pire sur tout le monde.

Les années passées avec notre père nous ont beaucoup soudés, Terry et moi. Bien que mon frère n'ait qu'un an de plus que moi, je pensais qu'il était beaucoup plus mûr que moi et qu'il savait tout. Je voulais le suivre partout, sans lui accorder un seul moment de répit. J'étais certaine qu'il était capable de faire en sorte que tout se passe bien pour nous.

C'était un garçon et il était plus âgé que moi ; cela suffisait pour que je le considère comme mon protecteur et mon héros, celui qui avait toujours réponse à tout. Qu'aurait-il pu faire ? C'était un enfant comme moi, tout aussi décontenancé et bouleversé par ce qui nous arrivait. Mais il me fascinait. Je ne m'intéressais pas aux jeux traditionnels des filles, je n'aimais pas jouer à la poupée. Tout ce que je voulais, c'était rester avec lui et ses amis. Je les suppliais toujours de m'autoriser à les suivre.

— Non ! répondaient les autres garçons, horrifiés à l'idée de devoir supporter la présence d'une gamine.

— Si vous ne voulez pas d'elle, répondait Terry, je ne viens pas non plus.

Cela marchait toujours, parce que tout le monde aimait Terry et voulait l'avoir dans son groupe d'amis.

À la maison, j'arrivais parfois à le convaincre de jouer à la marchande. En échange, nous jouions ensuite avec ses personnages de cow-boys et d'Indiens. Nous organisions des batailles qui duraient des heures, comme le font tous les enfants du monde.

Nous pouvions aborder presque tous les sujets ensemble. Nous partagions nos peurs et nos questionnements. Mais, quand notre père a commencé à abuser de moi, je ne lui en ai pas parlé. Bien des années plus tard, il m'a confié qu'il s'était bien douté de quelque chose à l'époque, mais qu'il n'avait pas su comment réagir. Qu'aurait-il pu faire ? C'était un enfant, et notre père et moi étions les deux personnes les plus proches de lui. S'il avait dit ou fait quoi que ce soit, il se serait exposé à une sanction terrible.

Quand la vérité a finalement éclaté au grand jour, il a pu libérer toute sa colère. Il avait dû, sans vraiment savoir pourquoi, se sentir mis à l'écart de la relation que mon père entretenait avec moi. Il avait toujours entendu dire qu'il était le préféré de notre mère. S'il s'est rendu compte que mon père et moi avions des secrets que nous ne partagions pas avec lui, cela a dû renforcer son sentiment d'isolement. Rien de ce que j'aurais pu dire ne lui aurait permis de se sentir mieux. Quant à lui révéler la vérité, cela nous aurait mis tous les deux dans une situation aussi embarrassante qu'insupportable.

Mais je remercie ma bonne étoile d'avoir mis Terry à mes côtés pendant cette période. Je n'aurais pas pu surmonter toute seule les épreuves que m'imposait mon père. Je ne crois pas que j'aurais survécu.

Il était presque toujours impossible de deviner à quel moment une scène apparemment banale allait se transformer en cauchemar. Je me rappelle un soir où mon père m'avait envoyée chercher du beurre. J'avais neuf ans. La nuit commençait à tomber.

Une fois à l'intérieur du magasin, j'ai pris dans le rayon notre marque habituelle de margarine, sans réfléchir. Mais c'était du beurre qu'il m'avait demandé, et quand je suis rentrée et qu'il a vu ce que je lui rapportais, il s'est mis dans une colère noire.

— Putain, mais t'es nulle ! a-t-il hurlé en collant presque son visage contre le mien. Tu fais vraiment n'importe quoi !

Il m'a ordonné de retourner au magasin, ce que j'ai fait. Je ne demandais qu'à ressortir avant que sa violence ne devienne physique. Le cœur battant, j'ai acheté ce que je croyais bien et suis vite rentrée à la maison, tremblante de peur en me demandant si j'avais pris ce qu'il fallait. Évidemment, ce n'était pas le cas, même si je me demande encore aujourd'hui en quoi je m'étais trompée. Il s'est remis à crier et m'a jetée dehors à coups de pied en me menaçant.

— Ne reviens pas tant que tu n'auras pas ce qu'il faut !

L'heure avait tourné depuis mon premier trajet. Quand je suis arrivée au centre-ville pour la troisième fois, le magasin était fermé. Seulement, j'étais bien trop terrorisée pour rentrer les mains vides. J'ai commencé à prendre lentement le chemin de la maison, mais je ne cessais de penser à la correction que j'allais recevoir pour avoir osé lui désobéir.

Mon expérience m'avait appris que, lorsqu'il exigeait quelque chose de bien particulier, rien d'autre ne pouvait le satisfaire. C'était comme avec les marques de whisky. Il m'avait interdit de revenir tant que je n'aurais pas le beurre qu'il voulait, mais je ne savais pas où aller pour satisfaire son attente. La seule personne vers qui j'aurais pu me tourner était ma grand-mère, mais je savais que je ne recevrais pas un bon accueil de sa part.

Je me suis alors souvenue de l'endroit, derrière le magasin de fruits et légumes situé en bas de notre rue, où étaient entassés les cageots et les cartons qui devaient être ramassés le lendemain matin. J'ai décidé de m'installer là pour la nuit et d'attendre la réouverture des magasins pour tenter de nouveau ma chance. J'espérais que mon père serait désenivré et calmé à l'heure où je rentrerais, ou qu'il serait déjà parti au pub.

La ruelle n'était pas éclairée, et j'ai eu l'impression d'avoir encore plus froid en avançant dans l'obscurité. Au moment de m'installer à tâtons au milieu des cartons, je me sentais comme une sans-abri abandonnée de tous. J'ai finalement réussi à trouver une position à peu près confortable, mais il m'a été impossible de m'endormir.

Au moment de fermer les yeux, je ne ressentais plus que le froid et l'armature des cageots qui me faisait mal. Les bruits de la rue me semblaient terriblement menaçants à cette heure du soir. Pour la première fois de ma vie, j'avais réellement envie de mourir. J'aurais voulu m'endormir et disparaître du monde pour ne plus jamais avoir à me réveiller. Je ne me sentais pas capable d'affronter la vie un seul jour de plus. *Ça leur apprendra*, me disais-je. *Cette fois, ils pourront s'en vouloir.*

Mais, en me demandant si mes parents se sentiraient coupables de ma mort, une triste certitude s'est imposée à moi : mon père accuserait ma mère de m'avoir abandonnée, et ma mère ferait porter toute la responsabilité à mon père en l'accusant de n'avoir pas su s'occuper de moi. Avaient-ils la moindre idée de ce qu'ils faisaient subir à leurs enfants en se comportant de manière aussi égoïste ?

En tout cas, ils ne semblaient absolument pas s'en soucier. Quant à moi, j'avais l'impression d'être la petite fille la plus méprisable de la planète. Je me sentais responsable de la situation abominable dans laquelle je me trouvais, et ce sentiment n'allait plus me quitter au cours des années suivantes. Je n'ai pas pleuré tandis que j'étais couchée toute seule au milieu des caisses de fruits et des cartons ; mon père m'avait appris à contrôler mes larmes. Je me contentais de contempler le noir opaque qui m'entourait tout en souhaitant de toutes mes forces que mon cœur cesse de battre et que ma vie s'arrête là.

Après un long moment, le froid m'est devenu insupportable. J'avais mal partout, j'avais peur, et, au bout du compte, il m'est apparu préférable de rentrer chez moi et de faire face à la colère de mon père plutôt que de rester là toute seule.

Puisque je ne pouvais pas mourir, il ne me restait plus qu'à affronter la réalité. J'ai couru dans la nuit, sursautant à chaque bruit, jusqu'au moment où je suis arrivée dans notre rue. Horrifiée, je n'ai pas tardé à distinguer une voiture de police garée devant chez nous.

Je ne sais pas précisément combien de temps j'étais partie, mais cela avait suffi pour que mon père signale ma disparition. En entrant, j'ai vu que des agents des services sociaux étaient là aussi, et j'ai entendu mon père interpréter à la perfection son rôle d'adulte responsable qui peinait à s'en sortir avec une fille difficile abandonnée par une mère indigne.

Bien sûr, il avait omis de mentionner que c'était lui qui m'avait envoyée dans la rue en m'interdisant de rentrer tant que je n'aurais pas le beurre qu'il voulait. Je me suis rendu compte que j'avais provoqué encore plus de problèmes en restant dehors et que j'avais dérangé ces gens qui avaient toutes les raisons d'être furieux contre moi. Renonçant à contredire mon père de peur d'aggraver la situation, je me suis contentée de baisser la tête et de garder le silence, ce qui a certainement donné à tout le monde l'impression que je n'avais que faire de ce qui se passait. Si j'avais révélé la vérité, mon père aurait fait passer ses propres paroles pour une simple plaisanterie et j'aurais eu l'air d'une imbécile incapable de reconnaître son sens de l'humour. Mieux valait donc pour moi ne rien dire à personne.

Pour commencer leurs recherches, les policiers avaient appelé mes grands-parents et leur avaient demandé le numéro de téléphone de ma mère, pensant qu'elle pourrait peut-être leur indiquer où je me trouvais. Sans doute croyaient-ils que j'étais partie la retrouver. Ils avaient même eu le temps d'envisager la diffusion dans les médias locaux d'un bulletin d'alerte signalant ma disparition.

En découvrant que je n'avais pas été enlevée, mais que j'étais restée dehors volontairement et que je leur avais seulement fait perdre leur temps, tous les fonctionnaires présents étaient hors d'eux. Mais comment le leur reprocher ? Ils n'avaient pas idée de la vie que nous menions avec notre père.

— Ton pauvre père, m'a dit l'un d'eux. Il s'efforce de t'élever tout seul, et voilà comment tu le remercies : en lui causant tous ces soucis.

Ils le plaignaient tous, comme les vieilles dames qui se laissaient abuser par ses discours au pub, et, plus il en rajoutait, plus les gens le croyaient. Dire toute la vérité aurait été la seule façon pour moi de me défendre, mais il n'était pas question que je le trahisse de cette façon.

Après le départ de la police, j'ai cru que j'allais recevoir une violente correction à cause des ennuis que je lui avais attirés une fois de plus, mais il n'a pas ajouté un seul mot. La soirée s'est poursuivie comme si rien ne s'était passé. Peut-être s'était-il sincèrement fait du souci pour moi, mais je crois surtout qu'il s'était inquiété des conséquences que cela aurait eues pour lui s'il m'était arrivé quelque chose. Il pouvait aussi m'être reconnaissant de ne pas avoir dit à la police la raison pour laquelle j'étais sortie seule le soir dans la rue ; mais il m'avait souvent répété qu'il risquait d'aller en prison si je le dénonçais, et cette perspective me paraissait bien plus terrifiante que d'obéir à ses ordres et de faire face à des policiers en colère.

Nous savions déjà que, lorsqu'il était envoyé en prison, nous n'avions plus que les services sociaux vers qui nous tourner. Notre père était notre seule famille, si bien que, quand il n'était pas là, nous étions forcément placés dans un endroit ou un autre. Et emménager dans ces foyers toujours nouveaux nous faisait l'effet d'un grand saut dans le vide.

Notre père ne se lassait pas de nous raconter les histoires les plus terribles sur les familles d'accueil et les foyers pour enfants. Selon lui, ils étaient peuplés d'adultes tortionnaires qui allaient nous battre et nous violer. Mais, même sans les tableaux effrayants qu'il nous dressait, pour rien au monde je ne l'aurais trahi. Tout simplement parce qu'il était mon père et que je l'aimais. Si ma vie était un jeu, c'était lui qui avait toutes les cartes en main.

10

Les foyers d'accueil

Mon père avait toujours l'air de lutter contre la dépression. Il affirmait que son mal-être était dû au départ de ma mère qui lui avait brisé le cœur, mais il avait déjà essayé de se suicider avant qu'elle ne le quitte définitivement. Quand il était ivre, il disait souvent qu'il allait se tuer, ce qui avait le don de nous effrayer, Terry et moi. Nous avions toujours peur qu'il mette ses menaces à exécution et qu'un jour, en rentrant de l'école, nous le trouvions mort.

Néanmoins, à force de l'entendre répéter les mêmes choses au fil des années, nous avons prêté de moins en moins d'attention à ses paroles. Jusqu'à ce jour où, à l'âge de neuf ans, je l'ai vu rentrer à la maison avec une bouteille d'herbicide à la main.

Il a annoncé qu'il avait l'intention de s'en servir pour se suicider le jour même. Manifestement, il avait trouvé cette idée dans le journal *News of the World*, dans la rubrique « faits divers ». Un homme s'était tué de cette façon, et notre père semblait décidé à l'imiter. Devant nous, il a ouvert la bouteille d'un geste grandiloquent et l'a bue en entier. Ni Terry ni moi n'osions l'interrompre. Finalement, il nous a dit au revoir et est monté se coucher pour mourir.

— Ne téléphonez à personne, furent ses derniers mots avant qu'il ne quitte la pièce.

Terry et moi sommes restés immobiles, nous regardant mutuellement avec stupeur. Une partie de moi me disait de ne pas réagir et de le laisser partir. J'avais le sentiment que ma vie serait tellement plus simple sans lui... Mais, au fond de moi, je savais que je ne pouvais pas faire ça. Malgré tous ses défauts, il restait notre père et le seul membre de notre famille resté auprès de nous. Devions-nous lui désobéir et appeler au secours ? Il nous avait donné un ordre ; en outre, il nous avait toujours appris à ne répéter à personne ce qui se passait au sein de notre famille.

D'après lui, les gens risquaient de croire qu'il n'était pas capable de s'occuper seul de nous, et nous serions envoyés en foyer. Si cela arrivait, disait-il, nous avions des chances de ne plus jamais le revoir.

Quand il se faisait arrêter et que nous étions placés, je craignais toujours d'être séparée de lui pour toujours. S'il se suicidait, les autorités n'auraient d'autre choix que de nous confier à qui bon leur semblerait, et nous serions livrés à nous-mêmes jusqu'à la fin de nos jours. Plus personne ne se soucierait de notre sort. Nous deviendrions des orphelins.

Après un moment de suspens, n'ayant pas la force de rester sans rien faire, nous avons décidé de prendre le risque de lui désobéir et nous avons appelé le médecin. D'une voix haletante, nous lui avons expliqué ce qui s'était passé et, quelques minutes plus tard, il frappait à notre porte. Dès que nous lui avons ouvert, il est monté directement à l'étage, où il a fait une injection à notre père qui s'est précipité à sa fenêtre pour vomir tout ce que contenait son estomac. C'est par la vitre de la porte d'entrée que nous avons vu ce qui cascadait depuis le haut. Quelques instants plus tard, le médecin redescendait.

— C'est bon, il ne craint plus rien maintenant, nous a-t-il dit avant de repartir.

Restés seuls, nous n'entendions plus que les bruits et les gémissements venant de la chambre de notre père. Avec le recul, je me demande ce qu'il avait bu. S'il avait vraiment avalé une bouteille entière d'herbicide, n'aurait-il pas eu la gorge brûlée ? Ne se serait-il pas évanoui en un instant sous l'effet de la douleur ? J'en arrive à penser qu'il avait rempli cette bouteille d'un autre liquide. Sinon, le médecin ne l'aurait-il pas emmené en urgence à l'hôpital ? Je ne connaîtrai jamais la vérité sur ce qui s'est réellement passé.

Cet incident est resté sans conséquence. Les services sociaux ne sont pas venus prendre de nos nouvelles ni nous proposer d'en parler. Par chance, notre père ne nous en a pas voulu de lui avoir désobéi ; j'en conclus que, finalement, nous avons fait ce qu'il attendait de nous en prévenant le médecin.

Après cet événement, j'ai commencé à me sentir encore plus inquiète et déboussolée. J'ai compris que j'allais devoir faire plus d'efforts pour rendre mon père heureux afin qu'il n'essaye pas une nouvelle fois de se suicider. Je devais faire tout mon possible pour lui faire oublier son chagrin, mais, en même temps, je détestais la façon dont il nous traitait. Je n'en pouvais plus d'avoir peur et de me sentir coupable sans arrêt.

Les agents des services sociaux qui passaient chez nous de temps à autre ont continué à nous poser les mêmes questions de routine. Sans doute étaient-ils conscients que je ne disais pas tout sur la vie que je menais avec mon père. Toujours est-il que j'ai attendu d'avoir dix ans pour trouver enfin le courage de révéler que notre père nous envoyait régulièrement voler du whisky et que je ne voulais plus le faire.

Je ne me souviens plus précisément de ce qui a suivi cette annonce, mais elle a eu d'importantes conséquences puisque nous avons été éloignés de lui et placés dans un foyer pour enfants appelé « Les Durdan ».

Comme d'habitude, rien ne s'y passait ainsi que dans les descriptions cauchemardesques de notre père. Au contraire, pour de nombreuses raisons, nous y étions très bien. Le personnel faisait son possible pour être agréable avec nous, et j'adorais l'établissement voisin dans lequel on nous avait scolarisés.

Nous avons reçu des vêtements neufs, et nous pouvions changer de chaussettes et de sous-vêtements tous les jours. Quant à la nourriture, elle était infiniment meilleure que chez nous. Pourtant, je ne pensais qu'à une chose : retourner manger des œufs frites avec mon père, que je considérais toujours comme la seule personne au monde capable de m'aimer.

Un jour, il est venu nous rendre visite aux Durdan avec Kathy, sa nouvelle petite amie. Je ne m'inquiétais pas de le voir se lier à des femmes, car je savais que notre relation était unique et que ce qu'il ressentait pour moi ne changerait jamais. Je savais qu'il m'aimait et qu'il ne m'abandonnerait pas à moins d'y être forcé, car il me l'avait dit souvent. Je comprenais qu'il ait besoin d'avoir une femme dans sa vie afin qu'elle remplisse le rôle que je ne pouvais et ne voulais pas remplir. Et puis j'avais envie d'avoir une nouvelle maman et je savais que Terry en avait besoin lui aussi.

Kathy était adorable. C'était une femme brune, ravissante, au regard à la fois lumineux et bon. Elle avait le cœur sur la main. Ses deux enfants étaient légèrement plus âgés que nous, et elle voulait que nous vivions tous les six ensemble comme une grande famille heureuse. Notre père avait dû exercer sur elle ses pouvoirs magiques, car elle était tout aussi amoureuse de lui que tous ceux qui l'entouraient semblaient l'être.

Il promettait que, dès que nous serions tous rassemblés, il ferait revenir Chris et Glen à la maison. Je le voyais toujours comme un héros. Je ne considérais pas que c'était sa faute s'il buvait trop. C'était à cause de ma mère, et je ne pouvais qu'aimer la femme qui lui permettrait de l'oublier.

Dès l'instant où j'ai rencontré Kathy, j'ai eu envie de faire partie de sa famille. J'ai pris la résolution de devenir une petite fille irréprochable afin qu'elle n'ait jamais envie de nous quitter. Je ne voulais pas la faire fuir comme j'avais fait fuir ma mère.

D'autant que je savais que, si Kathy s'installait chez nous, mon père me laisserait en paix. Il ne chercherait plus à venir sur moi en permanence et je pourrais redevenir sa fille, rien que sa fille. Cela me faisait rêver.

Je m'étais fait couper les cheveux quelques jours avant cette visite. En arrivant aux Durdan, mon père est passé à côté de moi sans me reconnaître, ce qui m'a profondément blessée. Quand il m'a regardée et a finalement compris ce que j'avais fait, il s'est mis en colère en me rappelant combien il avait aimé mes longs cheveux blonds. C'était comme si j'avais volontairement cassé un objet auquel il tenait en acceptant que quelqu'un les coupe. Une fois remis de son choc, il a finalement pu s'installer et discuter tranquillement avec nous. Toutefois, il semblait toujours sur ses gardes quand il y avait du monde avec nous.

— Tu as envie de rentrer à la maison ? m'a-t-il demandé au moment où la surveillante était sortie de la pièce pour préparer du thé.

J'ai acquiescé avec enthousiasme.

— Alors, dis-leur que tu as menti quand tu as dit que je vous avais envoyés voler du whisky.

Je détestais mentir. Cela me rendait malade et me donnait un immense sentiment de culpabilité. Pourtant, comme d'habitude, j'ai fait ce qu'il me demandait. J'ai dit au personnel que j'avais tout inventé.

Terry et moi étions dans ce foyer depuis des mois, mais cette simple déclaration a suffi à faire changer d'avis l'équipe d'encadrement. Nous avons pu repartir avec Kathy et notre père le jour même. Je me sentais plus heureuse que jamais au moment de franchir la grille avec mes affaires entassées dans un sac. Kathy et mon père avaient envie que je vive avec eux, et j'allais enfin faire partie d'un véritable foyer. J'aimais mon père plus que jamais. Nous allions former une vraie famille.

La présence de Kathy chez nous avait au moins un avantage majeur : mon père ne pouvait plus m'emmener dans sa chambre. Néanmoins, la douceur et l'harmonie étaient encore loin de régner dans notre maison. Parfois, Kathy parvenait à résister à sa tyrannie, ce qui aboutissait souvent à une séparation, même provisoire. Chaque fois que Kathy s'en allait, mon père recommençait à abuser de moi mentalement, physiquement et sexuellement. Il avait toujours besoin d'exercer son pouvoir sur une personne plus faible que lui afin d'évacuer sa colère et de satisfaire ses pulsions sexuelles. Je considérais Kathy comme ma sauveuse, et, chaque fois qu'ils se séparaient, j'étais folle de rage. J'avais peur qu'elle finisse par le quitter définitivement, me laissant à sa merci en permanence.

Même si nous vivions plus ou moins comme une famille, Kathy avait eu la sagesse de ne pas abandonner sa maison, même dans les moments où leur relation était au beau fixe. Comme elle n'habitait pas loin de chez nous, nous allions souvent d'un logement à l'autre. Grâce à cela, mon père ne pouvait pas prendre complètement le contrôle de sa vie.

Elle avait toujours un endroit où se réfugier quand il dépassait les limites, ce que ma mère n'avait jamais eu après leur mariage. Kathy adorait mon père au point de vouloir l'épouser, mais, curieusement, c'était lui qui montrait des réticences à s'engager aussi franchement avec elle. Peut-être croyait-il que cette situation lui permettait de garder un certain pouvoir sur elle.

À moins qu'il ait vraiment considéré qu'il n'aurait jamais d'autre épouse que ma mère. Quoi qu'il en soit, cela a sans doute sauvé Kathy.

Mon père continuait à voler et à se battre, si bien qu'il n'a pas tardé à être renvoyé en prison. Kathy, qui devait déjà s'occuper de ses propres enfants, ne pouvait pas nous accueillir chez elle. Nous avons donc été placés chez les Leggett. Comme ils hébergeaient déjà six garçons, ils ne m'ont pas caché leur enthousiasme à l'idée d'avoir enfin une fille chez eux. En arrivant dans la maison de cette nouvelle famille d'accueil, j'étais folle de joie lorsque j'ai découvert qu'ils m'avaient préparé une chambre rose. Mais je n'ai pas tardé à apprendre à mes dépens qu'être la seule fille au milieu d'un groupe de garçons avait bien des inconvénients. Manifestement, ils considéraient tous que je devais être à leur service, et je suis bientôt devenue le souffre-douleur de la maison, comme à l'époque où l'on m'avait surnommée « la muette ».

Je sentais, peut-être, à tort du reste, que les garçons se moquaient de moi dès que j'avais le dos tourné, et j'en souffrais terriblement. Un jour, alors que je débarrassais la table après un repas, j'ai vidé une assiette dans la poubelle en utilisant ma main au lieu d'un couvert.

Aussitôt, les autres enfants se sont moqués de moi en inventant toutes sortes de sobriquets pour me décrire. Il n'y avait peut-être aucune méchanceté dans leurs plaisanteries, mais cela n'a fait que renforcer mon sentiment d'infériorité.

Quand nous étions placés, nous recevions chaque semaine un peu d'argent de poche. Or j'ai découvert que l'un des garçons qui vivaient avec nous percevait une somme plus importante que moi alors qu'il était plus jeune.

— Comment ça se fait ? lui ai-je demandé avec étonnement.

— C'est parce que je suis meilleur que toi, a-t-il répondu avec le plus grand naturel.

Bien sûr, je l'ai cru, puisque j'étais déjà convaincue que le monde entier était meilleur que moi. Je me rappelle avoir été dévastée par cette simple remarque et, après cela, j'ai prié Dieu de toutes mes forces de me laisser retourner auprès de mon papa.

Dès que mon père sortait de prison, il me téléphonait et me disait de me sauver du foyer dans lequel je me trouvais pour courir le rejoindre, ce que je ne manquais jamais de faire à la première occasion. Comme je ne me suis jamais sentie chez moi dans aucune famille d'accueil, cela m'apparaissait toujours comme la meilleure solution. J'avais beau avoir peur de mon père et détester ce qu'il me faisait subir, je voulais toujours vivre avec lui. Chaque fois que je le retrouvais, j'espérais que tout allait changer, qu'il serait gentil avec moi et cesserait de me faire ces choses qui me dégoûtaient. Mais il ne pouvait pas transformer sa nature profonde.

Il vivait tout cela comme un jeu. Ce qu'il voulait, c'était montrer aux services sociaux qui essayaient d'agir au mieux pour moi que leurs efforts étaient vains face au pouvoir qu'il exerçait lui-même sur moi. Quoi qu'ils fassent pour assurer ma sécurité, il lui suffisait de claquer des doigts pour que je coure le retrouver.

Quelque temps après notre retour à la maison, notre père a de nouveau été arrêté, sans doute pour vol à l'étalage. Sans qu'on daigne nous donner la moindre explication, nous avons été reconduits aux Durdan pour un long séjour. Je ne saurais dire combien de temps nous sommes restés exactement, car je me rends compte que certaines périodes peuvent paraître exagérément longues aux yeux d'un enfant. Mais cela a dû durer près d'un an, car je me souviens très bien de l'école que nous fréquentions.

Je restais persuadée de n'être bonne à rien, ainsi que me l'avait appris mon père. Nous avions chaque semaine un contrôle de mathématiques, et, si j'obtenais une note de neuf sur dix, je m'en voulais terriblement d'avoir perdu un point. De ne pas avoir parfaitement réussi. Si en revanche je ne faisais aucune faute, je pensais que c'était seulement parce que les exercices avaient été particulièrement faciles ce jour-là. Je me croyais incapable d'être performante dans un quelconque domaine. Je ne valais rien, c'était un fait établi, selon moi.

Aux Durdan, il m'arrivait de me déguiser avec d'autres filles et de participer à des concours de beauté. Si je gagnais, j'étais sûre que l'on m'avait laissé la première place par pitié et par crainte que je ne sois désespérée si je perdais.

Quoi que l'on me dise, je me voyais toujours comme une personne grosse, laide et inutile, puisque je n'entendais que cela depuis des années. Il m'arrivait souvent de me jeter sur mon lit en tapant des poings avec rage sur le matelas. Je ne pleurais pas, mais je criais que je me haïssais et que je voulais que tout cela s'arrête.

Si le personnel m'entendait et venait me demander ce qui n'allait pas, je reprenais aussitôt mon calme et ne disais plus rien.

Tant de choses me passaient par la tête à cette époque… J'étais tout simplement incapable de définir ce que je ressentais. De toute façon, je n'aurais pas su me confier ; je n'avais pas appris à communiquer au sein de ma famille. Notre père ne nous avait jamais encouragés à parler de nous-mêmes ou à exprimer nos sentiments. Cela ne semblait pas l'intéresser le moins du monde. J'avais un besoin désespéré d'attention, mais j'étais incapable de l'exprimer.

J'avais la sensation qu'un mur de verre se dressait entre moi et le reste du monde. Personne ne pouvait m'entendre, et ceux qui essayaient de m'aider ne pouvaient pas m'atteindre à travers cette barrière infranchissable.

Un jour, l'un des pensionnaires des Durdan, un garçon nommé Harry qui avait deux ans de moins que moi, a eu un accès de colère et s'est mis à tout casser dans sa chambre. Non sans intérêt, j'ai observé le personnel qui s'empressait autour de lui pour essayer de comprendre son geste et de le consoler. Je me disais qu'Harry avait dû se sentir très mal pour en arriver là. Et, justement, je me sentais très mal, moi aussi. N'avait-il pas eu une excellente idée ? Si je faisais une crise à mon tour, quelqu'un s'intéresserait peut-être enfin à moi.

J'ai attendu quelques jours que la vie ait repris son cours dans le foyer, puis j'ai fait exactement la même chose qu'Harry. J'ai mis ma chambre à sac. Curieusement, les réactions envers moi n'ont pas été aussi compréhensives que celles qu'avait reçues Harry. Tout le monde avait sans doute très bien compris que j'avais fait cela uniquement pour attirer l'attention, et je n'ai eu que des remontrances. Au moins, je m'étais fait entendre, et, grâce à cet événement, j'ai gagné une réputation d'enfant « difficile ».

Quand j'avais un peu plus de dix ans, les autorités m'ont fait participer à deux séjours équestres pendant les vacances. Je dormais dans un dortoir situé dans les écuries, avec des filles que je n'avais jamais rencontrées auparavant et qui ne savaient rien de moi. On nous attribuait à chacune un cheval dont nous devions nous occuper pendant toute la semaine.

Ces moments ont été les plus heureux de toute mon enfance. Je n'avais jamais monté à cheval, mais j'ai tout de suite aimé ça. J'adorais les randonnées équestres, les pique-niques en pleine nature, les chevauchées sur la plage… Le plus merveilleux était d'être sur le dos de mon cheval pendant qu'il nageait dans la mer. J'ai même été décorée d'un flot à la fin de ces deux stages. Pour moi qui n'avais jamais rien remporté de ma vie, c'était un événement ! Je me sentais si fière, si excitée.

Les gens que j'ai fréquentés dans cette écurie me traitaient comme n'importe qui, me donnant l'impression que je n'étais pas indigne de me trouver au milieu d'eux.

J'étais folle du cheval qu'on m'avait confié lors du premier stage. C'était un adorable gris nommé Shandy, et je pouvais passer des heures assise à côté de son box à lui dire combien il était formidable et combien je l'aimais. La seconde fois, j'ai dû m'occuper d'un petit poney bai têtu qui s'appelait Nero et que je n'ai pas tardé à aimer tout autant. Ces séjours m'ont appris tellement de choses.

Le soir, assis dehors autour d'un feu, nous mangions des pommes de terre rôties en discutant et en riant tous ensemble. Je n'avais jamais connu une atmosphère comme celle-ci.

Mais, en dépit du bonheur que j'éprouvais, je savais que ces vacances n'étaient qu'un rêve et qu'à la fin de la semaine, je devrais retourner à la réalité. Jamais je n'ai imaginé pouvoir un jour mener la même existence que les gens qui travaillaient dans cette écurie. Je ne méritais pas cette vie. J'avais déjà du mal à comprendre comment on avait pu m'autoriser à mettre le pied dans un monde aussi merveilleux.

J'ai participé à d'autres séjours en groupe, au cours desquels étaient organisées des activités artistiques et manuelles. Cela se passait dans une grande maison. Nous faisions aussi des sorties en canoë et pratiquions toutes sortes de sports. Lors d'un de ces séjours, je me suis prise de passion pour le tennis ; je jouais dès qu'un court était disponible. J'étais aussi une bonne nageuse. Notre monitrice, une femme très gentille, voulait me faire intégrer le niveau supérieur, mais j'ai refusé. Je voulais rester la meilleure nageuse de mon groupe et redoutais de devenir l'une des moins bonnes du niveau supérieur. Cela me faisait tellement de bien d'être enfin la meilleure !

Mon père ne m'a jamais encouragée à persévérer dans les disciplines qui me réussissaient, que ce soit le tennis, la natation ou l'équitation. Une fois de retour à la maison, je n'ai pas eu le droit de participer aux activités extrascolaires. Je me souviens que j'ai eu un vélo pendant une certaine période et que j'étais très fière quand j'ai réussi à en faire, d'autant plus que j'avais appris toute seule. Mais, un jour, en rentrant de l'école, j'ai découvert que mon père l'avait vendu.

Peut-être que, si j'avais eu l'occasion de développer ma confiance en moi, j'aurais eu davantage de respect envers moi-même. J'aurais mieux su me défendre, j'aurais eu les armes nécessaires pour résister à mon père et refuser de me vendre pour lui. Mais je croyais vraiment que je ne valais pas mieux que la vie qu'il m'imposait. À force de me répéter que je n'étais bonne à rien, il m'en avait persuadée.

11

Le pensionnat

Ne sachant plus que faire de Terry et moi, les services sociaux ont finalement résolu de nous scolariser au pensionnat de Wymondham College. J'avais onze ans, je quittais tout juste l'école primaire. Toute notre vie, nous nous étions sentis différents partout où nous étions allés : dans les écoles comme dans les foyers sociaux, mais aussi au sein de notre propre famille. Dans ce pensionnat, les élèves étaient issus de la classe moyenne, et leurs parents étaient souvent en service à l'étranger pour le compte de l'armée britannique.

Jamais nous n'avions eu autant l'impression de ne pas faire partie de la norme. Les autorités nous avaient placés ici pour nous éloigner de l'influence de notre père, ce qui était pour le moins compréhensible. Mais, comme nous passions tous les week-ends et toutes les vacances avec lui, rien ne changeait vraiment pour nous. Nous demeurions hostiles à tout ce que le personnel de Wymondham essayait de faire pour nous, et nous ne nous privions pas d'imiter le cynisme de notre père.

Le jour de la rentrée, un professeur a demandé aux nouveaux élèves s'ils voulaient être appelés d'une certaine manière. Par exemple, si une fille était prénommée Katherine, souhaitait-elle être appelée « Kate », « Katy » ou « Kathy » ? J'ignore pourquoi, mais, en entendant cette question, j'ai levé la main pour signaler que je préférais qu'on m'appelle « Diane ». Je ne saurais dire d'où venait le choix de ce prénom ; seulement, je ne voulais plus être Maria et je crois avoir dit le premier nom qui me venait à l'esprit.

À partir de ce moment, je suis devenue « Di », comme pour signifier un changement radical d'identité. Mais j'étais toujours la même personne, évidemment. Celle qui essayait de se faire une place dans un milieu dont elle se sentait complètement étrangère.

Pour plusieurs raisons, je dois reconnaître que nous placer dans ce pensionnat était une bonne idée. Jamais nous n'avions évolué dans un environnement aussi strict. Notre emploi du temps était réglé à la minute près, ce qui me laissait assez peu de temps pour broyer du noir, réfléchir à l'injustice de la vie ou me rappeler à quel point mon père me manquait.

Le temps que nous ne passions pas en classe était consacré au sport, et j'ai eu l'occasion inespérée d'apprendre le hockey sur gazon et le netball. Les services sociaux m'avaient même fourni ma propre crosse de hockey. J'avais si peu l'habitude de posséder des choses, contrairement aux enfants qui m'entouraient !

Certaines plages horaires étaient consacrées à la lecture et à l'étude de la littérature, d'autres, à la prière, et il nous arrivait même de pratiquer des activités le week-end. Avec tout cela, nous n'avions le temps ni de nous ennuyer ni de faire des bêtises. Une fois habituée à ce rythme, j'ai commencé à apprécier ce style de vie si différent de ce que j'avais connu jusque-là. Mais jamais je ne me suis sentie intégrée. Les autres filles étaient très gentilles et polies avec moi, mais leur façon de parler et leurs manières étaient infiniment loin de moi. Elles avaient beaucoup voyagé et connaissaient des choses dont je n'avais pas même entendu parler. Nous n'avions pour ainsi dire rien en commun.

Douze jeunes filles installées dans le même dortoir finissent forcément par parler de la vie qu'elles mènent en dehors de l'école. Je ne cherchais pas à mentir ni à cacher d'où je venais, même si je me gardais bien de tout révéler sur mon père, mais j'arrivais toujours à trouver des histoires qui les fascinaient à propos du vol à l'étalage, des prostituées et des alcooliques. Je n'ai jamais été une bonne menteuse.

Si quelqu'un me pose une question directe, je me sens toujours obligée de dire la vérité. C'est d'ailleurs pour cette raison que je détestais être impliquée dans les escroqueries de mon père.

Toutefois, je ne crois pas que mes camarades m'aient toujours crue. Elles devaient penser que j'inventais ces anecdotes pour attirer l'attention, ou que j'en rajoutais pour donner plus d'intérêt à ce que je racontais.

Si j'avais du mal à comprendre leur vie, la mienne devait leur paraître encore plus étrange. J'avais eu des contacts avec leur milieu dans certaines familles d'accueil ou lors de mes stages d'équitation, mais jamais elles n'avaient passé une nuit entière à boire et à jouer aux cartes avec des hommes comme mon père, ni vu des prostituées aller et venir dans leur maison avec des clients. La notion même de logement social leur était étrangère. La prostitution était un sujet tabou dans leur milieu, et, à cette époque, les séries télévisées n'étaient pas là pour parler de la vie dans la rue.

À l'école, je rêvais d'avoir un petit ami. Évidemment, ce n'était pas l'aspect sexuel du couple qui m'intéressait, car la vision que j'en avais était effroyable.

Mais je voulais que quelqu'un m'aime et s'occupe de moi. Je mourais d'envie de prouver à mon père qu'il avait tort et qu'il n'était pas le seul capable de m'aimer, au point que je passais mon temps à courir après de pauvres garçons en essayant de leur faire avouer leur amour pour moi. Bien sûr, ceux avec qui je sortais s'empressaient de glisser leurs mains dans mon soutien-gorge ou ma culotte. Dès que cela se produisait, je ne cachais pas mon indignation.

— Alors, c'est tout ce que tu attends de moi ? disais-je tristement.

J'en arrivais à penser que les garçons n'étaient vraiment intéressés que par le sexe. Néanmoins, je gardais espoir et poursuivais ma quête, cherchant sans relâche l'amour platonique, quitte à aller de déception en déception. Chaque fois que je parvenais à arracher une déclaration d'amour à un garçon, j'étais certaine d'avoir trouvé la preuve que je n'étais pas l'horrible créature que mon père décrivait sans cesse.

Et quand ce garçon me tournait le dos parce que je ne l'avais pas laissé me toucher, de nouveau persuadée que mon père avait raison et que personne d'autre que lui ne m'aimerait jamais, je versais toutes les larmes de mon corps et m'effondrais sur mon lit.

C'est au cours de cette première année à Wymondham que j'ai commencé à avoir mes règles. J'étais folle de joie quand c'est arrivé, car je pensais que mon père cesserait d'avoir des rapports sexuels avec moi de peur de me mettre enceinte. Après tout, il n'avait envoyé ma mère se prostituer que lorsqu'elle avait pris la pilule ;

cela voulait bien dire qu'il pensait à ces choses-là. Je me suis empressée de lui téléphoner de l'école pour lui annoncer la nouvelle.

Il était enchanté d'apprendre que j'étais devenue une femme, même si je n'avais que onze ans, mais, hélas, je n'ai pas tardé à découvrir que cela n'avait aucune influence sur sa façon de me traiter. Dès mon retour à la maison, il a recommencé à abuser de moi.

J'avais beau aimer Kathy et avoir envie qu'elle soit tout le temps avec nous, je me sentais toujours comme une étrangère dans la famille quand ses enfants étaient présents. Et mon père ne faisait rien pour arranger les choses. Une année, nous avons passé Noël tous ensemble.

Mon père n'étant pas en prison et Terry et moi ayant des congés scolaires, nous avions l'occasion de célébrer les fêtes comme n'importe quelle famille normale. J'avais hâte que les vacances arrivent, car je me souvenais des Noëls que notre père avait préparés pour nous des années plus tôt, des dindes qu'il avait plumées pour nous offrir une belle fête, et j'étais sûre qu'il serait de nouveau de bonne humeur cette fois-ci.

Le jour venu, la maison avait été décorée par Kathy, et il régnait une véritable atmosphère de fête à l'intérieur. Tous réunis dans le salon, nous regardions les cadeaux placés sous le sapin. J'ai observé Kathy et mon père offrir un paquet à la fille de Kathy. En l'ouvrant, elle a dévoilé une boîte emplie de petits flacons de parfum joliment emballés.

Puis ils se sont échangé des cadeaux, jusqu'au moment où j'ai compris que tout le monde avait reçu quelque chose, sauf moi. Le cœur serré, je me suis forcée à sourire et à retenir mes larmes tout en espérant que je m'étais trompée et que j'allais finir par avoir quelque chose. Mais non, rien n'était prévu pour moi. Mon père a dû remarquer mon expression figée, car il s'est mis à rire et m'a lancé un paquet de Maltesers.

— Tiens, ça suffira pour toi, a-t-il dit sur un ton moqueur.

C'était le plaisir qu'il prenait à m'humilier devant tout le monde qui me faisait le plus de mal. Il aimait rappeler aussi souvent que possible que je ne valais rien, que je ne méritais aucune attention ni aucune considération, même pas le jour de Noël.

Je comprenais qu'il ait besoin d'argent pour boire ; c'est pourquoi je ne réclamais jamais rien. Mais cela ne voulait pas dire que je ne rêvais pas d'avoir quelque chose de neuf de temps en temps, surtout quand toute la famille recevait un cadeau. Je ne m'étais attendue à rien de cher, mais un seul petit cadeau bien présenté m'aurait montré que quelqu'un avait pensé à moi et s'était donné du mal pour me faire plaisir.

J'ignore pourquoi Kathy n'avait rien prévu pour moi. Peut-être avait-elle cru que je ne serais pas là, à moins que mon père lui eût assuré qu'il avait déjà un cadeau. Je ne me souviens pas. Mais elle était toujours gentille avec moi, et je sais qu'elle ne m'aurait pas délaissée volontairement.

Quand les enfants de Kathy étaient là, j'essayais de me lier avec eux, mais ils étaient trop grands pour s'intéresser à nos jeux. Nous ne nous disputions pas, mais j'avais le sentiment qu'ils étaient meilleurs que moi et que je n'étais qu'une intruse dans leur famille, exactement comme dans les familles d'accueil qui m'avaient hébergée ou au milieu de mes cousins quand nous les voyions chez notre grand-mère. Je n'avais l'impression d'être à ma place que lorsque nous étions tous les trois à la maison, Terry, notre père et moi.

Au bout d'un moment, notre père a même réussi à faire en sorte que Kathy lui rapporte de l'argent facile. Je n'aurais jamais cru cela possible et j'ai encore du mal à comprendre aujourd'hui comment c'est arrivé, mais, mystérieusement, il l'a convaincue de se prostituer pour lui comme il l'avait fait avec ma mère. Kathy avait beau être la femme la plus gentille, la plus intelligente, la plus raffinée et la plus ravissante que j'aie jamais connue, cela ne l'a pas empêchée de tomber dans son piège. Elle a bien essayé de résister, mais il est parvenu à la soumettre à force de violence verbale et physique.

Pour l'intimider, il a même tué son chat en le prenant par la queue et en faisant exploser sa tête contre le mur. Il semblait capable de jeter un sort aux gens comme Kathy et moi afin de les briser et d'en faire tout ce qu'il voulait. Si des femmes adultes et fortes telles que ma mère et Kathy n'avaient pas su lui résister, quelles chances me restait-il à moi, une petite fille en adoration devant son père ? Depuis le jour de ma naissance, mon avenir s'imposait à moi comme une fatalité.

12

La visite

À mesure que je grandissais, l'attitude de mon père envers moi devenait de plus en plus ambiguë et sinistre. Quand j'étais au collège, il a commencé à me considérer comme une femme et non plus comme une enfant.

Il se réjouissait manifestement à l'idée de pouvoir bientôt concrétiser les projets qu'il avait depuis si longtemps élaborés pour moi. À l'âge de douze ans, un jour où j'étais de retour à la maison avec Terry, j'ai été invitée à une fête avec Kathy, mon père et mon frère.

Mon père a tenu à me donner l'allure d'une prostituée en me faisant porter une robe rouge moulante qui appartenait à la fille de Kathy et en me persuadant de me maquiller et de me coiffer comme une adulte. Il se comportait exactement comme le jour où, trois ans plus tôt, il avait convaincu Lucy de me déguiser.

Au début, j'ai été ravie d'avoir l'air d'une femme, mais, à force de me regarder dans la glace, j'ai commencé à me sentir mal à l'aise. J'ai essayé de faire marche arrière, mais il a insisté pour que je reste telle que j'étais. Selon ses propres termes, il voulait que j'aie l'air d'avoir dix-huit ans l'espace d'une soirée. Ce n'était pas si difficile, du reste, malgré mon jeune âge. J'étais plus mûre physiquement que mes camarades de classe, et j'avais déjà les formes d'une jeune fille. Avec cette robe, je pouvais très bien jouer le rôle qu'il attendait de moi.

Quand nous sommes arrivés à la fête, il a commencé à se comporter de façon encore plus étrange, comme s'il n'était pas mon père, mais mon petit ami. Sa manière de me regarder et de me toucher était loin d'être paternelle, et ses paroles étaient pour le moins suggestives.

Cela me gênait horriblement, mais, si je lui avais fait la moindre remarque, il se serait mis en colère devant tout le monde. Je me contentai de sourire en baissant les yeux et en essayant d'oublier ma honte.

Ce n'était pas la première fois qu'il adoptait un comportement déplacé, sans même parler des abus qu'il me faisait subir. Mais, ce soir-là, son attitude me paraissait encore plus menaçante, car nous n'étions pas seuls et il ne semblait pas accorder la moindre importance à ce qu'allaient penser les gens.

On aurait même dit qu'il profitait d'avoir un public pour m'exhiber. Le jour de mes douze ans, il m'avait écrit une carte d'anniversaire pour la première fois de ma vie. J'étais si heureuse qu'il s'en soit souvenu et qu'il ait fait ce geste ! Mais, en découvrant le message au dos, je m'étais sentie mal sans vraiment savoir pourquoi.

Il avait écrit : *Pour toi, Maria, ma chérie*. Quelques mots qui semblaient venir d'un amant plus que d'un père. Ce qu'il a fait lors de cette soirée m'a donné la même impression.

Le lendemain de la fête, sans quitter son ton ambigu, il m'a annoncé qu'il voulait me montrer quelque chose. Je l'ai sagement suivi comme d'habitude, heureuse de retrouver mon rôle de fille après cette curieuse soirée.

J'espérais sans doute qu'il allait m'emmener faire quelque chose qui me plairait. La fête foraine était-elle arrivée près de chez nous ? Allait-il me faire un cadeau ? Il n'était pas aisé de rester optimiste après toutes ces années de désillusions, mais je ne pouvais pas m'empêcher d'essayer.

Néanmoins, en comprenant qu'il était en train de marcher vers le quartier où travaillaient les prostituées, j'ai commencé à me sentir encore plus mal que la veille. Je ne savais pas exactement ce qu'il voulait me montrer, mais je pouvais déjà deviner que cela avait plus de rapport avec ses désirs d'adulte qu'avec mes préoccupations d'enfant.

Située juste à la limite du quartier commerçant de Norwich, Ber Street était la rue principale. C'est là que se postaient les prostituées les plus en vue.

Plus loin, il y avait King Street, le repaire des femmes qui se droguaient ou qui étaient originaires d'autres villes. Si elles avaient le malheur de s'installer sur le trottoir de Ber Street, leurs concurrentes locales les en chassaient aussitôt sans ménagement.

Mon père m'a annoncé fièrement que c'était là qu'avaient toujours travaillé ma mère, Lucy, Gail et les autres femmes que je connaissais. À présent, m'a-t-il dit, il voulait me montrer ce que j'aurais à faire une fois prête. Dans ce quartier, il y avait plusieurs pubs, où les filles et leurs souteneurs allaient régulièrement, tout comme mon père qui était un personnage réputé de ce petit milieu. Si la plupart des enfants vont visiter le bureau, le magasin ou l'usine de leurs parents, admirent leur voiture de fonction et leur ordinateur, c'était sur Ber Street que j'ai découvert pour ma part le petit royaume de mon père. En me faisant visiter son quartier avec tant de fierté, il se comportait comme si je devais être honorée et heureuse à l'idée d'y travailler plus tard.

Même en pleine journée, quelques filles étaient déjà dehors en train d'attendre les clients. À leur manière de s'adresser à mon père à mesure que nous avancions dans la rue, j'ai compris qu'elles le connaissaient toutes.

Et elles avaient à l'évidence repéré en moi une concurrente potentielle. Néanmoins, la rivalité ne devait pas tant les effrayer, car elles avaient toutes l'air de bien s'entendre, ce qui ne m'a pas surprise puisque j'avais déjà rencontré à la maison des femmes telles que la redoutable Gail et la merveilleuse Lucy.

J'avais décidé que je ne ferais pas ce métier le jour où mon père avait voulu m'habiller comme elles. Même pour lui faire plaisir, je n'étais pas prête à aller jusque-là. Et cette résolution n'avait fait que se renforcer au cours des trois ans qui s'étaient écoulés depuis que j'avais essayé les vêtements de Lucy.

En traversant ce quartier, même avec mon père à mes côtés pour me protéger, j'ai trouvé l'atmosphère aussi terrifiante que sordide. Mais je n'avais pas le courage de dire quoi que ce soit. Si je lui avais laissé entendre que je n'étais pas d'accord avec ses plans, il se serait fâché et m'aurait battue, ou bien se serait moqué de moi en me traitant d'idiote et de gamine.

Sinon, il aurait simplement ignoré ce que j'avais à dire et aurait continué à parler comme si je n'étais pas là. Si j'étais tout de suite allée voir les services sociaux pour raconter exactement ce qu'il prévoyait de faire de moi, on m'aurait peut-être vraiment éloignée de lui. Mais je ne voulais pas plus être séparée de ma famille que travailler sur le trottoir. Comme je voulais rester avec mon père, Kathy et Terry, je n'ai rien dit, espérant simplement qu'il finirait par changer d'avis et renoncerait à m'envoyer avec les autres filles.

Kathy a été la première personne à qui j'ai confié ce que me faisait mon père, et c'est elle qui a surmonté sa peur de lui pour aller le dénoncer aux services sociaux. Même si elle n'avait pas su fixer de limites avec lui, allant jusqu'à se prostituer pour lui, elle savait qu'il avait franchi la ligne rouge avec moi.

C'est elle aussi qui a raconté aux autorités qu'il m'avait emmenée visiter le quartier des prostituées afin de me préparer au jour où il me mettrait au travail. Si les agents avaient consulté l'historique de leurs dossiers, ils se seraient rendu compte que les révélations de Kathy correspondaient précisément aux avertissements que leur avait adressés ma mère six ans plus tôt.

Elle leur avait bien dit qu'il avait décidé le jour de ma naissance de faire de moi une prostituée ! Je ne crois pas que le témoignage de Kathy ait été un choc pour eux. Tout le monde connaissait mon père et savait de quoi il était capable. Mais, en raison de sa démarche, ils ont dû se sentir obligés de prendre ma situation plus au sérieux et de réagir.

Le jour où je lui ai dit toute la vérité, j'étais allée chez elle pour la supplier de revenir vers lui afin qu'il me laisse tranquille. De retour du pensionnat pour le week-end, j'avais appris qu'ils étaient séparés une fois de plus et j'étais terrifiée à l'idée de rester à la maison seule avec lui. Assise à côté d'elle, je l'ai écoutée m'expliquer les raisons de son départ : la violence, la prostitution, l'alcool et la mauvaise influence que mon père avait sur ses enfants. Tout cela était parfaitement compréhensible, et je l'admirais d'avoir eu le courage de le quitter, mais j'ai malgré tout continué à la supplier de revoir sa décision. Intriguée par ma détresse évidente, elle a fini par me demander pourquoi son retour était si important pour moi. J'étais toujours réticente et même terrifiée à l'idée de le trahir, car je ne voulais surtout pas être responsable de son arrestation, mais, au bout d'un moment, je n'ai plus eu la force de me taire. Certains secrets pèsent trop lourd pour être gardés éternellement.

Accablée par le choc et la colère, elle s'est empressée d'appeler les services sociaux, qui ont réagi immédiatement. Kathy avait beau connaître mon père et ses nombreux travers, elle était horrifiée par ce que je venais de lui dire et a tout de suite conclu qu'il valait mieux que je passe la nuit chez elle. Le fait d'avoir placé ma vie entre les mains de quelqu'un d'autre me faisait peur ; je craignais que mon père ne me tue en apprenant que je l'avais trahi.

Peut-être qu'il voudrait aussi tuer Kathy pour la punir de l'avoir livré aux autorités ! J'étais folle d'inquiétude, ne sachant ce qui allait se passer à partir de maintenant. Je ne voulais pas qu'on m'empêche de voir mon père ; je voulais seulement qu'il cesse de m'obliger à coucher avec lui. Pendant tout le week-end, il m'a été impossible d'oublier mon angoisse. Rien de ce que pouvait dire Kathy ne me calmait.

Finalement, je suis retournée à Wymondham pour ma semaine de cours sans avoir vu mon père. En réponse à ce que leur avait dit Kathy, les agents des services sociaux sont venus me voir au pensionnat afin de pratiquer sur moi des examens qu'ils pourraient utiliser contre mon père devant un tribunal. Le fait qu'ils viennent me voir m'a donné le sentiment qu'ils me croyaient, ce qui m'a soulagée, même si j'étais pour le moins réticente à l'idée d'être examinée par un médecin. Ils m'ont demandé de leur raconter les faits dans le détail, puis ils se sont mis en quête de preuves pour appuyer mon récit. J'avais l'impression de perdre le contrôle de ma vie et de n'être plus qu'un pantin entre les mains des adultes. Mais avais-je déjà contrôlé quoi que ce soit concernant mon existence ? Mon père avait toujours décidé de tout, hormis lorsqu'il avait été en prison et que les autorités publiques avaient pris le relais. Je venais simplement de me soulager d'un atroce secret.

Si je m'étais sentie différente des autres élèves avant cela, j'étais désormais une totale étrangère, d'autant que le personnel de l'école avait été mis au courant et m'apportait un soutien à la fois discret et appuyé. Comment allais-je reprendre ma place en classe après cet épisode qui me donnait l'impression d'être au centre d'un tourbillon que je ne maîtrisais pas ?

On m'a emmenée chez le médecin. Avec horreur, j'ai appris que, si les examens avaient révélé des traces évidentes d'activité sexuelle, mon hymen était toujours intact. En dépit de la douleur insoutenable que mon père m'avait infligée chaque fois qu'il avait voulu coucher avec moi, il n'avait pas réussi à m'enlever ma virginité. J'avais peur que plus personne ne me croie à présent, que les adultes pensent que j'avais tout inventé pour attirer leur attention. J'étais découragée, mais aussi effrayée en imaginant ce que mon père allait dire quand je le reverrais. Il serait à la fois furieux que j'aie essayé de le trahir et ravi que je n'aie pas pu fournir les preuves nécessaires pour le poursuivre. J'allais devoir affronter la pire issue possible à cette situation.

Finalement, mon père a trouvé le moyen de convaincre Kathy de revenir. J'ai du mal à comprendre qu'elle ait cédé alors qu'elle savait désormais ce qu'il m'avait fait.

Après cela, il n'a pas daigné se présenter à son rendez-vous avec l'agent des services sociaux qui s'occupait de mon dossier. Il semblait vouloir dire à tout le monde qu'il n'était pas obligé de suivre les lois qu'il trouvait si méprisables. Il tenait à montrer que rien ne l'intimidait, et surtout pas le pouvoir des petits fonctionnaires. Quand il s'est enfin présenté à la date et à l'heure qu'il avait lui-même décidées, il a nié mes allégations avec véhémence.

— Ce n'est pas la première fois qu'elle ment ! a-t-il lancé. Vous vous souvenez, elle avait déjà raconté que je l'envoyais voler du whisky alors que ce n'était pas vrai. C'est le mal en personne. Après ce qu'elle a fait, je ne veux plus qu'elle revienne à la maison.

Il n'avait aucun scrupule à jouer ce rôle diabolique avec moi comme avec les autres. C'était lui qui m'avait conseillé de dire que j'avais menti à propos du whisky, et voilà qu'il se servait de cette fausse confession pour prouver que j'étais une menteuse. Si je disais quoi que ce soit pour me défendre, je risquais seulement d'aggraver mon cas.

Par moments, il semblait vouloir faire étalage de son style de vie devant les gens qui essayaient de l'interroger, comme s'il cherchait à leur montrer à quel point ils avaient l'esprit étriqué.

Il faisait d'eux des êtres insignifiants et de lui-même un majestueux libertin qui n'avait que faire de leur morale. Il a tout de même reconnu que Terry et moi dormions souvent dans son lit parce qu'il louait deux des trois chambres de la maison.

— Il peut m'arriver de mettre la jambe sur Terry dans mon sommeil, a-t-il dit en riant. Quand je crois que je suis avec une femme.

Malgré ses dénégations, les services sociaux sont manifestement arrivés à la conclusion qu'il n'y avait pas de fumée sans feu et que, même si j'étais techniquement toujours vierge, ils ne tarderaient pas à avoir de quoi l'arrêter pour de bon.

Mon père a dû s'en rendre compte, car il est retombé dans une profonde dépression. Quelque temps après cet interrogatoire, Kathy a rappelé la responsable de notre dossier pour lui dire que mon père avait des tendances suicidaires et qu'il avait reconnu nous avoir envoyés voler du whisky pour lui.

Peut-être a-t-il pensé que, s'il avouait une faute, il serait plus facile de le croire quand il niait avoir abusé de moi. À moins qu'il soit devenu dépressif au point de ne plus se soucier de ce qui lui arriverait.

Quoi qu'il en soit, j'ai été soulagée qu'il admette que c'était lui qui avait menti et pas moi. Mais j'étais terrifiée à l'idée qu'il tente encore de se tuer. Je ne voulais pas être responsable de sa mort. Il restait la personne la plus importante à mes yeux et je l'aimais malgré tout.

À partir de ce moment, la police est entrée en jeu, et j'ai compris que mon père risquait en effet d'aller en prison à cause de moi. Le personnel de l'école et des services sociaux avait beau me répéter de ne pas m'inquiéter et de ne pas me sentir coupable, je savais qu'on cherchait seulement à me rassurer. Le poids qui pesait sur mes épaules était si lourd que j'en venais presque à regretter de m'être confiée à Kathy. Je ne connaissais plus un seul instant de tranquillité.

Les rapports que j'ai lus me concernant m'ont appris qu'à cette époque, les adultes qui m'entouraient s'interrogeaient sur ce que je pensais et ressentais. Voici ce qu'écrivait la directrice de l'internat : *Maria est à la fois une petite fille de quatre ou cinq ans, une jeune fille de seize ans et une élève intelligente de douze ans*. Mais le commentaire le plus étonnant est celui qu'elle a fait plus tard : *Maria adore son père et veut qu'il reste auprès d'elle, mais, s'ils passent trop de temps ensemble, elle commence à se plaindre*. N'est-ce pas naturel pour une enfant d'aimer son père ? Je voulais seulement qu'il arrête de me faire ces choses horribles. Je ne vois pas ce qu'il y a d'anormal à cela.

De nombreuses réunions ont eu lieu pour que les autorités décident de l'endroit où nous devions passer nos week-ends. Ma grand-mère a proposé d'accueillir Terry chez elle, mais elle ne m'a pas invitée, ce qui m'a confortée dans l'idée qu'elle ne m'aimait pas.

De son point de vue, je ne faisais que provoquer des problèmes au sein de la famille en racontant des mensonges sur son fils, en répandant de fausses rumeurs et en attirant la honte et le déshonneur sur nous tous. Elle n'aurait jamais pu admettre qu'il était capable de faire ce dont je l'avais accusé.

Comme si la situation avait besoin de se compliquer davantage, mon père devait faire face à une procédure d'exclusion, car la municipalité avait découvert qu'il sous-louait les chambres qui nous étaient destinées. Pour sa défense, il argumentait qu'il avait à tout prix besoin de garder cette maison pour accueillir ses enfants le week-end, mais, si nous n'avions plus le droit d'aller chez lui, que pourrait-il dire aux autorités ?

Lors d'un nouvel interrogatoire, il a prétendu que je voulais seulement me venger de lui parce qu'il avait offert à Terry une montre à cinquante livres pour son anniversaire alors que je n'avais rien reçu. Je veux bien croire qu'il ait fait cela, mais j'étais habituée à ce genre de choses. Si cela me blessait, c'était aussi une motivation pour moi de faire encore plus d'efforts pour lui plaire. Je voulais devenir meilleure afin de mériter des cadeaux, moi aussi. Cela ne me donnait pas du tout envie de l'envoyer en prison.

— De toute façon, a-t-il conclu, même si j'avais fait ce dont elle m'accuse, pourquoi m'aurait-elle dénoncé si elle m'aimait vraiment ?

Ses propos n'ont donc intrigué personne ? Selon moi, sa façon de dire qu'un enfant ne devait pas dénoncer ses parents quoi qu'ils fassent ressemblait fort à un aveu de culpabilité.

La crise familiale n'étant pas près de se résoudre, les autorités devaient trouver un endroit où nous envoyer, Terry et moi, passer les vacances scolaires. Break était une association fondée par un couple, M. et Mme Davison, et qui avait pour premier objet d'offrir des vacances aux enfants handicapés. L'association possédait deux maisons appelées « Magpie » et « Rainbow ». Magpie était devenue un foyer pour tous les enfants défavorisés. Afin d'éviter que nous retournions chez notre père, c'est là que la municipalité a décidé de nous faire passer nos vacances.

Break m'a offert des moments merveilleux. On nous emmenait régulièrement à la plage voisine du foyer. Nous y passions des heures à nager l'été et à nous promener l'hiver tout en discutant inlassablement. Nous avions une préférence pour les vacances hors saison : les touristes étaient partis, et nous avions la plage pour nous seuls.

J'avais aussi pris l'habitude de me rendre dans la maison qui accueillait les enfants handicapés, afin d'aider le personnel à leur donner leurs repas. J'aimais plus que tout entre ces murs le fait que personne ne juge personne. À Rainbow, nul ne me regardait de haut en me donnant l'impression que je n'étais pas à ma place. Je me sentais enfin utile et moins méprisable que d'habitude.

Quelque temps après notre arrivée au foyer de Break, les Davison ont ouvert un troisième foyer, puis, au fil des années, l'association s'est développée pour devenir une grande organisation caritative.

Mais ce qu'elle proposait à l'époque suffisait à mon bonheur. Seulement, chaque fois que je parlais à mon père au téléphone, il me suppliait de m'enfuir pour venir le retrouver. Aussi étonnant que cela puisse paraître, j'ai fini par céder. Il me manquait et, malgré moi, je m'en voulais de l'avoir trahi. J'avais si peur qu'il ne me pardonne jamais que le fait même qu'il m'appelle me faisait du bien.

En allant le retrouver, j'ai eu peur de l'accueil que j'allais recevoir, mais il n'a pas exprimé la moindre rancune envers moi. Au lieu de me reprocher d'avoir parlé à Kathy, il semblait accepter la situation comme une fatalité. Cela ne m'empêchait pas de me sentir coupable. Pour compenser ma trahison, j'étais prête à faire tout ce qu'il me demandait. Je ne voulais plus accepter l'aide des autres adultes.

J'avais une si mauvaise opinion de moi que, même lorsque des gens me tendaient la main en se souciant sincèrement de mon bien-être, je les rejetais. Prenant exemple sur mon père, j'en étais arrivée à les considérer comme de petits fonctionnaires qui se mêlaient de notre vie pour suivre les ordres de leur hiérarchie.

Même au sein de Break, Terry et moi étions amenés à nous sentir différents à cause de notre statut de pensionnaires à Wymondham. Les autres enfants, eux, étaient scolarisés dans un collège public de la région et se fréquentaient aussi pendant les périodes de cours.

Durant ces années, je devais avoir un comportement très incohérent, car les rapports rédigés par ceux qui m'entouraient font de moi un portrait pour le moins étrange.

Maria est allée chez elle le 23 décembre, écrit l'un. *Terry Senior a téléphoné pour demander si Maria pouvait rester tout le week-end. J'ai aussi parlé à Maria, qui souhaite rester avec son père. J'ai téléphoné à Mme Davison, qui est d'accord pour que Maria reste chez son père jusqu'à dimanche. Ils sont tous chez Kathy, ce qui limite la probabilité que Maria ait des rapports intimes avec son père. Sans certitude que ce soit arrivé par le passé, c'est un risque à prendre, car Maria ne peut pas se passer de voir son père.*

Je considérais qu'il me violait. Ils considéraient que nous avions lui et moi « des rapports intimes ». Comme si c'était arrivé sur mon initiative autant que sur la sienne. En retournant sans arrêt auprès de lui, je devais donner l'impression d'en avoir envie, mais c'était tellement loin de ce que je ressentais.

Je suis peut-être coupable d'avoir manqué de discernement et de m'être moi-même mise dans des situations dangereuses, mais c'était lui l'adulte et moi l'enfant qui avait besoin d'être protégée. La personne qui a rédigé ce rapport aurait-elle été enthousiaste à l'idée d'envoyer sa fille passer le week-end chez mon père, même si elle avait eu très envie d'y aller ?

Toute ma vie, mon père m'avait répété que, où que je sois, je devais m'enfuir à la première occasion pour courir le retrouver. J'avais beau me rendre compte que je me sentais souvent mieux là où me plaçaient les services sociaux, je n'avais pas le recul suffisant pour remettre en question les enseignements de mon père. Il me semblait normal de vouloir le rejoindre. Un jour, on lui a annoncé qu'il aurait le droit de me voir, mais uniquement sous surveillance. Cette nouvelle l'a mis dans une rage folle. Il a hurlé que, dans ces conditions, il préférait ne pas me voir du tout. Il était sûrement conscient qu'il avait besoin d'être avec moi en tête-à-tête pour continuer à me manipuler. Un autre adulte n'aurait pas tardé à le démasquer et à comprendre son jeu malsain.

Je pense qu'il a vraiment souffert quand je l'ai dénoncé à Kathy, puis aux services sociaux, car il considérait que je lui appartenais. J'étais un objet dont il pouvait disposer à loisir. Par conséquent, il a dû être à la fois étonné et déçu de constater que je n'allais peut-être pas devenir une brillante prostituée.

Il a eu peur que j'aille finalement à l'encontre de ses plans et que je ne sois pas là pour l'entretenir jusqu'à la fin de ses jours. En fin de compte, il ressentait peut-être la même chose que les parents qui font face au refus de leurs enfants de devenir médecins ou avocats comme ils l'avaient espéré. Mais il n'allait certainement pas renoncer à ses projets à cause de ce simple contretemps.

13

Le premier client

Pendant la période qui a suivi ces événements, j'ai continué à m'enfuir de l'école pour rejoindre mon père, lui permettant de me cacher des autorités pendant des jours, voire des semaines.

Je ne me rendais pas compte que je ne servais que ses intérêts à lui. À force d'abuser de moi, il a finalement réussi à m'enlever ma virginité. Toutefois, je ne saurais dire à quel moment c'est arrivé, car la douleur était insupportable chaque fois.

C'est sans doute à l'occasion de l'une de ces fugues, alors que j'avais treize ans, qu'il a décidé que le temps était venu pour moi de lui faire gagner de l'argent. Il a dû considérer que j'étais prête puisqu'il avait réussi à me pénétrer, et il a organisé mes débuts dans le métier.

Mon père avait un ami irlandais nommé Peter, qu'il retrouvait souvent au pub. C'était un homme gros qui sentait mauvais. Il travaillait souvent loin de chez lui, sans doute sur les plateformes pétrolières de la mer du Nord. Peter avait toujours beaucoup d'argent liquide sur lui et aucune famille à sa charge, ce qui faisait de lui une cible de choix pour mon père. Ils passaient des heures à boire ensemble, et je crois pouvoir dire que Peter finançait en grande partie leurs beuveries. Un soir où je m'étais une fois de plus échappée du pensionnat, mon père m'a accueillie à bras ouverts et m'a invitée à sortir dans les bars avec Peter et lui.

À cette époque, il aimait me faire boire des vodkas citron vert. Les serveurs devaient tous être conscients de mon jeune âge, mais aucun n'a jamais réagi en assistant à ces scènes. J'avais l'habitude de me soûler avec mon père et ses amis puisque j'avais commencé à le faire dès huit ou neuf ans, à l'époque où je buvais des whiskys orange en jouant aux cartes toute la nuit. Je n'avais donc aucune raison de me méfier plus particulièrement de leurs intentions ce soir-là.

En sortant du pub, nous avons marché en direction de chez Peter, et ils se sont arrêtés en chemin chez un traiteur chinois pour acheter un repas à emporter.

Après un moment, nous sommes arrivés à destination. C'est là que j'ai découvert un appartement affreux et répugnant, mais, à vrai dire, j'étais bien trop soûle et j'avais bien trop faim pour faire attention à l'état de ce repaire d'ivrognes.

J'étais avec mon père, et il n'en fallait pas plus pour me rendre heureuse. Alléchée par l'odeur des plats chauds, je me suis assise sur le canapé pour ouvrir les boîtes en carton qui contenaient notre dîner.

Malgré les nombreuses vodkas que j'avais bues ce soir-là, j'ai eu l'esprit assez clair et la force nécessaire pour repousser Peter quand il est venu se coller contre moi. Ce n'était pas la première fois qu'un homme essayait de me toucher, et j'avais suffisamment confiance en moi pour savoir que je pouvais le tenir à bonne distance, d'autant que je me sentais protégée par la présence de mon père. Après l'avoir vu se battre si souvent, je n'avais aucun doute sur sa capacité à prendre le dessus sur un homme gros et soûl comme Peter. J'espérais seulement que Peter renoncerait à ses gestes déplacés avant que mon père n'entre dans une colère dont il avait le secret et le batte sans retenue.

J'étais loin du compte. Sans avoir le temps de comprendre ce qui se passait, j'ai senti qu'on m'attrapait pour me faire tomber du canapé et me plaquer violemment contre le sol pendant que la nourriture se renversait sur moi. C'est alors que j'ai compris l'horreur de la situation.

Mon père me tenait les bras pour m'empêcher de me débattre et permettre à Peter de me violer. Loin de lutter pour me protéger, il m'avait vendue. Je ne pouvais plus compter que sur moi-même pour m'en sortir, mais mes cris et mes supplications étaient impuissants.

— La ferme ! a hurlé mon père.

Manifestement, ma réaction le gênait vis-à-vis de Peter et le mettait en colère. Consciente que je n'avais aucune chance contre la force de deux hommes ligués contre moi, j'ai fini par me rendre.

— Détends-toi, m'a dit mon père, fidèle à son habitude. De toute façon, tu vas pas y échapper. Alors, tu ferais mieux de t'y mettre tout de suite. Plus tu seras détendue, mieux ça se passera pour toi.

J'ai tourné la tête pour ne pas voir mes deux tortionnaires et, pendant que Peter faisait ce qu'il voulait de moi, j'ai regardé fixement les boîtes renversées et la nourriture répandue autour de moi sur la moquette. Dire que ces plats m'avaient semblé si appétissants quelques minutes plus tôt... Je ne pensais plus qu'à une chose : je ne valais pas mieux que cela, même aux yeux de mon père. Couchée au milieu des détritus, je n'étais plus qu'un objet mis à la disposition de l'homme qui m'avait achetée.

Cette expérience m'a paru encore plus traumatisante que les nombreux viols que j'avais subis de la part de mon père. Peter était un inconnu, et son aspect repoussant ne faisait qu'ajouter à l'horreur de la situation.

Mon père m'ayant toujours dit qu'il était le seul être capable de m'aimer, j'étais certaine que Peter n'avait pas la moindre considération pour moi. Il voulait seulement s'offrir un plaisir rapide et profiter de la fraîcheur d'une jeune fille. Étant donné qu'ils n'ont pas échangé un seul mot durant toute la scène, j'ai compris qu'ils avaient tout planifié.

Mon père m'avait vendue, comme il l'avait fait auparavant avec ma mère, Kathy et toutes les autres. J'étais sûre que Peter avait payé, car jamais mon père ne m'aurait offerte à qui que ce soit. Il était de nature jalouse, même avec moi, et seul l'appât du gain pouvait lui faire oublier sa possessivité. Contrairement à un petit ami, Peter ne risquait pas de menacer le contrôle que mon père exerçait sur moi.

— Tu ne devrais pas faire ça gratuitement, disait-il à toutes les femmes. Quand on pense à l'argent que ça pourrait te rapporter.

Je sais qu'il avait sincèrement du mal à comprendre pourquoi toutes les femmes ne se prostituaient pas. D'ailleurs, il considérait que la plupart d'entre elles le faisaient, d'une façon ou d'une autre. D'après lui, être mariée et ne pas avoir d'emploi revenait à se faire entretenir par son époux en échange de faveurs sexuelles. Il ne voyait pas quelle différence cela faisait avec vendre son corps à des étrangers.

Des années plus tard, alors que je séjournais dans un autre foyer, Peter s'est mis à m'envoyer de l'argent de temps en temps. Je n'avais plus jamais couché avec lui après cette soirée, mais peut-être avait-il une conscience, en fin de compte. Mon père, lui, ne devait pas en avoir, car, à partir de ce moment-là, il m'a vue comme une source de revenus permanente. Il a commencé à m'emmener dans le quartier qu'il m'avait fait visiter, celui dans lequel il se sentait chez lui et où il avait déjà emmené ma mère par le passé.

La première fois que j'ai passé la nuit sur le trottoir, je m'étais enfuie de Break. Je crois que mon père venait de sortir de prison et qu'il m'avait téléphoné pour que je vienne le voir. Nous ne pouvions pas aller dans son appartement, car c'était le premier endroit où la police m'aurait cherchée ; alors, nous nous sommes retrouvés chez Lucy et Twiggy. Depuis des années, Twiggy, un garçon adorable, entretenait une relation discontinue avec Lucy. J'avais peur de ce que mon père avait prévu pour moi ce soir-là, mais le fait d'être avec eux me rassurait. Ils me donnaient une impression de familiarité, comme si tout ce qui se passait était parfaitement normal. J'ai bu une quantité considérable de vodka, puis nous sommes sortis. La plupart des prostituées sont obligées de boire ou de se droguer pour surmonter leur peur de faire le trottoir, surtout à leurs débuts. Elles continuent à le faire par la suite, mais davantage pour oublier ce qu'elles vivent. Voilà pourquoi la consommation d'alcool et de drogue est si répandue dans ce milieu. Je ne connaissais rien sur la drogue à cette époque, hormis ce que m'en avait dit mon père, à savoir qu'il fallait l'éviter à tout prix. Il s'estimait bien supérieur aux hippies sales et débraillés qui en prônaient l'usage dans ces années-là.

Chez Lucy et Twiggy, mon père m'a donné les vêtements que je devais porter et m'a surveillée pendant que je me maquillais. Puis il m'a emmenée sur Ber Street. À ce moment, je ne ressentais plus rien d'autre que du désespoir. Puisque je n'avais aucun moyen d'échapper à ce qui m'attendait, je pouvais seulement lui obéir. C'est donc ce que j'ai fait sans la moindre contestation. À la manière d'un robot.

— Tu avances vers la voiture qui s'arrête, m'a-t-il expliqué. Puis tu ouvres la portière et tu demandes : « Vous êtes intéressé ? » Si le conducteur dit : « Oui, c'est combien ? », tu lui réponds : « Sept livres dans la voiture ou dix livres à la maison. »

Il est resté derrière moi dans un coin sombre, me poussant vers les voitures qui ralentissaient et m'encourageant à mi-voix pendant que j'avançais en chancelant, ivre, sur mes talons hauts. Si ce qu'il me faisait faire était effrayant, ce n'était pas difficile pour autant. Un homme seul en voiture dans ce quartier cherchait forcément ce que j'avais à vendre.

— Vous êtes intéressé ? ai-je demandé au premier.

Après avoir annoncé les conditions de la transaction, je suis montée dans sa voiture et l'ai laissé faire. Cette première nuit, j'ai dû voir quatre ou cinq clients. Je ne me souviens ni des hommes ni de ce qui s'est passé exactement.

Tout ce qui m'est resté en mémoire, c'est une sensation de dégoût extrême. Ces hommes étaient-ils conscients que je n'avais que treize ans ? Et, sinon, cela aurait-il changé quelque chose pour eux s'ils l'avaient su ? Il est impossible que j'aie eu l'air d'avoir seize ans, même dans l'obscurité. Mais personne n'a renoncé en me disant : « Tu es trop jeune, chérie », parce que ces gens ne pensaient qu'à leur plaisir personnel.

Mon père avait acheté une bouteille de whisky afin de la rapporter à la maison après ma nuit de travail. Soulagée que cette torture soit terminée et que j'y aie survécu, j'en ai avalé plusieurs verres de suite avant de tout vomir sur son pantalon de costume.

Le mélange du whisky et de la vodka ajouté à la montée d'adrénaline que j'avais dû subir avait eu raison de mon estomac. J'ai cru que mon père allait me tuer quand je me suis rendu compte de ce que j'avais fait à ses vêtements, mais il ne s'est même pas mis en colère. Au contraire, l'état dans lequel je m'étais mise a eu l'air de l'amuser.

Il était toujours là pour aider les gens qui avaient trop bu, qui étaient malades ou qui s'étaient fait battre. Dès que l'une de ses amies (comme Lucy) apparaissait sur le seuil de sa porte pour qu'il vienne à son secours, il s'empressait de la faire entrer et de s'occuper d'elle. Beaucoup de gens auraient accusé ces femmes d'être responsables de leurs propres malheurs, mais il était au contraire tout prêt à les comprendre.

Sans doute était-il conscient que s'occuper des personnes vulnérables était le meilleur moyen de prendre le pouvoir sur elles, de les rendre dépendantes de lui et reconnaissantes envers lui parce qu'il ne les jugeait pas. Il aimait que les gens pensent qu'il serait toujours là pour eux, quoi qu'ils aient fait. Si j'étais ivre et malade, c'était d'autant plus facile pour lui de me manipuler et de me faire faire ce qu'il voulait.

— C'est la vie, a-t-il dit gaiement en nettoyant son pantalon.

Nous sommes restés quelques jours chez Lucy et Twiggy, mais la police a dû apprendre où nous nous cachions, car des agents n'ont pas tardé à venir dans le but de me ramener au foyer pour enfants.

En les entendant frapper à la porte, Lucy et mon père m'ont cachée dans le placard situé sous l'escalier. Recroquevillée dans le noir, j'espérais que les policiers allaient me trouver et m'emmener pour m'éviter d'avoir à retourner sur le trottoir. Mais, comme je ne voulais pas mettre mon père en colère, je me suis gardée de faire du bruit pour signaler ma présence.

Ma priorité était toujours de lui faire plaisir. Alors, je suis restée assise en silence, le cœur battant, à regarder les ombres bouger à travers les fentes de la porte. J'entendais les policiers me chercher dans toute la maison, mais à aucun moment ils n'ont pensé à ouvrir le placard. Quand ils sont finalement partis, je ne savais plus si je devais ressentir du regret ou du soulagement.

Après cela, je me suis mise à travailler régulièrement. Mon père contrôlait absolument tout ce qui se passait quand je faisais le trottoir et il adorait ça. Tous les soirs, il choisissait ma tenue et mon maquillage.

Au début, il restait avec moi dans la rue, puis, quand il a vu que j'avais bien compris ce qu'il fallait faire, il a résolu de me laisser seule pour rejoindre ses amis dans les bars du quartier. Il revenait tout de même me voir de temps en temps pour s'assurer que je travaillais bien. Mais il m'avait si bien appris ce que je devais faire qu'il n'avait pas besoin de rester longtemps à côté de moi.

Il m'arrivait de ramener des clients dans l'appartement de mon père, mais, le plus souvent, nous restions dans leur voiture. Cela se passait toujours de la même façon, et la transaction ne durait jamais longtemps, car, au moment où je montais avec eux, les hommes étaient déjà si excités que tout se terminait en quelques secondes. Le seul fait de venir dans ce quartier, de ralentir et de se faire aborder par une prostituée faisait partie de l'aventure pour eux.

Une grande partie de leur plaisir venait du risque qu'ils prenaient en défiant la morale et en rôdant dans un quartier mal famé, où des gens tels que mon père et moi les attendaient pour leur donner un aperçu d'un monde qui ne serait jamais le leur.

Juste à l'extérieur de la ville, une petite route traversait un joli village, et c'était souvent à cet endroit que nous emmenaient les clients. Avec ses voitures garées dans chaque recoin, cette zone était connue pour accueillir les « couples ». S'il y avait déjà trop de monde ou si la police était postée pour nous surveiller, nous étions obligés de continuer à rouler et de trouver un autre endroit (comme un parking désert) pour nous arrêter. D'ordinaire, les clients avaient l'air de savoir où ils allaient, mais ceux qui étaient de passage avaient besoin de suggestions et d'indications.

De mon point de vue, ils se ressemblaient tous. Avec leur costume impeccable et leur voiture de fonction rutilante, ils étaient tous les mêmes hommes d'affaires au ton de voix poli. Si jamais un homme venait s'arrêter le long du trottoir dans un vieux véhicule cabossé, nous lui disions d'aller voir ailleurs et il se retrouvait dans les rues adjacentes, là où les filles se montraient moins difficiles.

Le trajet entre Ber Street et le lieu de la transaction était toujours le moment le plus inquiétant. Je me demandais où ils allaient se rendre et redoutais même qu'ils ne s'arrêtent pas ou qu'ils s'énervent au moment où je leur demanderais de l'argent. Ils se comportaient presque tous de la même façon et respectaient les termes de notre accord. Mais, chaque fois que je montais dans la voiture d'un inconnu, je savais que je risquais ma vie. N'importe lequel de ces hommes pouvait être un fou ou un sadique qui prenait son plaisir en tabassant, en étranglant ou en poignardant des filles comme moi.

Une fois que le client avait trouvé un endroit où se garer, il me donnait l'argent. Puis nous nous disputions au sujet des préservatifs. Ils ne voulaient jamais en utiliser, mais, pour moi, il n'était pas question de s'en passer. Non seulement je redoutais de me retrouver enceinte, mais j'avais aussi suffisamment côtoyé les prostituées pour connaître les dangers concernant les infections et les maladies sexuellement transmissibles. J'avais souvent entendu Lucy et Gail en parler.

Certains hommes m'offraient des sommes insensées, parfois jusqu'à cent livres, pour me convaincre de coucher avec eux sans protection. Mais je n'ai jamais été tentée. Les filles qui devaient financer leur dépendance à l'alcool ou à la drogue étaient sans doute plus conciliantes avec ce genre d'hommes.

J'imagine qu'aujourd'hui, les clients ont pris l'habitude de mettre un préservatif ; mais, à la fin des années 1970, personne ne connaissait le sida, et les gens étaient beaucoup moins prudents. Il y avait une autre règle à laquelle je ne dérogeais jamais : je refusais les fellations. L'expérience que m'avait fait subir mon père m'avait traumatisée. Ce que je vendais était donc ce qu'il y avait de plus classique dans ce domaine.

Une fois que je m'étais mise d'accord avec le client et qu'il m'avait payée, je reculais le siège passager au maximum et j'enlevais ma culotte.

À ce moment, le client étant à la fois fou d'excitation et nerveux à l'idée d'être surpris, il faisait preuve d'une hâte maladroite pour se débarrasser de sa veste, ouvrir son pantalon et venir entre mes jambes. Je mettais alors les pieds sur le tableau de bord et, à partir de là, tout était fini en quelques secondes.

Un instant plus tard, je m'étais déjà rhabillée, j'avais remis le siège en place et nous roulions en direction de Ber Street. Il ne se passait généralement pas plus d'un quart d'heure entre le moment où je montais dans une voiture et celui où j'étais prête à aborder le client suivant.

J'étais censée donner à mon père tout l'argent que je gagnais jusqu'au dernier centime, mais, une fois que la soirée était bien entamée, il finissait toujours par céder à l'ennui et par disparaître dans un pub. À mesure que les soirées passaient, il revenait de moins en moins souvent me voir, jusqu'au moment où sa surveillance s'est complètement relâchée.

Forte de mon expérience, je me suis servie de ses absences en lui faisant croire que je n'avais encore eu aucun client quand j'en avais eu deux, et je gardais l'argent bien caché sous mes vêtements. J'ai aussi fini par faire passer mon tarif à dix livres sans le lui dire, afin de pouvoir garder un peu d'argent chaque fois.

À cette époque, j'étais la plus jeune prostituée du quartier, et les plus âgées n'aimaient pas me voir voler leurs clients. Néanmoins, elles ne pouvaient rien contre moi, car elles savaient que mon père était là pour veiller sur moi. Il arrivait souvent que les femmes se battent, surtout quand des prostituées venues d'autres villes essayaient de se faire une place de force. Je savais que, sans la protection de mon père, j'aurais eu des moments difficiles à passer ; mais, sans lui, je ne me serais jamais retrouvée sur ce trottoir.

Il m'avait donné une petite broche que je gardais au creux de la paume. Elle était fixée à la bague que j'avais au doigt, et il m'avait dit de m'en servir si jamais j'avais besoin de me défendre.

Mais je n'en ai jamais eu le courage. En utilisant une arme comme celle-ci, j'aurais certainement fait dégénérer les situations conflictuelles, et cela aurait même pu me tuer. Avec le temps, j'ai pris confiance en moi et en mes capacités à gérer toutes sortes de clients, mais je n'ai jamais pu me débarrasser de la peur qui m'habitait. Je restais consciente que le prochain client était peut-être celui qui allait m'assassiner.

Même si je m'efforçais de choisir mes clients avec prudence, je ne pouvais pas me faire une idée sûre au cours des quelques secondes qui séparaient l'instant où j'ouvrais la portière de celui où je montais dans la voiture. Un jour, c'est au moment où le client a redémarré que j'ai eu soudain un mauvais pressentiment. Il faisait pourtant encore jour, ce qui me permettait normalement d'avoir moins peur.

L'homme qui conduisait avait beau ressembler à tous les autres, il était bien plus inquiétant. Il a commencé par me dire qu'il ne voulait pas aller sur la petite route habituelle. Sur ces mots, il a roulé jusqu'à un endroit désert que je ne connaissais pas.

Sa façon de prendre le contrôle de la situation me mettait mal à l'aise. Mais j'ai préféré ne rien dire. Je sentais que je ne devais pas m'opposer à lui. À force de vivre avec mon père, j'avais appris à reconnaître un homme qui pouvait devenir dangereux si on le contrariait. Quand il s'est enfin garé, je lui ai demandé de me payer, mais il n'a pas voulu.

— Plus tard, a-t-il dit.

Lucy et mon père, ainsi que tous ceux qui fréquentaient ce milieu, m'avaient enseigné cette règle d'or : le client devait toujours payer d'abord. Comme je me sentais de plus en plus angoissée, j'ai profité de son refus pour annuler notre marché et j'ai voulu descendre de voiture.

Mais, à l'instant où j'ai posé la main sur la poignée de la portière, il m'a remise de force sur le siège et a violemment plaqué sa bouche contre la mienne.

J'ai compris que je n'avais plus aucun autre choix que de me laisser faire. Comme mon père, cet homme ne semblait pas se soucier le moins du monde des dégâts qu'il causait pour obtenir ce qu'il voulait.

J'ai compris que, s'il montrait déjà autant d'agressivité à ce stade, il risquait d'aller beaucoup plus loin si je ne coopérais pas. Je voyais bien qu'il ne me considérait pas comme une personne, mais comme un simple objet, et que je n'avais aucune chance de l'inciter à faire preuve d'humanité avec moi.

Cela peut paraître étrange de ma part de parler de viol étant donné que je vendais des rapports sexuels, mais c'est bien ce que m'a fait subir cet homme. Je n'avais pas donné mon consentement, et il a couché avec moi de force. Ravalant mon sentiment de honte et de colère mêlées, j'ai attendu qu'il ait terminé en espérant qu'il n'avait pas prévu de s'attaquer à moi ensuite. Finalement, il a volé les quelques billets que j'avais dans mon porte-monnaie et m'a poussée dehors avant de me lancer mon sac à main et de redémarrer en trombe. Restée seule sur le bord de la route, tâtonnant à quatre pattes pour retrouver mes affaires éparpillées, j'avais perdu le peu de dignité qui me restait.

J'étais tellement furieuse que j'ai eu envie de le dénoncer à la police ou de me confier à quelqu'un ; mais à quoi bon ? J'étais une prostituée mineure qui s'était enfuie de son foyer social. Qui aurait bien pu éprouver de la compassion envers moi ? À en croire les témoignages que j'avais entendus par le passé, je pouvais m'estimer heureuse de m'en être tirée à si bon compte. Je n'avais perdu que mon argent et ma fierté, alors que j'aurais pu être tabassée ou même tuée.

La police m'a arrêtée deux fois pour racolage. Comme j'étais mineure, je n'ai reçu que des avertissements. C'était toujours ce que me disait mon père pour me convaincre de faire des choses illégales : selon lui, j'étais trop jeune pour risquer quoi que ce soit.

Cela n'empêchait pas les autorités d'être sans cesse à ma recherche à cause de mes nombreuses fugues. Un jour, c'est la broche que je portais comme arme qui m'a valu un avertissement de la police.

Curieusement, certains policiers semblaient plus préoccupés par le souci que je causais à mon père que par ce qui m'arrivait. L'un d'eux m'a un jour arrêtée sur Ber Street ; il savait que j'étais une mineure sous tutelle judiciaire. Cet homme était un ami de mon père, et, manifestement, il était au courant de tout ce qui concernait notre famille. Y compris le fait que mon père ait été impliqué récemment dans une violente bagarre.

— Tu attires beaucoup d'ennuis à ton père, m'a-t-il dit en me reconduisant à son appartement.

Il parlait de lui comme s'il s'agissait d'un homme doux et gentil qui ne comprenait pas pourquoi sa fille avait si mal tourné. Comment faisait-il pour ne pas se rendre compte que c'était mon père qui m'avait toujours montré la mauvaise voie et obligée à faire les pires choix ?

En chemin, il s'est arrêté à la friterie afin de lui acheter un repas.

— Ça le réconfortera, a-t-il dit.

Après m'être si souvent demandé pourquoi la police ne s'en prenait pas plus sévèrement à mon père malgré tout ce qu'il faisait, je n'ai trouvé qu'une seule réponse plausible : ce devait être un indic. Mais pour rien au monde il n'aurait reconnu une vérité aussi honteuse. Dans les milieux qu'il fréquentait, s'il était parfaitement admissible de mettre sa fille sur le trottoir, cela l'était beaucoup moins de renseigner la police.

14

Le retour de ma mère

Finalement, la direction de Wymondham College a été contrainte de me renvoyer au cours de ma deuxième année à cause de mes fugues répétées.

Tout le monde s'est longtemps montré indulgent en raison de mes antécédents familiaux, mais il n'était pas question de laisser penser aux autres élèves qu'ils pouvaient s'absenter du pensionnat quand bon leur semblait. Terry a été exclu quelque temps plus tard pour des écarts de conduite moins graves.

C'était un très bon établissement, mais nous avions tous les deux beaucoup trop de problèmes pour pouvoir nous y intégrer normalement.

À Break, je m'étais fait une très bonne amie qui s'appelait Mel, et j'espérais maintenant que les autorités allaient me scolariser dans le même collège qu'elle, avec une autre amie prénommée Fiona. Mais les services sociaux ont choisi de m'inscrire à North Walsham Girls' High, à une quinzaine de kilomètres du foyer. Cela m'obligeait à me lever une heure plus tôt que tous les autres pensionnaires de Break et à prendre le bus toute seule. Pourquoi fallait-il toujours que je sois traitée différemment, mise à part, comme si j'étais porteuse d'une maladie contagieuse ?

Mel et moi avions beaucoup de choses en commun. Tout d'abord, son père et le mien étaient amis, ce qui lui permettait de comprendre un peu mieux que les autres le monde d'où je venais. Son père aussi était alcoolique et avait battu sa mère, ce qui avait provoqué le placement de Mel dans un foyer pour enfants.

Contrairement aux élèves de Wymondham, elle connaissait très bien les problèmes que j'éprouvais, même si je n'avais pas l'impression que nous faisions partie du même monde tant je l'admirais.

J'avais sans cesse des conflits avec le personnel du foyer, tandis que Mel avait l'air parfaitement à son aise. Tout le monde l'adorait, moi y compris. Elle avait quelques mois de plus que moi, mais je la considérais comme une petite sœur que je devais protéger.

Aujourd'hui, je regrette de ne pas m'être mieux sentie à Wymondham. Si j'y avais passé toute ma scolarité, j'aurais acquis un enseignement et des compétences. J'aurais aussi pu continuer à pratiquer les sports que j'aimais.

Seulement, je n'étais pas consciente de tout cela à l'époque. J'avais simplement l'impression de ne pas être à ma place dans ce pensionnat. Mon père n'a pas eu beaucoup d'efforts à fournir pour me convaincre d'abandonner. Mais où avais-je vraiment ma place ? Sur le trottoir avec les autres prostituées ? Je refusais de le croire.

Après mon départ de Wymondham, je n'ai plus jamais vu ma crosse de hockey, ni ma raquette de tennis, ni le cygne en bois que j'avais sculpté en cours d'arts plastiques avec tellement de soin, semaine après semaine. Le fait que personne n'ait jugé bon de garder ces objets pour me les rendre n'a fait que renforcer la piètre opinion que j'avais de moi.

À treize ans, quand je suis entrée à North Walsham Girls' High, je jouais encore beaucoup au tennis. Un jour, pendant un cours, j'ai commencé à avoir un mal de ventre épouvantable à cause de mes règles, jusqu'à en être malade. Le professeur m'a envoyée à l'infirmerie, où l'on a téléphoné à Mme Davison pour qu'elle vienne me chercher.

En apprenant qu'on l'avait dérangée exprès pour moi, je me suis sentie encore plus mal et j'ai eu peur de ce qui allait m'arriver. Loin de s'en prendre à moi, elle a été d'une gentillesse incroyable. Elle m'a ramenée au foyer et m'a permis de m'allonger sur un canapé avec une couverture pour regarder le tournoi de Wimbledon. Pour m'aider à aller mieux, des membres du personnel m'ont apporté des boissons au lait chaud et du paracétamol, me donnant pendant quelques instants l'impression d'être une personne digne d'intérêt. Mais ce sentiment ne durait jamais longtemps. Au fond de moi, je restais persuadée que ceux qui me montraient un tant soit peu d'attention ne faisaient que leur travail.

Au cours des mois qui ont suivi mes débuts sur Ber Street, je me sentais si perdue, si en colère et si malheureuse que j'ai commencé à me scarifier les bras avec des lames de couteau et tous les instruments tranchants que je pouvais trouver.

Je ne crois pas avoir eu la réelle intention de me suicider, même si la mort ressemblait pour moi à l'unique porte de sortie. Par ce geste, je cherchais seulement à me faire du mal pour me punir d'être une personne aussi horrible. Je crois aussi que je cherchais à retrouver un certain contrôle sur mon corps et que je n'avais pas d'autre moyen à ma disposition. Quand le sang commençait à couler, j'éprouvais toujours un sentiment de soulagement, même passager.

Je n'ai pas cessé de m'enfuir pour rejoindre mon père, mais je l'ai fait avec de plus en plus de réticence. Je me demandais chaque fois s'il allait me forcer à retourner sur le trottoir ou s'il allait passer le week-end à abuser de moi.

Un samedi, alors que j'étais au foyer de Break, j'ai reçu plusieurs coups de téléphone de Terry qui était allé rendre visite à notre père. À cette époque, mon frère n'était pas au courant de ce que je vivais vraiment. Tandis que je parlais avec Terry, notre père a pris le téléphone pour m'annoncer qu'ils allaient tous les deux passer la journée au bord de la mer avec Kathy, à Yarmouth.

— Est-ce que tu veux venir ? m'a-t-il demandé.

— Je ne peux pas, ai-je répondu.

Je savais qu'on ne m'autoriserait pas à passer une journée avec mon père, même en présence de Kathy.

— Monte dans le train, a-t-il insisté. Je te retrouverai à Norwich et je paierai ton billet.

J'ai résisté pendant quelques instants en lui présentant mes excuses, mais je manquais de conviction. Je mourais d'envie de participer à cette sortie en famille, d'autant plus qu'il savait se montrer extrêmement persuasif quand il avait une idée à l'esprit.

Ce n'est qu'en lisant les rapports des services sociaux des années plus tard que j'ai découvert que le personnel de Break savait parfaitement ce qui se préparait ce jour-là. La direction a d'abord envisagé de prévenir la police afin qu'on vienne me récupérer à la gare de Norwich, mais ceux qui étaient responsables de moi ont finalement changé d'avis pour me laisser partir en toute liberté. Je ne me souviens même plus si nous sommes vraiment allés à Yarmouth, mais je sais que mon père m'a violée ce week-end-là. Kathy ne devait pas être là ; mon père s'était servi d'elle pour me faire venir.

Le soir venu, il m'a cachée pour que nous échappions à la police, puis, le lendemain, nous sommes allés déjeuner chez ma grand-mère. Je suis restée encore plus silencieuse que d'habitude, tant je souffrais qu'il m'ait de nouveau menti et qu'il se soit servi de moi. Je n'avais pas la force de me sortir de l'état dépressif dans lequel il m'avait plongée.

Je ne voulais ni être là avec lui ni retourner au foyer de Break, où je serais loin du peu de famille qui me restait. Ce dimanche, mes cousins étaient aussi chez ma grand-mère, et nous avons passé l'après-midi dans le garage, à l'écart des adultes. Nous n'avions rien de particulier à y faire, et, en raison de mon humeur sinistre, l'atmosphère me paraissait encore plus étrange que d'habitude.

J'ai finalement décidé moi-même de retourner à Break dans la soirée, tant j'avais besoin de confier ma détresse à quelqu'un. J'ai raconté à mon amie Mel tout ce qui s'était passé, y compris le viol. Son père avait beau être alcoolique et violent, il ne lui avait apparemment jamais fait subir ce genre de choses, car elle a été épouvantée par mes confidences.

Elle a aussitôt prévenu un membre du personnel, qui a appelé la police. Je ne saurais dire si c'était ce que j'avais espéré ou si j'avais seulement voulu partager un secret avec elle. Sans doute étais-je tiraillée entre deux sentiments, comme cela m'arrivait si souvent. Quoi qu'il en soit, des policiers sont arrivés au foyer et ont déclaré que, pour obtenir des preuves valables devant un tribunal, ils devaient me faire examiner avant que quarante-huit heures ne se soient écoulées.

— Cette fois-ci, m'ont-ils assuré, nous allons vraiment pouvoir le coincer.

Je ne savais plus quoi penser. Une partie de moi était prête à tout pour que mon père cesse d'abuser de moi, mais une autre redoutait de le voir partir en prison. Plus que tout, je craignais que cette nouvelle trahison ne l'amène à me détester.

La nuit était tombée quand je suis arrivée au poste de police. Mel n'avait pas été autorisée à m'accompagner parce qu'elle était trop jeune. On m'a fait passer des examens médicaux, puis on m'a demandé de cracher dans un tube, car mon père m'avait embrassée pendant le rapport et il restait peut-être des traces de sa salive dans ma bouche.

J'étais si angoissée au cours des semaines qui ont suivi que mes règles ont pris du retard, si bien que j'ai dû faire un test de grossesse. La seule idée d'être enceinte de mon père me terrifiait, mais, par chance, c'était une fausse alerte.

Quand la police a fait remarquer à mon père que j'avais eu des rapports sexuels alors que j'étais sous sa responsabilité, il a récité l'histoire qu'il avait préparée.

— Elle a dû coucher avec un de ses cousins dans le garage le dimanche après-midi, a-t-il prétendu. Chez ma mère.

Ses mensonges me mettaient hors de moi. Comment osait-il me faire passer pour une sorte d'obsédée sexuelle prête à dire oui à n'importe qui ? Il était vraiment prêt à tout pour se protéger ! J'étais certaine que les résultats des examens prouveraient sa culpabilité, mais je n'en ai plus jamais entendu parler. Personne n'a jugé utile de me les communiquer, et ce n'est que des mois plus tard que j'ai appris que la police abandonnait les charges. Sans la moindre explication.

Mon père, lui, a prétendu qu'on avait trouvé la semence de plusieurs hommes sur mon corps, ce qui prouvait que j'avais multiplié les aventures ce week-end-là. Après des mois d'angoisse, j'étais désespérée d'apprendre que les autorités m'avaient abandonnée, une fois de plus, et que mon père était toujours aussi enclin à dire des horreurs sur moi.

Pour lui, tout cela n'était qu'un jeu. Il se vantait toujours de savoir manipuler les services sociaux, et, malheureusement, c'était vrai. Aujourd'hui, je me demande si la police a abandonné les charges contre lui en échange de renseignements, mais, hélas, je ne le saurai jamais. Pour rien au monde il ne le reconnaîtrait, même si c'était la vérité.

Un jour, à l'âge de quatorze ans, je me trouvais dans la cuisine du foyer à côté du passe-plat et je parlais avec quelqu'un qui se tenait de l'autre côté. L'immense bouilloire avait été remplie pour la préparation de nos boissons chaudes du soir, et les flammes de la gazinière léchaient les parois en inox.

En sentant une brûlure dans mon dos, je me suis brusquement retournée pour découvrir que le chemisier que je portais (et que j'avais emprunté) était en feu.

Terrifiée, je me suis mise à courir en hurlant, et l'un des membres du personnel m'a rattrapée dans le couloir pour m'attirer dehors et me faire tomber dans la neige afin d'éteindre le feu. J'ai passé une semaine à l'hôpital, couchée sur le ventre, le dos couvert de cloques.

Une fois sortie, j'ai dû porter un gros pansement de ouate qui me donnait l'impression d'être encore plus laide et repoussante. Les médecins m'ont avertie que je garderais des cicatrices toute ma vie, mais, finalement, toutes les traces de cet accident ont disparu avec le temps.

Peu après cela, mon père a de nouveau été envoyé en prison pour une affaire qui n'avait rien à voir avec moi. Terry et moi nous étions habitués à vivre au foyer de Break, mais je ressentais toujours un manque profond. J'avais envie d'avoir une famille qui ne se limite pas à un père et un frère.

J'avais beau adorer le seul parent qui me restait, j'avais tout de même fini par comprendre que je ne pourrais jamais compter sur lui et qu'il me forcerait toujours à faire des choses que je détestais.

Quant à Terry, il ne méritait pas de supporter tous mes problèmes en plus des siens. Je n'avais pas le droit de me reposer sur lui alors qu'il devait surmonter la même situation familiale que moi. Mel avait fini par lui dire que notre père m'obligeait à me prostituer pour lui, ce qui l'avait mis dans une rage sans précédent. Il voulait prendre un couteau et aller le tuer de ses propres mains. En voyant sa réaction, j'ai compris qu'il était injuste de lui faire subir une telle pression.

J'ai donc demandé aux services sociaux de contacter ma mère. Mon père étant en prison, j'ai pensé que ce serait plus facile pour elle de venir nous voir. Je mourais d'envie de la rencontrer, car je n'avais aucun souvenir d'elle. Je m'étais donné du mal pour ne pas la détester de nous avoir abandonnés et j'étais désormais curieuse de savoir à quoi elle ressemblait et pourquoi elle n'avait jamais essayé d'entrer en contact avec nous durant toutes ces années. J'imaginais que nous aurions beaucoup de choses en commun désormais, puisque mon père nous avait toutes les deux traitées de la même façon.

Les agents des services sociaux m'ont promis de faire leur possible, et ils sont parvenus à retrouver sa trace. Elle travaillait dans un hôtel d'Eastbourne, sur la côte sud, et habitait chez une amie. Ils sont entrés en contact avec elle et lui ont appris que nous souhaitions la voir.

À ma grande surprise, elle a accepté de nous rendre visite au foyer de Break. Tout le monde était très excité et nerveux le jour de sa venue. Il n'arrivait pas souvent que des pensionnaires retrouvent leur mère après huit ans de séparation. Quand elle est arrivée, le personnel l'a installée dans le salon avant de venir nous chercher, Terry et moi.

Je ne sais pas ce que j'avais espéré en demandant cette rencontre. Qu'elle fonde en larmes et me serre dans ses bras en me disant combien je lui avais manqué ? Qu'elle exprime ses regrets de nous avoir abandonnés ? En tout cas, j'avais sans doute rêvé de ressentir un lien très fort avec elle dès que je la verrais. Je devais imaginer qu'entre une mère et sa fille, ce lien devait résister à des années d'éloignement.

Quand je suis entrée dans le salon où elle nous attendait, je n'ai pas éprouvé la moindre émotion en la voyant. Les services sociaux auraient pu faire venir n'importe quelle femme choisie au hasard dans la rue, cela n'aurait fait aucune différence à mes yeux.

En comparaison des descriptions élogieuses de notre père, elle m'a paru excessivement ordinaire. Elle ne ressemblait pas du tout à la femme sublime dont il n'avait cessé de nous faire le portrait. J'avais eu envie de croire à la beauté exceptionnelle de ma mère, d'autant que mon père n'avait pas été le seul à la louer. D'autres gens qui l'avaient connue nous parlaient souvent d'elle dans les mêmes termes que lui, ajoutant qu'elle avait formé avec mon père un couple que tout le monde remarquait.

C'était sans doute cette femme jeune et superbe que je m'étais attendue à rencontrer, et non celle qui se tenait devant moi, usée par la vie et parée seulement des vêtements et du maquillage qu'elle avait pu s'offrir avec son salaire d'employée.

Peut-être avais-je imaginé qu'elle nous avait quittés pour vivre une existence plus romantique, loin des logements sociaux et des corvées domestiques. Si elle n'avait pas fui pour une vie meilleure, pourquoi était-elle partie ? Était-ce si terrible de vivre avec nous pour qu'elle ait préféré travailler comme femme de chambre ou comme vendeuse sans même pouvoir s'offrir un logement ? Les questions qui m'assaillaient étaient si nombreuses que je n'ai pas trouvé les mots pour lui parler.

— Est-ce que tu veux une tasse de thé ? lui ai-je proposé pour rompre le silence gênant qui s'installait.

— Oui, s'il te plaît.

— Tu prends du sucre ?

Le seul fait de devoir poser cette question à ma propre mère m'a bouleversée. Cela me rappelait que nous n'étions que des étrangères l'une pour l'autre. Ma colère envers elle s'est réveillée d'un coup ; je lui en voulais tellement de n'être jamais entrée en contact avec nous, de ne pas nous avoir permis de la connaître.

C'étaient ses parents qui l'avaient conduite jusqu'à nous. Après l'avoir déposée au foyer, ils étaient allés l'attendre dans le centre-ville. Quand elle nous a proposé de les revoir, j'ai accepté avec enthousiasme. Peut-être correspondraient-ils davantage à l'image idéalisée que j'avais d'eux… Nous avons donc pris à pied le chemin de la ville. Tout en marchant, elle a sorti un paquet de cigarettes et nous en a offert.

J'avais beau fumer depuis l'âge de onze ans, je savais que c'était pour le moins étrange pour une mère de donner des cigarettes à ses enfants. De toute évidence, ce n'était pas une attitude responsable. Nous n'avions pas besoin de devenir amis avec elle, c'était une mère qui nous manquait !

Bien sûr, nous avons quand même accepté les cigarettes qu'elle nous offrait, car on nous laissait rarement fumer au foyer. Après cela, nous avons eu encore plus de mal à la voir comme la mère dont nous avions rêvé. Toutefois, Terry s'est montré moins cynique que moi. Si je suis restée sur mes gardes pendant toute la journée, mon frère, lui, n'a pas caché sa joie de la revoir.

Quand nous sommes arrivés en ville, ma grand-mère m'a donné elle aussi l'impression d'être une inconnue. Curieusement, j'ai tout de suite reconnu mon grand-père. Je ne le savais pas à l'époque, mais, apparemment, il avait eu un faible pour moi quand j'étais petite. J'ai appris plus tard que, quand ma mère nous avait quittés, il avait essayé de la rassurer.

— Ne t'inquiète pas pour cette petite fille, lui avait-il dit. Elle s'en sortira.

Je me suis souvent demandé ce qui avait bien pu lui faire penser ça. Et, surtout, pourquoi n'a-t-il jamais pris de nos nouvelles après le départ de notre mère ? Peut-être l'a-t-il fait sans que nous le sachions.

Après huit ans de silence total, notre mère a eu tout à coup l'air de vouloir nous prendre en charge. Comme notre père était en prison, elle envisageait de revenir à Norwich en toute sécurité et de trouver un logement pour nous trois afin que nous vivions heureux en famille. Je n'arrivais pas à croire que cela soit aussi facile après tant d'années. Pourquoi n'avait-elle pas pris cette décision plus tôt ? Ce n'était pas la première fois que notre père purgeait une peine de prison ; les occasions avaient même été nombreuses. Néanmoins, je me suis bien gardée de dire quoi que ce soit, de peur de lui faire changer d'avis. J'avais envie que ses projets se réalisent. Elle a précisé qu'elle devait d'abord retourner à Eastbourne pour prendre congé de sa logeuse et de son employeur et pour récupérer ses affaires.

Après son départ, je me suis rendu compte que la déception que j'avais ressentie au premier abord s'était dissipée. J'étais folle de joie à l'idée de passer dorénavant plus de temps avec elle.

Quoi qu'il ait pu se passer, elle restait notre mère et, si elle revenait auprès de nous, nous allions enfin renouer avec notre famille. Peut-être que nous allions enfin trouver notre place en nous installant avec elle. Nous nous sentions si seuls en l'absence de notre père, privés de toute famille… Je rêvais de faire partie d'un véritable foyer.

De retour à Break, j'ai longuement discuté de tout cela avec Mel. Plus j'en parlais, plus j'étais impatiente de revoir ma mère et d'apprendre à la connaître. Une semaine après sa visite, nous avons décidé toutes les deux de nous sauver pour aller la retrouver à Eastbourne. J'imaginais qu'elle serait aussi ravie de me voir que l'inverse, mais aussi flattée que nous nous soyons donné tant de mal pour la rejoindre.

Nous sommes sorties de l'enceinte du foyer sans trop de mal, puis nous nous sommes dirigées vers le sud. Ce n'est qu'en arrivant à destination que nous nous sommes rendu compte qu'Eastbourne était une grande ville. Or nous ne savions ni où elle habitait ni où elle travaillait. En outre, il y avait ce jour-là une sorte de carnaval qui défilait dans la rue, si bien que nous avions encore plus de mal à nous repérer au milieu de la foule. Faisant du porte-à-porte dans tous les hôtels qui donnaient sur le front de mer, nous avons fini par la trouver.

— Nous sommes venues te rendre visite, ai-je dit quand on nous a menées à elle.

J'étais fière d'avoir effectué ce long voyage et je crois que j'espérais encore qu'elle se précipiterait vers moi pour me serrer contre elle. Ou au moins qu'elle serait touchée par ma démarche.

— Tu t'es sauvée, m'a-t-elle dit sèchement. Tu peux faire demi-tour et rentrer au foyer.

Ses mots m'ont fait l'effet d'une gifle. Finalement, elle nous a permis à contrecœur de rester pour le week-end avant de nous renvoyer à Norwich, mais, de toute évidence, notre présence la dérangeait.

Quand nous sommes rentrées, j'ai subi toutes les remontrances du personnel de Break qui m'a reproché d'avoir entraîné Mel dans ma fugue, alors que nous avions pris cette décision ensemble.

Mais j'avais l'habitude d'être accusée de tous les maux. Aucune de nous deux n'aurait entrepris cette escapade toute seule, mais je ne l'avais pas menacée pour qu'elle m'accompagne. Au contraire, c'était elle qui avait de l'influence sur moi et non l'inverse. Terry éprouvait les mêmes problèmes que moi, endossant la responsabilité de fautes dont il n'était pas forcément le seul coupable. Notre étiquette d'« enfants à problèmes » favorisait les accusations contre nous, tandis que les autres pensionnaires semblaient toujours bénéficier de circonstances atténuantes.

Un jour, alors que Mel était de retour au foyer après une période de vacances, son état dépressif l'a conduite à faire une overdose. En voyant l'attention qu'on lui portait à la suite de cet événement, j'ai décidé de faire la même chose quelques semaines plus tard, exactement comme le jour où j'avais imité le garçon qui avait mis sa chambre à sac aux Durdan.

J'avais réussi à collecter plusieurs comprimés de paracétamol en prétextant des maux de tête ou des règles douloureuses et, un soir, je les ai tous avalés d'un coup. Je ne me souviens pas combien il y en avait. Manifestement, le nombre n'était pas considérable. Je n'ai bien sûr pas bénéficié de la même compréhension que Mel. On s'est moqué de moi en me disant qu'il était temps que je me reprenne en main.

J'avais quatorze ans. Après cette prise de médicaments, j'ai bien dû faire dix ou douze véritables overdoses. En avalant des quantités de comprimés, j'espérais toujours mettre fin à mes jours, mais je changeais systématiquement d'avis au bout de quelques instants.

Mon instinct de survie prenait le dessus. En me rendant compte que je ne voulais pas vraiment mourir, j'étais prise de panique et je m'empressais de prévenir quelqu'un, comme l'avait toujours fait mon père. Alors, on appelait un médecin en urgence. Une fois qu'on m'avait fait un lavage d'estomac, il ne me restait plus que la honte et une absence totale d'amour-propre.

Quelques semaines après nos retrouvailles, notre mère est revenue s'installer à Norwich afin que nous puissions vivre avec elle. La municipalité lui a fourni un logement social. C'était une charmante maison qui comportait trois chambres. Enfin, j'avais l'impression que nous allions mener une véritable vie de famille. Les services sociaux ont meublé et décoré la maison et se sont mis en quatre pour nous aider à prendre ensemble le meilleur départ possible.

Pleins d'espoir, Terry et moi avons quitté le foyer de Break pour emménager avec notre mère. Entre-temps, elle nous avait annoncé qu'elle était enceinte d'un homme qu'elle avait connu à Eastbourne, mais il est bientôt devenu évident qu'il ne s'occuperait pas de cet enfant. Malgré notre optimisme, les mauvais présages continuaient à planer au-dessus de nous.

15

Le prix du passé

En dépit de toutes nos bonnes intentions, Terry, ma mère et moi avions fort peu de chances de construire une relation normale après une si longue séparation et tant d'épreuves accumulées. Notre nouveau foyer a résisté très exactement six semaines aux tensions et aux conflits incessants. Je veux bien croire que notre mère nous ait trouvés invivables. Pendant huit ans, elle n'avait eu à se préoccuper que d'elle-même, et voilà qu'elle se retrouvait avec deux adolescents difficiles qu'elle connaissait à peine et qui entretenaient envers elle une rancœur tenace. Néanmoins, nous avons été infiniment déçus qu'elle s'avoue vaincue aussi rapidement.

Nous avions encore changé d'école afin de nous rapprocher de notre nouveau logement, et je refusais catégoriquement d'y aller tant je redoutais de devoir m'intégrer une fois de plus à un groupe d'inconnus. J'étais lasse de lutter si souvent pour me faire une place, de faire face sans cesse à de nouvelles railleries et de devoir encore et encore imposer ma domination.

Voulant seulement qu'on me laisse tranquille, je passais mes journées en ville avec des amis. Nous buvions, nous nous faisions remarquer.

Enfin, je pouvais m'amuser un peu. La volonté de ma mère d'exercer son autorité parentale provoquait de nombreuses disputes à la maison. Pour lui résister, je n'ai rien trouvé de mieux que de me taillader les poignets et de faire une nouvelle overdose de médicaments. Les services sociaux ont été alertés, et ma mère a été forcée de reconnaître qu'elle ne s'en sortait pas.

Cette expérience ayant échoué, Terry et moi avons de nouveau été placés. J'étais désespérée de voir mon rêve s'effondrer. Comme si cela ne suffisait pas, on m'a annoncé que j'allais être séparée de mon frère. On m'a emmenée dans un établissement du nom de Bramerton Lodge, tandis que Terry a été installé dans une auberge où il devait apprendre l'indépendance.

Je ne comprenais pas pourquoi on ne nous ramenait pas tout simplement au foyer de Break. Tout le monde semblait m'abandonner en même temps. Je sais bien que mon comportement n'était pas brillant, mais n'était-ce pas à moi-même que j'avais fait le plus de mal en me scarifiant, en avalant des cachets, en me prostituant et en buvant des quantités d'alcool ? Je ne cessais d'appeler au secours et personne ne me répondait.

Bramerton était un pensionnat dédié aux enfants en difficulté, situé en pleine campagne, à quelques kilomètres de Norwich. C'était le lieu de la dernière chance pour les cas comme le mien, l'étape suivante étant la maison de redressement ou la prison. Avec ses barreaux aux fenêtres, le bâtiment était terriblement menaçant. Je devais initialement y demeurer six semaines, en attendant que les autorités décident de mon sort. J'y ai finalement passé le plus clair des trois années qui ont suivi, avec néanmoins de nombreuses interruptions.

Cet établissement était complètement différent de tous ceux que j'avais connus. L'encadrement y était très strict, nous étions surveillés chaque instant. Dès le premier soir, je suis entrée dans la salle commune en me faisant remarquer.

— Comment je fais pour sortir de ce trou ? ai-je clamé haut et fort.

Les autres élèves se sont mis à rire avant de m'annoncer qu'il n'y avait aucun moyen de s'échapper. Les mesures de sécurité étaient bien trop fortes. J'allais leur prouver plus tard que les barrières qu'ils croyaient infranchissables ne l'étaient pas pour moi, mais je me souviens de m'être sentie à la fois seule et effrayée en comprenant que j'étais enfermée. Qu'allais-je devenir dans cet enfer ?

Le paysage qui entourait Bramerton était ravissant, avec ses petits villages où les gens avaient l'air de mener une existence idyllique, si éloignée de la mienne. À mes yeux, cette école avait en effet tout d'une prison pour enfants. J'étais sans arrêt mise en isolement et punie pour des infractions aussi banales que la possession d'un briquet. Pour allumer nos cigarettes, nous étions censés nous adresser à un membre du personnel.

La direction devait craindre que nous mettions le feu au bâtiment sans se rendre compte que nous pouvions aussi bien le faire avec une cigarette allumée. Certains aspects de cet endroit étaient moins détestables que d'autres, comme les quelques cigarettes qu'on nous fournissait gratuitement.

En revanche, j'avais en horreur l'école installée dans l'enceinte même du pensionnat. Les élèves passaient leur temps dans des ateliers à fabriquer toutes sortes de choses inutiles, me donnant encore plus l'impression d'être des prisonniers. Le professeur, lui, avait tout l'air d'un surveillant pénitentiaire.

Les six premières semaines que j'ai passées là-bas devaient donner le temps aux autorités compétentes de trouver un autre endroit où m'installer. Seulement, il s'est avéré que personne ne voulait de moi, ce qui n'est pas difficile à comprendre.

Mon dossier avait de quoi faire peur. Tout le monde savait désormais que je me prostituais, mais aussi que je passais mon temps à m'enfuir pour retrouver mon père, qui était la source de tous mes problèmes.

Si je me sauvais aussi souvent, je pense que ce n'était pas uniquement parce que mon père me le demandait. J'imitais ma mère. Et, puisque je ne me sentais nulle part à ma place, je n'avais aucune raison de résister à la tentation de partir.

Malgré mes innombrables désillusions, je continuais à chercher l'endroit où je serais bien. Mais, comme je ne m'étais jamais sentie chez moi ailleurs que chez mon père, je m'obstinais à y retourner, même si je connaissais parfaitement les horreurs qui m'y attendaient.

Les services sociaux avaient essayé à maintes reprises de m'intégrer au système scolaire classique, mais, chaque fois, je décidais de détester l'établissement qu'ils avaient choisi pour moi et je passais mes journées à traîner dans les pubs avec un groupe d'amis.

C'est pour cette raison que je me suis retrouvée à Bramerton. Seulement, contrairement à ce que m'avaient dit les autres élèves, il n'était pas si difficile de s'en échapper et j'ai continué à aller retrouver ma bande en ville au lieu de suivre les cours.

Peu de temps après mon entrée à Bramerton, j'ai entamé une relation avec un homme qui avait presque vingt ans de plus que moi. Pourquoi y a-t-il tant d'hommes attirés par les jeunes filles confiées à l'assistance publique ? Il m'a même demandé en mariage en m'offrant une bague de fiançailles qu'il avait choisie sur le catalogue de bijoux de sa petite amie.

En dehors du fait que je n'aie eu que quatorze ans, peut-être aurait-il pu être alerté par les cris de panique que je poussais dès qu'il essayait de coucher avec moi. Les rapports des services sociaux font état de mes mœurs légères de l'époque, mais, en réalité, j'avais le sexe en horreur.

Aujourd'hui, il me semble évident que c'était une figure paternelle que je recherchais en fréquentant des hommes mûrs. J'avais besoin d'être aimée et protégée, et ma quête ne cessait de me mener au mauvais endroit et auprès des mauvaises personnes.

En décembre de cette année-là, ma mère a donné naissance à mon petit frère, Adam. Je suis allée leur rendre visite à l'hôpital avec mon nouveau petit ami. Entre ma mère et moi, les rapports étaient très tendus. Je crois que nous ne nous étions même pas adressé la parole depuis l'échec de notre vie à trois avec Terry.

Par conséquent, ces retrouvailles ont été pour le moins particulières, mais je n'avais jamais rien vu d'aussi adorable que le bébé qu'elle venait de mettre au monde. Je l'ai aimé passionnément à la seconde où je l'ai vu. C'est alors que j'ai imaginé à quel point ce serait merveilleux d'avoir un bébé rien qu'à moi.

Hélas, je n'ai pas tardé à comprendre que je n'étais pas la bienvenue chez ma mère et qu'il n'était pas question que je fasse partie de sa vie ni de celle d'Adam. Elle était partie quand j'avais six ans. Depuis ce jour, elle ne nous avait pas envoyé une seule carte postale. Après nos retrouvailles et notre seconde séparation, j'ai espéré que nous allions rester en contact, mais, le Noël suivant, la carte que j'attendais n'est pas arrivée, et j'ai compris qu'elle ne voulait pas de moi.

Elle avait dit qu'elle était décidée à être une bonne mère pour Adam, qu'elle ne voulait pas reproduire avec lui les erreurs qu'elle avait commises avec ses autres enfants. Je peux affirmer en toute honnêteté que je n'ai jamais été jalouse de mon petit frère. Ce n'était pas à lui que j'en voulais, mais à elle.

Dès l'instant où nous avons quitté sa nouvelle maison, elle a rompu tout contact avec nous, de manière aussi radicale qu'elle l'avait fait la première fois qu'elle était partie. Nous n'avons reçu ni carte, ni coup de téléphone, ni lettre, ni la moindre visite. C'était comme si nous avions de nouveau cessé d'exister pour elle. Je lui ai écrit, mais elle ne m'a jamais répondu. Sans doute voulait-elle prendre un bon départ avec son bébé sans laisser son passé venir salir leur vie.

C'est à cette époque que j'ai perdu toute volonté de m'en sortir. Je n'avais plus personne ; même mon frère avait été éloigné de moi. Les services sociaux m'avaient annoncé qu'aucun foyer ne voulait de moi. J'avais le sentiment que tout le monde m'avait abandonnée, même si je me rends compte aujourd'hui qu'ils faisaient sûrement leur maximum pour m'aider. Seulement, le problème que je représentais était presque insoluble.

L'évasion était devenue une habitude. Dès que l'occasion de retrouver mon père ou mes amis s'offrait à moi, je la saisissais sans hésiter. Tout adulte ayant l'habitude des adolescents en difficulté aurait alors deviné que je buvais beaucoup, mais aussi que j'avais commencé à me droguer. Les gens que je fréquentais à Bramerton n'avaient pas une bonne influence sur moi. C'est avec eux que j'ai appris à renifler de la colle et des aérosols.

De douze à dix-huit ans, aucun élève ne voulait dire non de peur d'être traité de mauviette. Je n'ai jamais aimé ça, surtout la colle, car l'effet ne durait que quelques secondes et je devais ensuite supporter un affreux mal de tête. Je préférais les aérosols, mais seules les vraies drogues pour adultes me plaisaient vraiment quand j'arrivais à m'en procurer. Avec ma bande d'amis du centre-ville, j'ai commencé par fumer du cannabis avant de découvrir les amphétamines, que j'ai continué à consommer pendant des années.

D'une manière générale, je me montrais hostile envers quiconque essayait de me dire ce que je devais faire. La tyrannie traumatisante de mon père avait dû me rendre réfractaire à toute autorité. Si l'on s'adressait à moi avec gentillesse, je savais me montrer coopérative, mais les gens qui travaillaient à Bramerton n'avaient souvent ni le temps ni l'envie de faire preuve de douceur. Par conséquent, mes rapports avec eux étaient pour le moins conflictuels. M. et Mme Mcquarrie, qui dirigeaient l'établissement, ont commencé par garder leurs distances avec moi. J'étais toujours nerveuse quand ils me convoquaient à cause d'une frasque ou d'une autre. M. Mcquarrie avait une prestance professorale qui inspirait tout de suite le respect.

La plupart du temps, j'étais la première victime de la colère qui bouillait en moi. Je continuais à me scarifier et à faire des overdoses par dégoût de moi-même. Il m'arrivait aussi, assise dans mon bain, de me frotter la peau aussi fort que possible, jusqu'au sang, avec une brosse et un produit à récurer.

Certaines filles du pensionnat étaient anorexiques ou boulimiques. Comme j'étais aussi convaincue qu'elles d'être trop grosse, j'ai voulu les imiter en essayant de me rendre malade après les repas.

Mais je n'y suis jamais parvenue. J'avais beau m'enfoncer les doigts dans la gorge, je ne faisais que tousser sans pouvoir me débarrasser de ce que j'avais mangé. Je trouvais mon corps affreux parce que mon père n'avait cessé de me répéter à quel point il était laid, et parce que je le voyais comme une marchandise vendue à bas prix et utilisée par quiconque disposait d'une dizaine de livres et de quelques minutes.

À Bramerton, les filles avaient pris l'habitude de se tatouer mutuellement avec des aiguilles et de l'encre de Chine. Le personnel ne prêtait pas d'attention à ce genre de pratique, bien anodines en comparaison des tentatives de suicide et des incendies volontaires.

J'ai moi-même tatoué le mot « papa » sur mon avant-bras, car j'avais encore le sentiment d'être liée à lui à tout jamais. J'ai commencé par le faire avec une aiguille et de l'encre, mais, cela prenant trop de temps à mon goût, j'ai fini en m'entaillant grossièrement la peau avec un cutter.

Je n'avais pas oublié le jour où, à l'école primaire, j'avais réussi à me faire craindre des autres élèves en me battant. Depuis lors, j'entretenais ma réputation partout où je passais. À Bramerton aussi, j'étais soucieuse de me faire respecter pour ne jamais devenir la cible des moqueries comme je l'avais été autrefois. Je ne voulais plus être une victime. Je voulais me libérer de l'emprise de mon père et des hommes tels que Peter qui avaient fait mon malheur. Plus jamais je ne voulais me vendre aux clients dans leurs belles voitures. Je détestais la violence, mais j'avais tout de suite compris qu'au milieu des délinquantes de Bramerton, j'allais devoir déployer de gros efforts pour me faire respecter. Avec le temps, j'ai fini par prendre la place de dominant au sein du groupe, notamment en raison de mon ancienneté, mais aussi grâce à la force de mes poings.

J'avais fait en sorte d'asseoir très tôt ma réputation en montrant que j'étais toujours prête à me battre si on m'y poussait. J'ai dû me montrer convaincante, car, après cela, je n'ai presque jamais eu besoin de donner des coups. Il me suffisait de menacer mes adversaires pour leur faire peur.

Néanmoins, je me tenais prête à faire mes preuves à tout moment. Chaque nouvelle pensionnaire n'hésitait pas à me défier dans le but de prendre ma place, mais j'étais décidée à me défendre coûte que coûte.

Pour ma part, je ne m'en prenais jamais aux autres sans raison. Il n'était pas question pour moi de choisir un souffre-douleur plus faible que moi. Au contraire, j'étais plutôt celle qu'on venait voir pour se confier.

Mais, de temps en temps, j'étais obligée d'affirmer mon autorité face à celles qui voulaient la remettre en question. Je voyais bien que les autres filles, à l'affût d'un signe de faiblesse, me surveillaient sans cesse.

J'étais à Bramerton depuis quelques mois quand, je ne sais plus pour quel méfait, une nouvelle pensionnaire m'a dénoncée au personnel. Dès que les autres filles l'ont su, elles l'ont avertie que j'allais venir lui donner une bonne correction dès que les lumières seraient éteintes. Elles avaient l'air à la fois fières de mon tempérament et impatientes de me voir punir cette arriviste pour son erreur. Dans un établissement comme Bramerton, la dénonciation était considérée comme un péché capital ; je savais donc qu'une sanction de ma part était inévitable. J'espérais seulement que, si je m'approchais d'elle avec une attitude assez agressive, elle aurait peur et me présenterait ses excuses, prouvant par la même occasion qu'elle n'avait aucun courage.

Je m'en tirerais alors avec des menaces et sans violence physique. Toutefois, les regards méprisants qu'elle m'adressait et le ton moqueur de sa voix me donnaient le sentiment qu'elle n'allait pas se laisser impressionner aussi facilement.

J'étais malade d'appréhension en entrant dans sa chambre ce soir-là avec un groupe de filles galvanisées par l'événement. Je redoutais d'avoir à me battre avec elle. En voyant avec quelle arrogance elle nous attendait, j'ai compris qu'elle voulait vraiment prendre ma place au sein du groupe et qu'elle n'allait pas reculer maintenant. Comme moi, elle tenait à affirmer sa domination, et nous savions toutes les deux que la moindre tentative de réconciliation passerait pour de la lâcheté. J'ai compris que j'allais devoir utiliser la violence.

Agissant dans l'urgence du moment, j'ai spontanément saisi un morceau de verre cassé pour la menacer de lui entailler le visage. Mais, tout en l'agressant, je priais intérieurement pour qu'elle se soumette et que je n'aie pas besoin d'aller au bout de mon geste. La perspective de mettre ma menace à exécution me terrifiait. J'aurais préféré me contenter de lui donner des coups de poing, mais, maintenant que je brandissais mon arme de fortune, il était trop tard pour me radoucir.

Les autres filles, avides de sang, m'encourageaient comme une horde de supporters en furie. À mesure que les secondes s'écoulaient, elles commençaient à m'accuser de faiblesse. Si seulement j'avais pu m'en sortir sans la blesser ! Mais c'était allé trop loin. Et l'enjeu était trop important pour moi. Le cœur battant, prise d'une poussée d'adrénaline, j'ai réagi sans prendre le temps de réfléchir. J'ai brandi mon morceau de verre et l'ai attaquée, visant sa main à la place de son visage. Si seulement j'avais eu le courage de renoncer, de laisser tomber mon bout de verre et de m'en aller…

Mais c'était au-dessus de mes forces. Comme le sang se mettait à couler à flots de sa main, elle a poussé des hurlements tandis que, dans un mouvement de panique, les autres filles alertaient le personnel. Elle a été conduite en urgence à l'hôpital pour qu'on lui fasse des points de suture. Quant à moi, j'ai été enfermée à clé dans une petite pièce du rez-de-chaussée.

L'un des surveillants, qui me détestait tout particulièrement, ne s'est pas gêné pour jubiler. Enfin, j'avais franchi la ligne rouge, et rien n'aurait pu lui faire plus plaisir apparemment.

— On te tient maintenant, Maria. Tu vas aller tout droit à Holloway.

C'était une célèbre prison pour femmes dans laquelle on me menaçait tous les jours de m'envoyer. Sans doute avait-il raison, mais je regrettais tellement ce que j'avais fait que je n'arrivais plus à m'intéresser à ce qui allait m'arriver. Je détestais la personne que j'étais devenue. Je méritais d'être envoyée en prison.

L'école a fait venir la police, qui m'a emmenée passer la nuit en cellule. Le lendemain matin, M. et Mme Mcquarrie sont venus parler au juge. En les voyant, je n'ai plus eu aucun doute sur ce qui allait advenir de moi. J'avais offert aux directeurs l'occasion de se débarrasser de moi et je pouvais être sûre qu'ils ne la laisseraient pas passer. Pourtant, à ma grande surprise, M. Mcquarrie a pris ma défense devant le juge et s'est battu pour qu'on m'autorise à retourner à Bramerton.

D'après lui, si j'étais envoyée à Holloway, je n'aurais aucune chance de remonter la pente sur laquelle j'étais déjà engagée. Malgré tout le mal que je pensais de moi-même et de ce que j'avais fait, les arguments de M. Mcquarrie ont convaincu les autorités qui ont accepté de m'accorder une deuxième chance.

L'élève que j'avais agressée a été placée ailleurs pour sa sécurité, ce qui m'a paru profondément injuste. Finalement, cet événement n'a fait que renforcer ma réputation. Tout le monde savait désormais qu'il ne fallait pas s'attaquer à moi, à moins qu'une d'entre elles veuille être blessée, humiliée et renvoyée.

J'ai compris que les Mcquarrie avaient pris des risques pour moi, et cette prise de conscience m'a soudain fait réagir. Ils avaient eu raison. Si j'étais allée à Holloway, je n'aurais jamais pu m'en sortir. J'aurais été vouée à une vie de violence et de délinquance dès l'instant où j'aurais franchi les grilles de cette prison. Si leur réaction m'avait étonnée, je me sentais surtout infiniment reconnaissante envers eux. Il était rare que des gens mettent tellement d'énergie à me défendre.

Peu de temps après mon retour, Mme Mcquarrie est venue me voir un jour où je travaillais aux cuisines et elle m'a invitée à venir fumer une cigarette avec elle dans son bureau.

C'est bientôt devenu un rituel entre nous. Presque tous les jours, je la rejoignais dans son bureau pour prendre une tasse de café et discuter avec elle comme si nous étions amies. Des surveillants venaient souvent me chercher pour me faire venir en cours, mais elle les renvoyait sèchement.

— Non, disait-elle, je veux qu'elle reste ici. J'ai quelque chose à lui faire faire.

Cette femme me fascinait. Un accident dont elle avait été victime dans sa jeunesse l'avait privée d'une main et, même si elle avait une prothèse, elle ne s'en servait jamais. Elle arrivait à tout faire avec une seule main. Le téléphone coincé entre l'oreille et l'épaule, une cigarette entre les lèvres, elle parvenait encore à écrire tout en parlant à son interlocuteur. Et elle était très amusante.

Après m'avoir sauvée de la prison, elle et son mari se sont montrés très bons envers moi. Je pense qu'ils avaient décidé de me prendre sous leur aile. Le Noël suivant notre départ de chez notre mère, je n'avais nulle part où aller pour les vacances. J'ai confié à Mme Mcquarrie combien j'étais triste qu'elle ne nous donne jamais de nouvelles.

— Pourquoi tu ne lui enverrais pas une carte ? m'a-t-elle suggéré. Tu es une adulte, toi aussi, maintenant. Tu pourrais peut-être faire le premier pas vers une réconciliation.

J'ai suivi ses conseils, mais je n'ai reçu aucune réponse. Ma mère n'aurait pas pu être plus claire : de toute évidence, elle ne voulait plus entendre parler de nous.

Tous les autres élèves de Bramerton allaient passer les vacances chez des amis ou des membres de leur famille, à l'exception d'un garçon adorable qui s'appelait Martin. Mais les Mcquarrie n'avaient pas fini de me surprendre. Accordant un congé à tous les employés de l'internat, ils sont eux-mêmes restés avec nous au lieu de rentrer chez eux à Norwich. Le jour de Noël, ils nous ont servi à tous les deux un petit-déjeuner au lit, puis ils ont aménagé la salle à manger pour en faire une pièce joyeuse et chaleureuse. Ils y ont installé leur propre sapin et leurs propres décorations, et nous ont même offert des cadeaux.

J'ai encore le bracelet en argent que j'ai reçu de leur part. Après le déjeuner, nous avons regardé la télévision tous les quatre ensemble. Ils auraient pu engager des surveillants pour rester avec nous ; au lieu de cela, ils ont renoncé à leurs vacances pour nous. Martin et moi ne pouvions que souffrir d'être rejetés par les nôtres, mais comment n'aurions-nous pas été touchés par le geste des Mcquarrie ? J'étais d'autant plus émue que je ne leur avais attiré que des ennuis. Et je restais certaine que je n'étais pas digne de leur bonté.

Le lendemain de Noël, une jeune pensionnaire a dû nous rejoindre, car son neveu avait succombé à la mort subite du nourrisson. En apprenant ce drame, je n'ai pu que relativiser mon propre malheur. La plupart des élèves de Bramerton avaient des problèmes bien plus considérables que les miens. Nombre d'entre eux sont restés ou devenus toxicomanes.

D'autres sont allés en prison, et j'ai même appris la mort de certains. Ceux qui avaient été trop fragilisés dans leur enfance par des conditions de vie dramatiques n'avaient pas trouvé la force d'affronter l'âge adulte et l'indépendance.

Ma relation avec Mme Mcquarrie ne m'a pas incitée à devenir une adolescente exemplaire du jour au lendemain. J'ai été impliquée dans un autre incident avec une élève de Bramerton, ce qui n'a fait qu'accentuer la crainte que j'inspirais déjà aux autres. Cette fille se prostituait elle aussi et avait un caractère bien trempé.

Tous les soirs, nous devions attendre à l'extérieur de la salle à manger et n'entrer qu'au moment où le dîner allait être servi. Or, un soir, impatiente de passer à table, je lui ai demandé l'heure et elle m'a répondu avec une extrême brutalité. Je n'allais sûrement pas la laisser me traiter avec autant de dédain.

— C'est quoi, ton problème ? ai-je répliqué. Ne me parle pas comme ça.

— Tu te crois tellement supérieure…

Elle était encore en train de me critiquer quand nous sommes entrées dans la salle à manger pour nous asseoir à l'une des grandes tables rondes. Elle s'est installée en face de moi, s'est tranquillement servi une tasse de thé, puis elle s'est levée et me l'a jetée à la figure. Sous le choc, je suis restée figée pendant quelques secondes avant de réagir. Me levant à mon tour, j'ai alors saisi la grande théière qui était remplie pour servir toute la tablée. Puis j'ai ôté le couvercle et lancé tout son contenu sur celle qui m'avait attaquée, inondant au passage le parquet poli et ciré. J'avais rappelé à tout le monde qu'on ne s'en prenait pas à moi sans conséquence.

Par chance, le thé n'était pas assez chaud pour causer des brûlures, mais c'était tout de même très désagréable. Tous les autres élèves assis à notre table se sont écartés d'un bond pour échapper à la vague de thé qui déferlait sur eux. Quand les surveillants ont accouru vers moi pour me maîtriser et m'empêcher de causer plus de dégâts, ils ont glissé sur le sol mouillé pendant que les autres élèves riaient et m'encourageaient.

— Vas-y, Ria !

J'avais l'impression d'être en plein film de Laurel et Hardy. Cette farce nous a valu une punition à toutes les deux. Cette fois, cependant, je ne me suis pas sentie très coupable. Tout d'abord parce que c'était mon adversaire qui m'avait attaquée la première, mais aussi à cause du comique de la scène et du fait que personne n'ait été blessé.

Naturellement, j'avais le plus grand mal à faire confiance aux hommes à cette époque et j'étais souvent odieuse avec ceux qui avaient le malheur de me contrarier. Mon père m'avait toujours recommandé de me méfier des employés des foyers pour enfants. Selon lui, c'étaient tous des pervers ; et je le croyais.

Aujourd'hui, bien sûr, je me rends compte qu'ils étaient pour la plupart extrêmement dévoués et qu'ils voulaient sincèrement aider les jeunes en difficulté. J'ai maintes fois accusé un surveillant du dortoir des garçons chez Break de chercher à m'espionner quand j'étais dans la salle de bains, alors que, désormais, je suis sûre que cette idée ne lui a jamais traversé l'esprit.

J'ai toutefois rencontré quelques hommes à Bramerton qui mettaient les filles mal à l'aise. Nous n'avions pas le droit d'avoir des serrures aux portes des chambres, et certains membres du personnel semblaient apparaître comme par enchantement dans les couloirs à l'heure de notre toilette. L'un d'entre eux, notamment, avait pris l'habitude d'ôter ses chaussures pour monter discrètement à l'étage et venir rôder au moment où nous nous déshabillions pour nous mettre au lit.

Comme nous avions remarqué ce qu'il faisait, nous avons entrepris de semer des punaises dans l'escalier. Nous avons tellement ri en entendant ses cris étouffés lorsqu'il a voulu monter les marches en chaussettes...

Un autre surveillant me détestait tout particulièrement. Le pensionnat était bâti en carré, des maisons reliées par des couloirs s'élevant aux quatre coins. L'une comportait la buanderie et les bureaux, une autre, le dortoir des garçons, puis il y avait la maison des filles et enfin une section mixte. Dans la partie réservée aux filles, on trouvait cinq ou six chambres collectives, un salon et une cuisine. Au bout de chaque maison était situé un appartement pour le personnel, et ce surveillant, qui était un ancien soldat, vivait dans l'appartement voisin de notre dortoir avec sa femme et ses enfants, que nous ne voyions jamais. S'il m'intimidait terriblement, je ne voulais surtout pas qu'il s'en rende compte. C'est pourquoi je le provoquais sans cesse.

Nous avions pour règle d'éteindre les lumières et de rester silencieuses à partir de 22 heures, mais nous continuions à faire du bruit après le couvre-feu dans le seul but de le faire enrager.

Un soir, vers minuit, il a totalement perdu son sang-froid et est entré en trombe en ordonnant à tout le monde de se lever, même aux filles qui dormaient sagement. Nous alignant dans le couloir le long du mur, il s'est mis à hurler en me postillonnant à la figure.

Je n'ai pu m'empêcher de rire en voyant son visage rouge de colère. Je savais qu'il mourait d'envie de me frapper ; mais, s'il l'avait fait, il aurait tout simplement perdu son emploi et se serait retrouvé devant les tribunaux. Si bien que je le défiais sans aucune pitié.

Ayant été soumise à l'autorité de mon père par sa violence, j'étais devenue incapable d'obéir à ceux qui n'avaient pas le droit de lever la main sur moi. Cela devait rendre ce surveillant fou de rage, mais il était obligé de se contrôler pour garder sa place.

Je cherchais toujours à faire plaisir aux surveillants que j'aimais bien, mais je pouvais être très cruelle avec les autres. Peut-être avais-je besoin de prendre ma revanche après des années de mauvais traitements infligés par mon père. Mon comportement avait été perverti par sa tyrannie.

Bramerton avait été conçu pour des séjours de courte durée, mais j'y ai vécu presque en permanence de quatorze à dix-sept ans. Les services sociaux ont essayé à deux reprises de m'installer dans un centre de réadaptation, un établissement plus ouvert où je devais vivre en communauté en vue d'apprendre l'autonomie.

La première fois, j'ai été accusée à tort d'avoir volé de l'argent. Lors de la seconde tentative, on m'a traitée de trafiquante de drogue parce que j'avais rapporté de l'acide du centre-ville pour deux autres pensionnaires. À la suite de ces échecs, je suis retournée à Bramerton.

J'étais étonnée que certaines personnes aient encore de l'espoir pour moi à l'époque. Je me sentais aspirée par une spirale négative dont je n'arriverais jamais à me sortir, exactement comme dans le cauchemar qui m'avait poursuivie durant mon enfance. Je tombais dans le vide et je ne voyais à cette chute aucune autre issue que la mort.

16

Ma rencontre avec Brian

Je continuais à m'échapper de Bramerton dès que l'occasion se présentait. Si mon père n'était pas en prison, il m'arrivait de céder à ses pressions et de le rejoindre pour séjourner chez lui.

Mais je n'en pouvais plus de faire le trottoir et de lui donner tout l'argent que je gagnais, si bien que je préférais le plus souvent retrouver mes amis en ville et passer du temps avec eux. Il y avait une cafétéria où les chômeurs avaient l'habitude de se rassembler autour d'une tasse de thé qu'ils faisaient durer toute la matinée.

C'est là que j'ai connu plusieurs personnes avec qui je passais des heures à boire et à fumer. Quand je me sauvais de Break ou de Bramerton, si je ne rejoignais pas mon père ou Kathy, je me moquais de savoir avec qui j'étais du moment qu'il y avait de l'alcool et de la drogue. Les gens que je rencontrais dans les pubs avaient la même préoccupation que moi. C'est ainsi que je me suis liée avec des hommes qui cultivaient mes mauvaises habitudes au lieu de m'en détourner.

J'avais quinze ans lorsque j'ai rencontré un garçon prénommé John, qui m'a proposé de m'installer chez lui, en banlieue, pendant quelques semaines.

Les gens qui boivent ensemble sont souvent généreux les uns envers les autres. Mon père en était un bon exemple. Je n'ai jamais couché avec John.

Quand j'avais des rapports avec des hommes, c'était toujours en échange d'argent, et je détestais suffisamment cela pour ne pas le faire gratuitement. Ce garçon livrait du pain dans une camionnette, et je l'accompagnais parfois sur sa tournée. Je logeais chez lui depuis plusieurs semaines lorsque, une nuit, il a voulu me toucher. J'en avais tellement assez que les hommes n'attendent rien d'autre de moi que du sexe !

Je voulais des amis avec qui m'amuser et passer de bons moments, rien de plus. Je suis sortie de chez lui à 6 h du matin en claquant la porte et en hurlant tout le mal que je pensais des hommes comme lui. À cette époque, j'avais si peu confiance en moi que tout ce qu'on pouvait me dire ou me faire m'apparaissait comme une insulte. J'étais sans cesse en quête d'une preuve supplémentaire de mon insignifiance et du peu de considération que j'étais en droit d'attendre de la société.

J'avais défendu ma triste petite morale, mais je me retrouvais à la rue en train d'errer dans un quartier que l'obscurité m'empêchait de reconnaître. C'est alors que j'ai entendu quelqu'un pousser un sifflement admiratif. Comme j'étais seule sur le trottoir, j'étais à peu près certaine qu'il m'était destiné et j'étais prête à donner une bonne leçon au coupable si je parvenais à le repérer. Levant les yeux, je n'ai pas tardé à distinguer sur un balcon du premier étage un homme barbu au visage sympathique qui me regardait en souriant. J'ai dû deviner qu'il n'y avait pas une once de mauvaise intention en lui, car j'ai aussitôt renoncé à m'en prendre à lui, et nous avons commencé à discuter.

— Tu veux monter ? m'a-t-il proposé au bout d'une minute ou deux.

N'ayant nulle part où aller, j'ai suivi mon instinct et l'ai rejoint chez lui. Il m'inspirait confiance.

J'ai appris qu'il s'appelait Brian et qu'il était irlandais. Ancien motard, on lui avait retiré son permis de conduire, si bien qu'il s'était séparé de sa moto et qu'il se retrouvait coincé dans cette banlieue, tout comme moi. S'il était privé de véhicule, il avait encore tout d'un motard, aussi bien dans son apparence que dans sa façon de penser. Il avait trente-cinq ans, c'est-à-dire tout juste vingt ans de plus que moi.

Il était grand, mince, et je le trouvais beau. Il y avait du monde dans son appartement, des gens qu'il hébergeait ou des amis de passage, tous recroquevillés sous des couvertures ou dans des sacs de couchage. Ils se sont réveillés l'un après l'autre, au cours des heures qui ont suivi mon arrivée, avec l'air d'avoir trop bu et pas assez dormi.

Doté d'une fibre artistique, Brian avait peint en très grand l'emblème du groupe de heavy metal Motörhead au-dessus de sa cheminée. C'était la copie exacte de la tête de monstre aux crocs terrifiants créée par un artiste du nom de Joe Petango. Brian avait représenté tout autour de ce personnage des dragons et des flammes aux lignes sinueuses, semblables aux motifs que l'on retrouvait sur son corps et qu'il avait lui-même dessinés. L'un de ses bras était entièrement tatoué, et il avait une rose sur le cou. Ces véritables œuvres d'art étaient bien loin de ressembler à mes affreuses scarifications. Brian m'apparaissait comme un être unique, passionnant, différent de tous les gens que j'avais connus jusque-là.

Il possédait un petit yorkshire qu'il avait appelé Motörhead-Dick-the-Shit, alias Dick. La personnalité de ce chien était aussi imposante que son corps était minuscule. Il était impossible à dresser et si mignon que personne ne pouvait se résoudre à le gronder. Même ce premier matin, quand il a volé mes cigarettes pour les mâchonner, je n'ai pas pu me fâcher. Je ne sais pas si je suis d'abord tombée amoureuse de Dick ou de Brian, mais, ensemble, ils formaient un duo irrésistible.

Cependant, c'est surtout l'un des garçons qui traînaient dans cet appartement qui a d'abord attiré mon attention. Quand j'ai été arrêtée quelques jours plus tard dans la rue et reconduite à Bramerton, je suis partie en considérant que ce garçon était mon petit ami officiel. Pendant la courte période que j'avais passée chez Brian, nous avions occupé tout notre temps à boire et à prendre de la drogue, ce qui me convenait parfaitement, et le fait d'être séparée de lui m'a désespérée comme n'importe quelle adolescente amoureuse. J'étais convaincue d'avoir trouvé un homme qui m'aimait et ravie de pouvoir prouver à mon père qu'il avait eu tort.

Impatiente de retrouver mon bien-aimé, je me suis de nouveau échappée de Bramerton dès que j'ai pu. Mais, quand je suis arrivée chez Brian, mon merveilleux « petit ami » s'était lassé d'attendre et sortait déjà avec une autre fille. Dévastée, j'en ai aussitôt conclu que mon père avait eu raison en fin de compte et qu'aucun homme ne s'intéresserait jamais à moi pour autre chose que le sexe. Mon désespoir m'a poussée à me tourner vers Brian pour trouver du réconfort, et sa sagesse et sa bonté m'ont bouleversée. J'ai compris alors que je m'étais trompée en me laissant séduire par ce garçon. L'homme qu'il me fallait n'était autre que Brian. Sans doute correspondait-il parfaitement à la figure paternelle que je cherchais désespérément depuis le jour où, arrivant au collège, j'avais commencé à poursuivre les garçons pour les inciter à me déclarer leur amour éternel.

Peu à peu, j'ai appris beaucoup de choses sur Brian. Il m'a confié que son père l'avait battu pendant des années, quand il était enfant, avant de s'enfuir finalement avec une prostituée. Sa mère, une fervente catholique, ne s'était jamais remise de cet événement. Brian avait essayé de suivre l'exemple de son frère et de sa sœur qui menaient une vie bien rangée.

Pour cela, il avait monté sa propre entreprise de décoration intérieure, s'était marié et avait acheté une maison. Mais, un jour, il s'était rendu compte qu'il ne voulait rien de tout cela. Il ne rêvait que de liberté, au sens physique aussi bien que spirituel. Il avait tout abandonné pour vivre une aventure avec une autre femme.

Leur histoire avait duré sept ans, au cours desquels sa compagne avait fait plusieurs fausses couches. Finalement, leur souffrance avait eu raison de leur amour, et Brian s'était mis à boire beaucoup après leur rupture. Il buvait toujours, mais, contrairement à mon père, l'alcool avait un effet positif sur son humeur.

Il prenait tout avec le sourire. C'était un homme doux et bon, facile à vivre, bien dans sa peau, qui avait une approche philosophique de l'existence. Avec lui, il n'y avait plus de problèmes ni d'urgences.

Il s'est avéré que deux des filles que j'avais rencontrées chez lui le premier matin étaient aussi des prostituées, si bien qu'il n'a pas été choqué en apprenant ce que je faisais pour gagner ma vie. Je pouvais parler de tout avec lui. De mon père et des raisons qui me poussaient à fuir aussi souvent Bramerton. Brian avait aussi de nombreux problèmes à cause de son alcoolisme, mais, au lieu de le submerger, les épreuves le rendaient incroyablement tolérant vis-à-vis des erreurs et des faiblesses des autres. Il ne partageait ni l'amertume, ni la violence de mon père, ni ce besoin de manipuler et de contrôler son entourage.

Nous avons consommé beaucoup de champignons hallucinogènes ensemble, ainsi que des amphétamines qui avaient le pouvoir de me rendre particulièrement joyeuse. Elles m'apportaient aussi la confiance en moi qui me faisait tant défaut. Seulement, elles coûtaient cher, si bien que je devais continuer à me prostituer pour en acheter. J'en suis bientôt arrivée à prendre un gramme par jour, ce qui représente une consommation assez élevée, surtout pour une jeune fille de quinze ans.

Si les amphétamines me procuraient des sensations très agréables, la descente était tellement épouvantable que j'avais aussitôt envie d'en reprendre. Pour une heure d'extase, je devais traverser trois ou quatre heures de supplice. C'est sans doute un miracle que je ne sois pas devenue dépendante comme de si nombreuses filles qui faisaient le même métier que moi. Cette drogue a aussi pour effet de couper l'appétit, ce qui me plaisait puisque je voulais perdre du poids. Mais ce n'est pas tout : elle attaque aussi les gencives et produit toutes sortes d'effets secondaires abominables. Je le savais pour avoir observé ces symptômes sur d'autres personnes, mais je m'en moquais. De toute façon, je me détestais et mon corps me dégoûtait ; peu m'importait de me détruire. J'avalais mes amphétamines soit en buvant, soit en les enveloppant dans du papier. Mon dealer a bien cherché à me faire passer à la cocaïne, prétendant que j'économiserais de l'argent, car j'obtiendrais le même effet avec moins de poudre, mais j'étais consciente que cela reviendrait à dévaler un peu plus la pente glissante sur laquelle je me trouvais et j'ai préféré m'en tenir aux drogues que je connaissais. Il devait me rester une once d'instinct de survie au fond de moi.

Plus tard, j'ai découvert qu'il m'avait menti et que la consommation de cocaïne m'aurait coûté beaucoup plus cher. Par bonheur, je n'ai jamais connu l'héroïne qui était plus difficile à trouver et plus chère qu'aujourd'hui.

Je n'ai jamais eu d'illusions sur les effets que me procurait la drogue. Je savais que ce n'était pas cela, le bonheur. Le simple fait d'être vivante et de voir le soleil briller aurait dû suffire à me rendre heureuse. Comme ce n'était pas le cas, cela signifiait que j'avais un problème plus profond. Je ne croyais pas que la drogue avait le pouvoir de soigner mon mal-être, mais je ne savais pas quoi faire pour y remédier, et Brian était la seule personne vers qui je pouvais me tourner. M'évader de moi-même était le seul remède capable de soulager ma douleur. Un jour, j'ai même essayé de renifler du nitrite de pentyle, qui a notamment pour effet terrifiant de décupler le rythme cardiaque en quelques secondes. Mais cette expérience ne m'a pas convaincue.

À cette époque, le métier de prostituée ne me plaisait pas plus que le soir où mon père m'avait vendue à son ami Pete. Mais, avec le temps, je m'étais habituée à ce qui était devenu une routine pour moi. Et j'avais besoin d'argent. Je ne pouvais plus me passer de l'alcool et de la drogue qui me permettaient d'oublier à quel point je détestais ma vie, à quel point je voulais en finir. Quel métier aurais-je bien pu faire pour gagner de quoi les acheter ? Peut-être sommes-nous faits pour être capables de nous habituer à tout, en fin de compte. Je savais combien c'était dangereux de monter dans la voiture d'inconnus, mais je me moquais désormais de risquer ma vie à tout moment. Lorsqu'on n'éprouve que du mépris pour soi, l'idée de mourir n'a rien d'effrayant. Je savais aussi que chaque pilule d'acide que je prenais pouvait me tuer, mais cela m'était égal. Je pensais même qu'une mort accidentelle aurait l'avantage de me dispenser d'un suicide.

Je me suis très bien entendue avec les deux filles que j'avais rencontrées chez Brian, au point qu'il nous arrivait d'aller travailler ensemble. Un après-midi, alors que je marchais avec l'une d'elles, un homme s'est approché de nous et nous a complimentées avant de nous dire que nous devrions faire du mannequinat. Pour moi qui m'étais toujours trouvée grosse et moche, ses paroles ont eu l'effet d'une formule magique. Comme cette idée nous amusait toutes les deux, nous nous sommes rendues à l'adresse qu'il nous avait indiquée afin de nous faire prendre en photo. Nous nous comportions comme deux petites filles idiotes et surexcitées. De son ton doux et mielleux, notre recruteur nous a proposé de poser en sous-vêtements, et nous avons accepté.

— Dites donc, vous pourriez gagner des fortunes ! s'est-il exclamé avec admiration tout en nous photographiant.

Il nous encourageait à nous toucher mutuellement de façon innocente.

— Nous n'irons pas plus loin, lui avons-nous dit au bout d'un moment.

Nous en avions assez et nous avons décidé de nous rhabiller.

— Je dois montrer ça à mon patron, a-t-il dit juste avant que nous partions. Je crois que je pourrais vendre ces photos. Revenez demain, peut-être que nous pourrons refaire quelques prises de vue et établir un contrat.

Nous nous sentions à la fois flattées et très excitées. La voie qui menait à la fortune et la célébrité venait de s'ouvrir à nous ! Quand nous y sommes retournées le lendemain, l'homme nous a dit qu'il devait encore prendre quelques photos.

— Et l'argent dont vous nous avez parlé ? avons-nous demandé. Et le contrat ?

— Nous avons besoin de voir d'autres photos, a-t-il répondu. Enlevez juste votre soutien-gorge.

C'est à ce moment que nous avons compris qu'il nous menait en bateau. Ignorant ses protestations, nous sommes parties sans nous retourner. Il ressemblait tout à coup à n'importe quel client refusant de payer pour une passe.

Je me demande souvent ce qu'il est advenu de ces photos. Réapparaîtront-elles un jour sur Internet ? Malgré notre jeunesse, nous étions toutes les deux des prostituées expérimentées ayant l'habitude des hommes de ce genre. Mais je n'ose imaginer combien de jeunes filles innocentes tombent tous les jours dans des pièges comme celui-là. Trompées par un discours séduisant, elles se laissent convaincre de faire des choses dont elles n'ont pas envie et le regrettent plus tard. Le monde est plein de prédateurs qui brûlent d'exploiter la naïveté des jeunes filles.

J'adorais passer du temps avec Brian. Il était fantastique. C'était mon premier vrai petit ami et il m'a fait découvrir un monde complètement nouveau, à commencer par la musique de Bruce Springsteen, de Meatloaf ou encore de Bob Seger. Il passait souvent *Hungry Heart* de Springsteen sur le juke-box du pub, comme mon père le faisait avec la chanson de Charlie Rich. Mais, contrairement à *The Most Beautiful Girl*, *Hungry Heart* était pour moi la plus belle chanson du monde.

J'aimais les mots de Springsteen : *J'ai pris la mauvaise voie, mais j'ai continué à avancer*, ou encore *Personne ne veut être seul.* J'avais l'impression qu'il parlait de moi. Les bons groupes de rock, tout comme l'alcool ou la drogue, permettent aux rêveurs tels que Brian d'échapper un instant à la banale réalité et d'imaginer qu'ils sont les esprits libres qu'ils ont toujours voulu être.

Contrairement à mon père, Brian n'avait pas besoin de faire d'efforts pour attirer l'attention des gens quand il sortait dans les pubs. Il était à la fois si charmant et si réservé que tout le monde venait spontanément autour de lui pour profiter de sa compagnie.

Je me suis convaincue que j'étais profondément amoureuse de lui, et, malgré mes quinze ans, j'ai réussi à persuader un tatoueur d'inscrire PROPRIÉTÉ DE BRIAN sur le haut de mon bras, au-dessus du nom de mon père. J'avais très envie d'appartenir à quelqu'un, surtout à un homme comme Brian qui allait m'aimer, me choyer et me protéger. Il était si différent de mon père qui ne voulait que se servir de moi et m'exploiter…

Il m'arrivait de croiser mon père quand j'allais me poster sur le trottoir qu'il m'avait fait visiter avec tant de fierté quelques années plus tôt. Chaque fois, cela me terrifiait. Il m'en voulait horriblement de m'être émancipée de lui et de faire profiter de mes revenus à Brian plutôt qu'à lui. En le voyant aussi furieux, j'avais peur de ce qu'il pourrait me faire. Pour me rassurer, je me répétais qu'il n'allait tout de même pas me battre dans la rue, devant tout le monde, ni me traîner de force jusque chez lui. Cela aurait nui à l'image de père idéal qu'il avait toujours voulu donner de lui.

Il considérait qu'il avait misé sur moi. Il avait donné de son temps dans la perspective de me voir grandir et lui faire obtenir un retour sur investissement. Seulement, à présent, il ne récoltait pas le fruit de ses efforts. Il avait compté sur moi pour l'entretenir pendant des années, comme il l'avait fait avec ma mère, et il devait considérer que je l'avais abandonné exactement comme elle.

Le fait d'avoir Brian à mes côtés me donnait de la force pour affronter mon père. Tant qu'il ne pouvait pas me ramener seule chez lui, je n'avais pas grand-chose à craindre. Toutefois, je savais que je devais m'attendre à tout avec lui. J'avais peur qu'il sorte un jour du pub ivre mort avec l'envie de se battre avec moi.

Brian savait tout sur lui et sur ce qu'il m'avait fait, et je pouvais compter sur lui en cas de besoin, mais, quand j'étais seule, je me sentais à sa merci.

À tout moment, j'avais peur qu'il surgisse pour s'en prendre à moi. Je l'avais vu assez souvent faire preuve d'une violence inouïe, y compris avec moi, pour savoir qu'il était capable de tout quand sa fierté, sa réputation et ses intérêts financiers étaient menacés.

Malgré toute la haine qu'il ressentait pour Brian, curieusement, il n'a jamais essayé de l'attaquer physiquement. Peut-être n'était-il pas certain de prendre le dessus en cas de bagarre avec lui.

Je sais que Brian m'aimait sincèrement malgré nos vingt ans d'écart. Il voulait toujours me protéger et prendre soin de moi, et nous passions ensemble des moments formidables. La patronne de l'un des pubs où nous allions très souvent nous connaissait bien. Elle savait que j'étais très jeune, mais cela ne l'empêchait pas de me servir autant de vodka que je voulais. Le jour où nous avons acheté une bague en argent au marché et que nous avons annoncé nos fiançailles, elle et tous les clients de son bar étaient enchantés.

Quant à moi, j'étais ivre de bonheur, bien entendu. Je me croyais sur le point d'avoir ce dont j'avais toujours rêvé : une vraie famille. J'avais trouvé un homme qui m'aimait et sur qui je pouvais compter.

Pendant toute cette période, j'étais régulièrement arrêtée par les autorités et ramenée à Bramerton, mais, dès que je le pouvais, je me sauvais pour courir le retrouver. Comme je n'avais encore que quinze ans, les services sociaux sont arrivés à la conclusion que Bramerton n'était pas le bon établissement pour moi et que je devais être placée dans une unité sécurisée. Il s'agissait d'un pensionnat de Peterborough nommé Salter's Lodge. N'ayant commis aucun crime, je ne pouvais pas être envoyée en prison, mais les autorités devaient agir pour montrer qu'elles me protégeaient de moi-même et de mon entourage, composé soi-disant de dangereux prédateurs. J'avais entendu tellement d'histoires sur les unités sécurisées que cette annonce m'a terrifiée. À en croire les récits des autres enfants, on m'imposerait une camisole de force si je causais le moindre problème.

Je suis arrivée à Salter's Lodge un vendredi. Comme aucun lit n'était encore prêt pour moi au sein de l'unité sécurisée, le personnel m'a installée dans une autre section en précisant que je serais transférée dès le lundi. Il s'agissait d'un centre de réadaptation, moins sécurisé que l'autre partie de l'établissement. Cela voulait dire que je disposais du week-end pour m'enfuir ; après cela, je serais enfermée derrière des barreaux pour une durée indéterminée. De là où je logeais, je voyais le bâtiment principal qui avait tout l'air à mes yeux d'une véritable prison. Et j'ai compris alors que j'aimais trop ma vie avec Brian pour me résoudre à rester ici. J'avais bien l'intention de me battre pour me sortir de cette situation.

Ce week-end-là, les surveillants devaient emmener les pensionnaires du centre de réadaptation faire du roller à Skegness.

— L'un de nous va devoir rester toute la soirée avec toi, m'ont-ils dit d'un ton maussade. Tout ça parce qu'on ne peut pas te faire confiance, alors que nous avons tous envie de participer à cette sortie.

— Ce n'est pas ma faute, ai-je répliqué. C'est votre travail, vous êtes payés pour ça. C'est à vous de décider si vous me faites confiance ou non.

— Si nous pouvions te faire confiance, nous t'emmènerions.

Leur ton était mielleux, comme s'ils cherchaient à me convaincre de les accompagner à Skegness.

— Eh bien, ai-je dit le plus calmement possible, à moins de me donner une chance, vous ne saurez jamais si vous pouvez me faire confiance.

Pour une raison mystérieuse, ils ont décidé de m'emmener alors que mes innombrables escapades étaient mentionnées sur mon dossier. Ils devaient vraiment avoir très envie de passer cette soirée dehors. Dès l'instant où nous sommes arrivés à Skegness, ils ont adopté une attitude très détendue, et tout le monde semblait soudain avoir oublié que j'étais une fugitive notoire et qu'il ne fallait pas me quitter des yeux. Je n'ai eu qu'à m'éloigner quand ils avaient le dos tourné, puis j'ai pu rejoindre Norwich en auto-stop et me rendre directement chez Brian.

Le lendemain matin, la police était à la porte de son appartement. En entendant tambouriner, il m'a attirée jusqu'à la pièce du fond et m'a aidée à sortir par la fenêtre. J'ai attendu dehors pendant que les agents me cherchaient partout à l'intérieur.

Après leur départ, je suis remontée. Avec Brian, la vie ressemblait à une aventure fantastique et drôle. Mais, cette fois-ci, nous étions contraints de prendre la situation avec le plus grand sérieux, car je redoutais d'être retrouvée et incarcérée à Salter's Lodge.

Brian voulait être avec moi autant que je voulais être avec lui. Il considérait que les services sociaux m'avaient abandonnée et que je devais m'éloigner de Norwich pour échapper au danger que représentait mon père. Nous avons donc décidé de fuir ensemble. Nous allions rejoindre Londres et, là, Brian trouverait un emploi de peintre-décorateur. Nous y resterions jusqu'à ce que je sois assez âgée pour que nous revenions vivre à Norwich comme un couple, en toute légalité.

Folle de joie et flattée qu'il se lance dans cette entreprise pour moi, je ne cessais de réfléchir aux détails pratiques de notre voyage. Brian menait une vie très confortable à Norwich, et voilà qu'il était prêt à tout abandonner pour fuir avec une adolescente de quinze ans. Personne n'avait jamais pris autant de risques pour moi. Pourquoi aurais-je hésité ne fût-ce qu'une seconde à m'en remettre à lui ?

17

Les rues de King's Cross

Fixant son gros sac à dos sur ses épaules et installant Dick à sa place habituelle, à l'intérieur de sa veste en cuir, Brian m'a emmenée jusqu'au rond-point d'où partait la route de Londres. Nous nous sommes postés là pour faire de l'auto-stop. Après quelques minutes seulement, nous avons vu arriver une moto de la police. L'espace d'un instant, j'ai cru que notre aventure était terminée avant même d'avoir commencé.

Mais c'est avec stupeur que nous avons vu la moto s'incliner dangereusement, puis déraper pour finalement se renverser sur la route, entraînant dans sa chute le malheureux policier. L'accident a aussitôt réveillé l'instinct de motard de Brian. Lançant Dick dans mes bras, il m'a dit d'aller me cacher dans le parc voisin pendant qu'il aidait l'homme accidenté. Cette réaction reflétait à merveille le caractère de Brian, et c'était pour cette générosité qu'il était aussi populaire.

Une fois le policier parti en ambulance et l'agitation dissipée, nous avons repris notre place sur le bord de la route et sommes montés à bord du premier camion qui s'est arrêté. Nous n'étions pas particulièrement pressés d'arriver à Londres, et Brian était toujours en quête de nouvelles expériences quand il voyageait.

Il avait une tente individuelle accrochée à son sac à dos, si bien que nous pouvions nous arrêter où nous voulions pour établir notre petit campement et nous serrer pour dormir ensemble sous sa tente.

Comme nous étions partis avec l'argent qui lui restait de ses allocations chômage et celui que j'avais gagné dans la rue, nous avons fait une halte de deux jours à Banham, village dans lequel était installée une célèbre cidrerie et où nous avons connu une ivresse mémorable. Pendant les deux jours que nous avons passés dans les bois sous notre petite tente, nous avons vécu comme deux enfants partis à l'aventure. Mais je n'avais pas peur. Je me sentais toujours en sécurité avec Brian. J'étais certaine qu'il me protégerait de tous les dangers.

Quand nous sommes finalement arrivés à Londres, nous avons pris le métro pour nous rendre à King's Cross. D'après Brian, nous pourrions y trouver une chambre au loyer raisonnable. Je suis certaine qu'il voulait sincèrement me sauver de mon père et d'un enfermement à Salter's Lodge, mais me conduire tout droit dans l'un des quartiers de prostituées les plus célèbres du pays n'était peut-être pas la meilleure idée.

Le montant des loyers ne nous importait plus vraiment à notre arrivée, car, de toute façon, nous n'avions plus un sou en poche. Nous avions tout dépensé au cours de notre voyage. Nous avons donc erré dans les rues, engageant la conversation avec les gens qui semblaient appartenir au même univers que nous, jusqu'au moment où quelqu'un nous a parlé d'un squat installé dans une maison abandonnée. D'après lui, cela valait le coup de se renseigner. La chance était avec nous, car, une fois que nous fûmes arrivés à l'adresse qu'il nous avait indiquée, on nous a appris qu'il y avait justement une chambre libre au rez-de-chaussée.

Si nos exigences n'étaient pas élevées, la maison nous a tout de même paru dans un état lamentable ; mais, au moins, nous avions trouvé un endroit où nous abriter. La tente de Brian ne nous était pas d'une grande utilité au milieu d'une grande ville. Dormir dehors ne nous disait rien, et nous ne voulions pas aller dans un foyer pour sans-abri de peur d'être repérés et arrêtés. J'étais mineure et notre escapade était illégale.

Dans notre chambre, il y avait un robinet d'eau froide qui gouttait en permanence. C'était le seul endroit où nous pouvions nous laver, et je n'avais avec moi que les habits que j'avais portés en me sauvant de Salter's Lodge. Je devais donc nettoyer mes sous-vêtements tous les soirs dans ce lavabo, frottant avec du savon et reproduisant les gestes de ma grand-mère.

J'avais le sentiment d'être retombée en enfance, à l'époque où je devais porter les mêmes vêtements toute la semaine, sauf que, cette fois-ci, personne n'était là pour me rendre une pile de linge propre le dimanche. Mon moral était assez bas, mais j'espérais toujours que Brian allait trouver du travail et prendre soin de moi, ainsi qu'il l'avait décidé.

Il faut reconnaître qu'il a fait son possible pour trouver un emploi afin que nous puissions acheter de la nourriture, mais en vain. Notre allure ne devait pas jouer en notre faveur pendant cette période, sans compter que nous ne sentions sans doute pas très bon. Bientôt, nous avons compris qu'il n'y avait qu'une seule solution si nous ne voulions pas mourir de faim : j'allais devoir recommencer à me prostituer. Si cette perspective m'effrayait, la faim me traumatisait encore plus.

Les rues sales et agitées de King's Cross étaient mille fois plus terrifiantes que Ber Street. Sur les trottoirs de la capitale, je ne pouvais plus compter sur la réputation de mon père pour me protéger.

Je n'étais qu'une adolescente en fugue parmi des centaines, un simple morceau de chair fraîche mis à la disposition des hommes. Si l'un de mes clients avait décidé de me tuer et de faire disparaître mon corps, qui s'en serait rendu compte ? Qui s'en serait soucié ? Uniquement Brian et Dick. Et qui aurait accordé le moindre crédit aux paroles de Brian, puisque c'était lui qui m'avait emmenée jusque-là ?

La plupart du temps, je prenais une bonne dose d'amphétamines ou d'acide avant de sortir travailler afin de surmonter mes peurs.

Mais les drogues étaient encore plus chères à Londres, ce qui m'obligeait à servir plus de clients. J'étais comme une somnambule plongée en plein cauchemar, agissant machinalement en suivant l'enseignement de mon père. Je refusais de réfléchir à ce que je faisais.

Sans doute savais-je au fond de moi que cela ne pouvait me mener qu'à ma perte. Les prostituées de King's Cross paraissaient toutes plus âgées, plus redoutables et plus vicieuses que celles que j'avais connues à Norwich. Aucune ne ressemblait à Lucy. Les gens que je croisais dans ces rues étaient des toxicomanes, des schizophrènes, des laissés-pour-compte qui vivaient en marge du monde. Gail était la seule personne noire que j'aie connue auparavant, et elle n'avait rien en commun avec le milieu noir de King's Cross, dont les membres avaient un accent et une façon de parler que je ne comprenais pas. Tout le monde me paraissait si agité, si agressif... J'avais l'impression d'être une étrangère dans ce monde dont je ne connaissais pas les codes et où tout me paraissait à la fois étrange et dangereux.

Le travail en lui-même était exactement le même qu'à Norwich, sauf qu'il n'y avait pas de jolie route de campagne où aller avec les clients. Nous ne disposions que de ruelles sordides et de chambres d'hôtels misérables louables à l'heure.

La rue dans laquelle je travaillais comportait un terre-plein central entouré d'une grille noire et jonché de détritus. Les ombres qui évoluaient entre les voitures garées et les bruits menaçants qui résonnaient à toute heure créaient une atmosphère si angoissante que je ne faisais jamais qu'une seule passe par soir.

Dès que j'avais gagné assez d'argent pour acheter un peu de nourriture et de la drogue, je retournais auprès de Brian et Dick, et je ne ressortais travailler que lorsque nous n'avions plus d'argent et que nous recommencions à avoir faim. Au moins, je n'étais pas obligée de rester jusqu'à ce que le dernier client soit parti comme à l'époque où je travaillais pour mon père. C'était désormais moi qui décidais quand j'arrivais et quand je repartais. Seulement, j'obéissais tout de même à un maître bien plus puissant que moi : la faim.

L'un des souteneurs du quartier était un véritable charmeur. Il portait toujours de nombreux bijoux en or qui brillaient sur sa peau noire. Un après-midi, alors que je cherchais un client, il a commencé à me parler sur un ton quelque peu séducteur, mais qui n'avait rien d'inquiétant. Il n'y avait pas beaucoup d'activité. Les clients étaient toujours plus discrets quand il faisait jour, et, étant nouvelle dans le quartier, je ne reconnaissais pas les habitués s'ils ne montraient pas clairement ce qu'ils voulaient. J'étais donc désavantagée par rapport aux autres filles.

— Tu as besoin d'aide ? m'a-t-il demandé.

— Euh... Oui, ai-je admis à contrecœur.

— J'ai un petit boulot sympa pour toi si tu veux.

Me fiant à son sourire, je l'ai suivi sans réfléchir. La drogue et la faim avaient sans doute eu raison de ma capacité de jugement. Quand il m'a fait entrer dans le métro, j'ai commencé à sentir l'angoisse monter en moi. Qu'étais-je en train de faire ? Je me trouvais dans une ville que je ne connaissais pas et je ne savais rien de cet homme. Pourquoi avais-je accepté de l'accompagner ? Mais il était trop tard pour que je change d'avis. La peur me paralysait et m'empêchait de parler.

Je me sentais incapable de fuir. Alors, je suis restée assise à côté de lui, muette, concentrée sur le bruit et les secousses du train, à attendre bêtement de voir ce qui allait se passer. Je n'étais rien d'autre qu'une enfant perdue et sans défense. Je ne savais ni où nous allions ni comment j'allais rentrer, et je n'avais aucun argent sur moi. Je m'étais mise à la merci d'un proxénète, comme si c'était une personne digne de confiance.

À mesure que le temps s'écoulait, son attitude changeait et il s'est mis à me parler sur un ton de plus en plus agressif. Son charmant sourire avait disparu et il se comportait comme si ma nervosité enfantine l'irritait.

— Où allons-nous ? ai-je fini par lui demander.

— La ferme. Tu verras bien quand on y sera.

J'ai eu une sensation de piqûre sur le bras, mais, quand j'ai regardé, il n'y avait rien. Aujourd'hui, je suis à peu près certaine qu'il m'a injecté quelque chose, mais je n'étais plus sûre de rien sur le moment. Tout est seulement devenu extrêmement flou à partir de cet instant. Je me sentais incapable de me concentrer sur ce qui se passait autour de moi, j'étais comme dans un rêve. J'avais l'impression que j'allais mourir et que je ne pouvais rien y faire. Je n'avais d'autre choix que de me soumettre à cet homme qui m'attirait maintenant à l'extérieur du métro sans que je puisse lui résister.

J'aurais voulu m'allonger pour m'endormir, mais il s'est mis à me pousser pour que j'avance, me rattrapant d'un geste brusque lorsque je trébuchais.

Même si j'avais eu le courage de m'enfuir en courant, mes jambes n'auraient pas pu me porter. Le simple fait de rester debout nécessitait toute mon énergie. De toute façon, je n'aurais pas su dans quelle direction me sauver.

Quand nous sommes sortis dans la rue, j'ai vu que nous nous trouvions dans un quartier noir, un monde dans lequel il était parfaitement à son aise. Pour ma part, je me sentais de plus en plus seule et vulnérable. Les petites maisons qui bordaient les rues étaient toutes identiques, et j'entendais du reggae qui se diffusait par les fenêtres ouvertes. L'ambiance était à la fois détendue et festive ; des odeurs de cuisine exotique flottaient autour de moi.

Quand nous sommes entrés dans l'une des maisons, il y avait un monde fou autour de nous. Apparemment, une grande soirée battait son plein. L'homme qui m'avait emmenée jusque-là m'a saisi le bras et m'a fait tomber sur un canapé avant de s'éloigner, me laissant seule au milieu d'un décor que j'avais du mal à distinguer. Tout ce qui m'entourait était comme masqué par un épais brouillard. J'avais beau savoir que je devais m'échapper, mon irrésistible envie de dormir était la plus forte.

Quand je me suis réveillée, il était 5 ou 6 heures du matin. J'ai mis quelque temps à comprendre où je me trouvais et à me rappeler comment j'y étais arrivée.

Tout autour de moi gisaient des corps endormis, mais je ne voyais nulle part le souteneur de King's Cross. J'étais toujours vivante et apparemment pas blessée. Cela suffisait à mon soulagement. Rassemblant le peu de forces qui me restaient, je me suis alors levée pour sortir de la maison sur la pointe des pieds en prenant soin de ne réveiller personne. Ayant refermé la porte derrière moi, j'ai marché dans la lumière blanche de l'aube sans savoir où j'allais. Je voulais seulement m'éloigner le plus possible de cette maison.

J'ai eu beau me concentrer, il m'a été impossible de me rappeler ce qui s'était passé pendant la nuit. Je pouvais seulement me réjouir d'être en vie, même si je me doutais que j'avais dû être violée plus d'une fois pendant ces heures de sommeil.

À moins que tout le monde m'ait oubliée tant je dormais profondément. Je ne sais plus comment je m'en suis sortie sans argent, mais j'ai réussi à regagner le squat. J'ai certainement mendié pour obtenir un ticket de métro ou sauté par-dessus les barrières.

À mon arrivée, Brian était sur le point de contacter la police pour signaler ma disparition. Il était mort d'inquiétude. Quant à moi, je m'en voulais de m'être mise ainsi en danger. J'aurais très bien pu disparaître à jamais ce soir-là. Je ne suis pas sûre que la police se serait donné beaucoup de mal pour me chercher.

La vie à Londres me rendait malade d'anxiété. D'autant que je me sentais aussi peu en sécurité dans le squat que dans la rue. Un couple d'Écossais logeait au-dessus de nous. Ils buvaient tous les deux énormément. Quand ils étaient ivres, ils se mettaient à hurler avec une agressivité qui me terrifiait. Leur vie ne semblait faite que de conflits nourris en permanence par l'alcool. Lors d'une de leurs disputes, l'homme a finalement perdu tout contrôle et poignardé sa femme dans le ventre, juste devant notre porte.

En découvrant la mare de sang qui se répandait sur les marches, j'ai imaginé avec horreur le jour où Brian et moi allions être assassinés dans notre sommeil.

Il était temps d'admettre que nous avions commis une erreur en venant nous installer à Londres. Nous avons donc décidé de repartir avant qu'il ne soit trop tard. En quittant la capitale, nous avons pris la route de Northampton, où habitait Kevin, un ami de Brian.

18

Le retour

Kevin vivait seul avec Fish, son labrador noir, dans une petite maison située à trois kilomètres de la piste de Santa Pod, célèbre pour accueillir des courses de dragsters. Tina, l'une des prostituées que j'avais connues chez Brian, nous a rejoints chez Kevin.

Nous allions tous les quatre assister aux courses, faisant connaissance et buvant avec des gens qui avaient l'habitude de traverser tout le pays pour passer leurs week-ends à camper autour de Santa Pod.

Je trouvais follement excitant le fait de s'intégrer à leur communauté, d'autant que j'aimais l'atmosphère qui régnait dans le milieu des motards. Le bruit ronflant des moteurs et les gaz d'échappement m'enivraient autant que l'alcool. Cet endroit me paraissait si sûr en comparaison des rues de King's Cross ! Ici, enfin, nous pouvions nous détendre et redevenir nous-mêmes.

Nous n'avions quitté Norwich que six semaines plus tôt, mais il n'avait pas fallu longtemps à la police pour publier dans les journaux locaux ma photo accompagnée d'un avis de disparition. Quiconque m'ayant vue devait prévenir les autorités.

La description que l'on faisait de moi n'était pas très flatteuse : *Jeune fille d'environ un mètre soixante-dix, cheveux courts auburn, ayant quelques boutons sur le visage et portant parfois des lunettes. Plutôt forte et faisant plus que ses quinze ans.* Ce portrait correspondait à ce que je pensais de mon propre physique, et, en le lisant, j'ai entendu les mots de mon père résonner dans ma mémoire : « Tu es grosse et moche, et personne ne t'aimera jamais à part moi. » Mais Brian m'aimait. Je n'en doutais pas une seule seconde, et rien ni personne ne m'avait jamais fait autant de bien.

Pendant les semaines que nous avons passées à Northampton, il nous est souvent arrivé de ne plus avoir d'argent du tout. Par chance, notre survie ne dépendait pas seulement de mes revenus puisque Brian continuait à toucher ses allocations. Elles nous auraient peut-être suffi si nous n'avions pas eu besoin d'acheter autant de drogue et d'alcool. Pendant notre séjour à Londres, Brian avait dû retourner à Norwich en auto-stop une fois tous les quinze jours pour pointer au chômage et récupérer son argent. Rester toute seule là-bas durant deux ou trois jours avait été un calvaire pour moi.

Même si je savais que nous n'avions pas d'autre choix, je m'étais sentie encore plus perdue et vulnérable. Il a dû faire la même expédition pendant que nous étions à Northampton, sauf que, cette fois, la police l'attendait au guichet et il s'est fait arrêter en venant pointer. Les agents ont exigé qu'il leur dise où il m'avait cachée.

Tina, qui était retournée à Norwich entre-temps, m'a téléphoné pour me raconter ce qui s'était passé et j'ai compris que notre escapade avait pris fin. Je commençais enfin à me sentir bien quelque part, et voilà qu'il fallait de nouveau tout quitter. Tina a senti que j'avais besoin d'une amie et elle a refait le voyage jusqu'à Northampton pour venir me chercher, ainsi que Dick. Je voulais aller moi-même à Norwich afin d'expliquer aux autorités que Brian était complètement innocent, qu'il ne m'avait pas enlevée, mais au contraire sauvée de mon père, qui était le seul et véritable coupable. Comme Tina vivait toujours dans l'appartement de Brian, elle a pris le chien avec elle et je suis allée me présenter spontanément aux services sociaux.

Les fonctionnaires qui y travaillaient connaissaient à peu près tout de moi. Ils savaient que je me prostituais, mais aussi que mon père avait abusé de moi, même s'ils n'avaient pas encore trouvé le temps de monter un dossier solide contre lui.

Maintenant qu'ils tenaient Brian entre leurs griffes, ils avaient l'air de penser qu'ils avaient assez d'éléments à charge en leur possession. Finalement, mon père et lui ont tous les deux été accusés d'avoir vécu de mon activité immorale. Je me sentais si mal ! Ce qui arrivait était la dernière chose que j'avais souhaitée.

C'est le cœur déchiré que j'ai dû me rendre au tribunal pour apporter des preuves contre mon père. Debout à la barre, j'ai dû témoigner pendant une heure et demie tout en supportant le regard dur qu'il fixait sur moi. J'étais aux prises avec mille émotions contradictoires. Je le détestais et je l'adorais en même temps. J'étais heureuse que les gens me croient enfin, heureuse de savoir qu'il allait payer pour ce qu'il m'avait fait endurer pendant tant d'années. Mais je me sentais aussi coupable de le trahir et de l'envoyer en prison une fois de plus.

Comme si je ne me sentais pas assez mal, ma grand-mère s'est jetée sur moi à la fin de l'audience pour m'insulter. Sans se soucier des gens qui l'entendaient et sans avoir honte de ce qu'ils allaient penser de nous, elle m'a traitée de menteuse, de garce et m'a accusée d'avoir tout inventé pour nuire à son cher fils Terry.

— Comment peux-tu faire ça à mon fils ? m'a-t-elle crié. À ton propre père ? Il est innocent ! Tu sais que ce ne sont que des mensonges !

La cour ne lui a pas donné raison. On ne m'a pas considérée comme une menteuse, puisque mon père a été déclaré coupable et condamné à quatre ans de prison. Le juge a même tenu à préciser que c'était la peine maximale qu'il pouvait prononcer compte tenu du crime de mon père et qu'il avait voulu exprimer le dégoût qu'inspirait à la société ce qu'il m'avait fait subir pendant tant d'années.

Le fait qu'il ait été mon père et qu'il ait commencé alors que j'étais si jeune a rendu cette histoire encore plus écœurante et intolérable aux yeux de l'opinion publique, y compris des prisonniers qu'il allait retrouver derrière les barreaux. Les violeurs d'enfants ne sont pas très bien accueillis en prison.

On m'a signalé plus tard qu'il avait été incarcéré dans des quartiers réservés aux délinquants sexuels et aux violeurs que l'on mettait à l'écart pour leur propre sécurité. J'ai appris que les autres détenus avaient l'habitude de tout faire pour humilier les criminels sexuels en prison, par exemple en leur coupant les cheveux de façon ridicule ou en leur faisant porter un uniforme trop petit. Ils pouvaient aussi mettre des morceaux de verre dans leur nourriture ou renverser de l'eau sale sur eux depuis l'étage supérieur. Je dois reconnaître qu'une partie de moi aimait l'idée que quelqu'un accomplisse ma vengeance. Cela confirmait que ce qu'il m'avait fait était mal, ainsi que je l'avais toujours pensé. Un tel mépris devait être d'autant plus difficile à supporter pour un homme aussi vaniteux et narcissique que mon père, lui qui avait toujours cherché à se faire admirer.

Toutefois, je ne pouvais pas m'empêcher de m'inquiéter pour lui à cause de son tempérament dépressif. Je continuais parfois à me sentir coupable de lui avoir fait cela. Je savais que beaucoup d'hommes en arrivaient au suicide quand ils se trouvaient dans la même situation que lui, et il avait prouvé plusieurs fois qu'il était capable d'en arriver à de tels gestes.

Le plus pénible pour moi au cours du procès a été de devoir témoigner contre Brian, l'homme que j'aimais et qui avait si souvent prouvé qu'il m'aimait, lui aussi. La cour aurait bien voulu le déclarer coupable d'enlèvement, mais je l'ai défendu avec tellement d'énergie que cette condamnation ne tenait plus.

Néanmoins, il était si honnête qu'il n'a pas pu nier qu'il avait couché avec moi et que j'avais partagé avec lui l'argent que j'avais gagné à Londres pour que nous puissions nous nourrir. Il a donc été condamné à six mois de prison pour détournement de mineure et pour proxénétisme.

Ce jugement a été un véritable choc pour Brian, qui n'avait jamais imaginé qu'il faisait quelque chose de mal. Je crois qu'il avait pris l'habitude de me traiter comme si nous avions le même âge, au point que, pendant la durée de notre relation, il avait oublié que j'étais toujours une enfant du point de vue légal. Il a même envisagé de poursuivre la police pour arrestation arbitraire, mais son avocat s'est chargé de lui expliquer la gravité de la situation.

Il était évident que la cour devait réagir, mais les accusations de pédophilie portées sur lui sonnaient vraiment faux. C'était indiscutablement mon petit ami. En dépit de mon jeune âge, je n'avais rien d'une innocente petite fille puisque cela faisait deux ans que je couchais avec des hommes pour de l'argent. S'il avait commis une faute, il était loin d'être coupable d'un grand crime moral.

En le condamnant à une peine beaucoup plus courte que celle de mon père, le juge a montré qu'il était loin de considérer qu'ils avaient les mêmes responsabilités. Toutefois, il ne pouvait décemment pas fermer les yeux sur ce qu'il avait fait, même s'il acceptait le fait que j'aie été consentante avec Brian et non avec mon père.

Par chance, la presse ne les a pas traités de la même manière non plus. Mais je m'en suis terriblement voulu d'avoir eu un effet aussi désastreux sur sa vie, et être séparée de lui a été une véritable torture.

Comme mon père, on lui a proposé de bénéficier de la protection réservée aux pédophiles et aux délinquants sexuels, mais il l'a catégoriquement refusée.

Il voulait être traité comme les autres détenus, car il n'avait pas honte de ce qu'il avait fait. Tout le monde connaissait notre histoire le jour où il a été incarcéré, et ses codétenus l'ont considéré comme une sorte de héros et non comme un affreux prédateur.

Ils voyaient aussi en lui celui qui m'avait permis d'échapper à mon père. Personne ne s'en est pris à lui, et il a vécu sa peine de prison avec autant de philosophie que le reste de son existence.

Grâce à sa nature douce et compréhensive, il ne m'a jamais reproché de l'avoir envoyé en prison. Au lieu de cela, il continuait à me parler de notre avenir ensemble en rêvant du jour où il serait libre et où je serais assez âgée pour vivre avec lui ouvertement.

À la fin du procès, les autorités ont décidé de me renvoyer à Bramerton. Je souffrais terriblement d'être séparée de Brian, qui avait le pouvoir de m'apaiser et que je n'allais pas voir pendant six mois, autant dire une éternité.

Au moins, je pouvais dorénavant envisager mon avenir avec lui. Les personnes responsables de moi ont certainement cru que notre séparation forcée aurait raison de notre amour, que j'étais trop inconstante pour l'attendre pendant tout ce temps, mais elles se trompaient. Pour la première fois de ma vie, quelqu'un m'aimait vraiment au point d'être allé en prison pour moi. Je n'allais certainement pas gâcher un tel miracle.

Les mois passant, le personnel de Bramerton s'est rendu compte que je continuais à entretenir une correspondance assidue avec Brian et que je ne fréquentais aucun autre homme. Les responsables se sont donc résolus à me laisser lui rendre visite en prison. Cette expérience n'a rien eu d'effrayant ni de déprimant, contrairement aux visites que Terry et moi avions rendues à notre père dans notre enfance.

C'était un bonheur de le voir, même en présence de l'agent des services sociaux qui est resté avec nous pendant toute la durée de notre entretien. Il n'avait pas changé, il acceptait sa condition sans amertume et me disait des choses infiniment douces. Il me traitait comme une personne unique.

Le directeur de la prison a eu de nombreux entretiens téléphoniques avec Mme Mcquarrie. Finalement, ils sont arrivés à la conclusion que Brian avait peut-être un effet positif sur moi. Il était en tous points l'opposé de mon père et me répétait souvent de ne pas m'enfuir de Bramerton et de ne pas recommencer à me prostituer.

Il me promettait que nous allions nous marier et que tout s'arrangerait pour nous dès qu'il sortirait de prison et que j'aurais l'âge légal. En nous convoquant dans leur bureau respectif, le directeur de la prison et Mme Mcquarrie ont convenu d'un arrangement pour que Brian et moi puissions nous parler au téléphone.

En dépit de ses conseils avisés, je n'ai pas tardé à me sauver de nouveau. L'habitude était trop forte pour que j'y mette un terme aussi facilement.

La plupart du temps, je ne savais même pas pourquoi je fuyais ainsi, ni pourquoi je fumais, ni pourquoi je buvais, ni pourquoi je me droguais… Peut-être voulais-je simplement défier la société et l'autorité. S'évader de Bramerton n'était pas aisé, car une seule route menait au pensionnat. J'étais donc obligée de couper à travers champs, si je ne voulais pas être repérée aussitôt, tout en me cachant derrière les haies et les arbres.

Aidée par l'adrénaline, je courais vite au début, mais je commençais à m'essouffler et à regretter de m'être donné tant de mal pour sortir en cachette. Ces expériences me rappelaient les épreuves de cross que j'avais tellement détestées à Wymondham College.

Lors d'une de ces fugues, je me suis retrouvée sur la route principale à un moment où je me croyais assez loin du pensionnat pour être tranquille, surtout à 21 h. Je me suis alors débarrassée des brindilles coincées dans mes cheveux et de la boue collée à mes chaussures avant de tendre le bras pour faire de l'auto-stop et regagner Norwich. Bientôt, une voiture s'est arrêtée, et l'homme qui conduisait m'a proposé de monter. Comme il était poli et bien habillé, je n'ai pas hésité.

— Que fais-tu dehors à cette heure-ci ? m'a-t-il demandé en redémarrant.

— J'étais chez des amis pour faire mes devoirs, ai-je répondu. J'ai manqué le dernier bus, et mon père va me tuer si je ne rentre pas à l'heure.

— Ne t'inquiète pas, tu seras chez toi à l'heure. Tu n'as pas de raison de t'angoisser, je suis policier.

Ses paroles m'ont glacée d'effroi. J'étais persuadée qu'il allait me reconduire tout droit à Bramerton. J'ai tout de même lutté pour garder mon sang-froid en espérant qu'il ne se rendrait pas compte que je mentais. Très gentiment, il a commencé à me poser des questions qui m'ont mise extrêmement mal à l'aise.

— Où sont tes livres de classe ? m'a-t-il demandé.

— Oh ! vous savez comme ils sont lourds…, ai-je répondu avec désinvolture. Comme les parents de mon amie l'emmènent à l'école en voiture, elle prend mes affaires pour m'éviter d'avoir à les porter.

— Tu n'es pas une de ces fugueuses de Bramerton, au moins ? a-t-il dit en riant.

— Pardon ?

Mon cœur battait la chamade et je craignais d'être en train de rougir.

— Bramerton ? ai-je ajouté. Qu'est-ce que c'est ?

— Tu n'en as jamais entendu parler ? C'est un grand foyer pour enfants bâti au milieu des champs.

— Quels enfants y vont ?

Il a passé le reste du trajet à répondre à ma question. Sans doute me croyait-il plus âgée que je n'étais en réalité. Lorsqu'il m'a déposée en ville, il n'avait pas eu l'air de douter de moi un seul instant. En roulant vers le poste de police pour prendre son service, il a dû se féliciter d'avoir pris sous son aile une jeune fille en détresse. J'ai entendu dire plus tard qu'on lui avait fait un compte rendu des affaires en cours à son arrivée et qu'il avait alors deviné qui j'étais. Quand on m'a finalement retrouvée et ramenée à Bramerton, les surveillants n'ont pas manqué de me raconter combien il avait été furieux d'être ainsi dupé.

— J'espère pour toi que tu ne le recroiseras jamais, m'ont-il dit en riant. Il était vraiment fou de rage.

Malgré mes fugues répétées, je suis restée fidèle à Brian pendant les six mois de son incarcération. J'attendais qu'il soit libéré pour le retrouver et vivre avec lui. J'avais toujours besoin de me soûler et de me droguer pour oublier à quel point je me sentais seule, perdue et désorientée, mais je me gardais bien de retourner sur les trottoirs de Ber Street. À Bramerton, les garçons venaient souvent vers moi et je jouais volontiers au billard avec eux, mais cela s'arrêtait là. J'aimais passer du temps en leur compagnie ; seulement, ils n'étaient rien d'autre que des camarades de classe. C'était un homme dont j'étais amoureuse.

Mon père étant en prison pour un long moment, Kathy était vraiment prête à m'aider et elle a proposé de m'héberger afin que je puisse quitter le foyer pendant quelque temps. Je pourrais ainsi essayer de m'adapter à une vie normale. Elle m'a accueillie dans une jolie chambre, précisant que je restais à condition de bien me comporter et de rentrer le soir à l'horaire qu'elle aurait fixé. Je voulais vraiment que tout se passe bien avec elle, mais j'avais recommencé à fréquenter des filles que j'avais connues dans la rue et je les retrouvais au pub presque tous les soirs. Je me suis mise à boire de plus en plus, jusqu'au jour où j'ai avalé en quelques heures quatorze pintes de Snake Bite, un mélange de cidre et de bière. L'une des prostituées de cette bande s'appelait Sally. C'était une femme très grande, impressionnante, et elle venait de se faire percer le nez. Elle me faisait très peur, même si pour rien au monde je ne le lui aurais montré.

— J'aimerais bien faire la même chose, lui ai-je dit en me tapotant le nez.

— Je peux te le faire.

Je ne pouvais plus reculer. Je devais lui prouver que j'étais aussi téméraire qu'elle, sinon, je n'avais pas fini d'en entendre parler.

— D'accord, ai-je répondu, comme si c'était la chose la plus banale du monde.

— Bon, viens alors.

Nous sommes allées ensemble dans les toilettes des filles, et, sans aucun préambule, elle m'a transpercé la narine avec un clou. Cela faisait un mal horrible, mais j'étais bien décidée à masquer la douleur que je ressentais. Comme à l'époque où mon père me battait, des larmes coulaient sur mes joues, mais je retenais mes cris. Il m'avait bien préparée à ce genre de situation. J'ai gardé le clou enfoncé dans ma peau, et, par miracle, la plaie ne s'est même pas infectée.

Kathy a fini par ne plus se sentir capable d'être responsable de moi. Elle essayait de me raisonner chaque fois que je rentrais ivre et droguée au petit matin.

Dès que je retrouvais ma lucidité, je m'en voulais de l'avoir encore déçue. Je lui demandais pardon et lui promettais que cela n'arriverait plus.

Dès que l'ennui revenait et que mon moral retombait, je recommençais. J'étais incapable de résister à la tentation de l'autodestruction. Comprenant que je ne pouvais plus lui imposer cette vie, je suis retournée à Bramerton sans protester. Je n'avais plus que quelques semaines à patienter avant de pouvoir retrouver Brian.

À ce stade, tout le personnel du pensionnat avait appris à me connaître et savait comment se comporter avec moi. Parfois, après une évasion de quelques jours, je décidais de renoncer et de téléphoner pour demander qu'on vienne me chercher.

Une nuit, après la fermeture des pubs, j'étais tellement ivre que j'ai vomi dans la voiture du surveillant qui était venu me récupérer en ville. J'avais dû venir à bout de leur patience à tous, mais ils semblaient avoir renoncé à me donner des leçons. Au lieu de cela, ils préféraient se moquer de moi.

— Pourquoi as-tu fait ça ? me demandaient-ils quand j'avais agi bêtement. Au fait, pour quand est prévue ta prochaine fugue ?

Je crois qu'ils n'attendaient plus rien de moi. Ils me punissaient tout de même de temps en temps en m'imposant des tâches ménagères supplémentaires ou en me privant de certains privilèges, et j'acceptais docilement leurs sanctions. Mais la confiance que j'avais regagnée dans ces cas-là ne durait jamais longtemps, car je faisais sans cesse de nouveaux caprices. Aux yeux de tous, j'apparaissais de plus en plus comme une cause perdue.

19

Première grossesse

Mon seizième anniversaire passé, Brian a été libéré de prison, et plus rien ne pouvait me retenir. Il m'était impossible de rester longtemps éloignée de lui.

Dès que l'occasion se présentait, je fuyais pour le retrouver, exactement comme je l'avais fait avec mon père auparavant. La direction de Bramerton a donc décidé de me laisser lui rendre visite le week-end : puisque j'avais seize ans, notre relation était légale désormais. Et nous étions toujours aussi amoureux.

Dès que j'ai découvert que j'étais enceinte, j'ai su précisément depuis quand. La première fois que Brian était venu me voir à Bramerton après sa libération, nous étions allés nous promener tous les deux. Après tant de mois de séparation, nous avions follement envie de faire l'amour. Nous ne nous sommes pas protégés, tout simplement parce que je mourais d'envie d'avoir un enfant de Brian. J'ai donc été enchantée d'apprendre que cela avait marché dès la première fois. Seulement, les gens qui m'entouraient n'ont pas tardé à altérer ma joie, m'amenant à me demander si j'avais fait le mauvais choix.

L'une des surveillantes les moins sympathiques de Bramerton s'est approchée de moi et a pointé un doigt vers mon ventre.

— Le mieux que tu puisses faire pour ce bébé, a-t-elle dit avec un regard cruel, c'est de te faire avorter. Tu ne seras jamais capable d'être mère. La vie de cet enfant va être un enfer.

Cela faisait un an que je ne pensais qu'à la perspective d'avoir un bébé, que je ne rêvais que de le nourrir, de le chérir et de m'occuper de lui comme personne ne l'avait jamais fait pour moi. Brian aussi en avait très envie, d'autant plus qu'il n'avait pas pu devenir père lors de ses précédentes relations. Je croyais que, si j'avais un bébé, j'aurais enfin un but dans la vie, mais cette femme venait de semer le doute dans mon esprit.

J'avais cru qu'un bébé m'aiderait à résister à la tentation de retourner sur Ber Street dès que j'aurais besoin d'argent. Cela m'était apparu comme ma meilleure chance d'assumer mon indépendance et de mener une vie normale. Mais si elle avait raison ? J'étais peut-être indigne de donner naissance à un enfant. Je me comportais comme une égoïste. Il avait suffi de quelques mots pour me rappeler tout le mal que je pensais de moi-même.

Une autre raison m'avait incitée à faire un bébé. J'avais lu quelque part que les filles qui avaient été violées dans leur enfance avaient parfois du mal à être enceintes à cause des meurtrissures subies par leur corps. J'avais besoin de me rassurer tant je craignais d'être concernée. Mais, à présent, je ne pensais plus qu'au sentiment d'infériorité qui venait de se réveiller en moi. Qu'est-ce qui pouvait bien me laisser penser qu'une personne aussi méprisable que moi méritait d'avoir un enfant ? De toute évidence, cette surveillante avait raison. Je devais mettre un terme à cette grossesse. Sinon, je condamnais mon bébé à vivre une enfance aussi malheureuse que la mienne.

Je suis allée voir Mme Mcquarrie et l'infirmière pour leur faire part de ma décision d'avorter. Elles m'ont écoutée attentivement, mais la directrice n'avait pas du tout l'air de m'approuver. J'étais déboussolée, moi qui avais cru qu'elle serait d'accord avec moi ! Et son opinion comptait beaucoup à mes yeux.

L'agent des services sociaux qui suivait mon dossier considérait elle aussi que je devais avorter. C'est donc elle qui m'a emmenée chez le médecin afin qu'il me prescrive l'intervention.

— Pouvez-vous me dire pourquoi vous voulez avorter ? m'a-t-il demandé en évitant soigneusement de regarder mon accompagnatrice.

— Parce que tout le monde m'a dit que j'étais incapable d'élever un enfant à cause de la vie que je mène, ai-je répondu d'une voix neutre.

— Mais vous, qu'est-ce que vous voulez vraiment ?

J'ai fondu en larmes.

— Je veux avoir ce bébé.

— Bien, a-t-il ponctué en s'enfonçant dans son siège. Il n'est pas question que je vous fasse cette prescription si elle ne correspond pas à ce que vous voulez.

Ses paroles me libérèrent d'un coup de l'étau qui me serrait le cœur. J'étais si heureuse que quelqu'un écoute enfin ce que j'avais à dire au lieu de me dicter ma conduite ! À partir de cet instant, plus personne n'aurait pu me convaincre d'avorter. En quittant le cabinet médical, je me sentais plus heureuse et plus légère que jamais.

Je n'entendais même pas les reproches que m'adressait la femme qui m'avait accompagnée. À peine arrivée à Bramerton, je suis allée tout droit voir Mme Mcquarrie.

— Je ne vais pas avorter finalement, lui ai-je annoncé.

— J'espère bien que non, a-t-elle répondu.

— Vous avez toujours voulu que je garde ce bébé, n'est-ce pas ?

— Bien sûr. Vous êtes une jeune femme en pleine santé et vous êtes tombée enceinte volontairement ; alors, pourquoi voudriez-vous avorter ?

— C'est ce que les autres m'ont dit de faire.

— Eh bien, qu'ils aillent se faire voir, a-t-elle lâché avec un grand sourire. Nous allons avoir un bébé, un point, c'est tout.

Quand les surveillants ont appris que j'allais bel et bien devenir mère, ils ne savaient plus comment se comporter avec moi. Je refusais désormais d'aller en cours, si bien que je passais de plus en plus de temps avec Mme Mcquarrie ou avec les surveillants. J'ai même appris à tricoter pour confectionner des gilets, des bonnets et de toutes petites chaussettes.

Avec les années, j'avais noué des liens avec plusieurs membres du personnel de Bramerton, même si tout avait mal commencé entre eux et moi. Je m'entendais particulièrement bien avec les domestiques que je fréquentais dans les cuisines, notamment Renee, la gouvernante, et le chef cuisinier. Ils m'ont appris tous les deux bien plus que tous les professeurs du monde. Je ne parlais jamais à Renee de mes problèmes personnels, ce qui était un vrai soulagement. Sa mission était de s'assurer que nous mangions à notre faim, que nous n'ayons pas froid et que les locaux soient bien entretenus. Ce que je partageais avec Renee, les garçons le trouvaient souvent avec le jardinier. Nombre d'entre eux avaient des problèmes sérieux et n'étaient pas loin de la prison, et le fait de passer du temps dehors et de travailler la terre était un très bon moyen de leur faire oublier quelques instants à quel point leur vie était difficile. Pour ma part, je me suis mise à considérer certains membres du personnel comme une véritable famille de substitution au cours des derniers mois que j'ai passés à Bramerton.

Si je ne voulais plus suivre les cours, me disaient-ils, je devais alors chercher un emploi, ce qui était une notion toute nouvelle pour moi. Je n'avais jamais connu personne ayant une activité normale dans le monde du travail. Quand on me demandait ce que je voulais faire, je répondais que je voulais me marier et avoir quatre enfants. Maintenant qu'on me suggérait de travailler, une seule idée me venait à l'esprit : un emploi de vendeuse.

— Mais tu es une fille intelligente ! ont protesté les adultes de mon entourage. Tu ne voudrais pas avoir un projet un peu plus ambitieux ? Tu pourrais faire des études supérieures pour construire une carrière.

Je n'étais pas très convaincue par leurs arguments. Après des années d'insultes assénées par mon père, je ne me croyais pas à la hauteur de telles ambitions.

Mais, sur leur insistance, j'ai fini par reconnaître que j'avais beaucoup aimé travailler avec les enfants handicapés de Break. Ils ont donc trouvé une place pour moi dans un foyer local pour handicapés, ce qui allait me permettre d'emménager dans une sorte d'appartement surveillé où j'apprendrais l'autonomie.

Comme j'avais toujours le droit de voir Brian régulièrement, j'avais la sensation que tout me souriait. Je commençais à croire qu'un bel avenir s'offrait à moi, contrairement à ce que j'avais toujours cru.

Quelques semaines plus tard, je me suis réveillée un matin avec des douleurs terribles et des saignements. Au téléphone, le médecin a indiqué que je devais rester couchée et qu'il faudrait faire venir une ambulance si les saignements continuaient.

À l'heure du déjeuner, mon état avait empiré, et quelqu'un a donc appelé une ambulance. J'étais terrifiée. Mme Mcquarrie s'est précipitée à mon chevet, me donnant l'impression qu'elle était aussi inquiète que moi. Finalement, elle a insisté pour m'accompagner elle-même à l'hôpital.

Elle m'a tenu la main pendant tout le trajet, ce qui m'a donné à la fois de la force et du réconfort. Elle était toujours là quand on m'a emmenée en salle d'opération. Lorsque je me suis réveillée, c'est son expression soucieuse et compatissante que j'ai vue en premier.

— Est-ce que j'ai perdu mon bébé ? lui ai-je demandé, même si la réponse était inscrite sur son visage.

— Oui. Je suis désolée.

Dévastée, j'ai pleuré pendant des jours, des semaines même. Recevoir ce dont on a rêvé toute sa vie, une chose aussi merveilleuse, tout cela pour en être privé brusquement, me paraissait aussi cruel qu'insupportable. Brian était sous le choc, lui aussi. Mais, au moins, je savais désormais que je pouvais être enceinte et j'avais plus envie que jamais d'avoir un enfant. J'étais décidée à réessayer dès que ce serait possible.

20

L'épreuve de l'indépendance

À dix-sept ans, j'étais toujours à la fois très mûre et immature pour mon âge. Les services sociaux avaient le sentiment d'avoir tout essayé pour moi, et ils ne voyaient plus l'intérêt de me garder en foyer jusqu'à ma majorité. Conscients que j'allais passer mon temps à m'échapper de tout établissement où ils me placeraient, ils ont décidé de m'accorder officiellement mon indépendance, afin de voir ce que j'allais en faire. Le juge qui avait présidé au procès de mon père et de Brian a mis fin à l'ordre de placement à l'assistance publique, puis il m'a remis l'ordonnance du tribunal qui annonçait mon émancipation. J'étais libre d'emménager avec Brian. Moins d'un an plus tôt, on m'avait dit de garder mes distances avec lui sous prétexte qu'il était dangereux, et à présent, voilà que le tribunal nous souhaitait de vivre heureux ensemble. Cette flexibilité était sans doute une bonne chose ; cela prouvait qu'on était à l'écoute de mes besoins. En réalité, Brian et moi étions aussi incapables l'un que l'autre de nous prendre sérieusement en main.

Transportée par l'arrogance de la jeunesse, j'étais certaine de savoir ce que je faisais. C'est pourquoi j'ai annoncé aux services sociaux que je n'avais plus besoin de leur aide. L'homme que j'aimais était là pour veiller sur moi dorénavant. Ils ont dû être soulagés d'être débarrassés de moi, mais je me demande s'ils ont vraiment cru que nous allions nous en sortir, surtout avec un bébé si nous parvenions à en avoir un.

Je devais être la seule à ne pas me rendre compte que Brian aurait le plus grand mal à assumer la paternité. Comme tous les adolescents, j'étais convaincue que je pouvais arriver à tout si les adultes cessaient de mettre des obstacles sur mon chemin.

La municipalité a attribué un logement social à Brian. J'ai aussitôt emménagé dans cet appartement et suis très vite tombée enceinte. Cette nouvelle chance de devenir mère me comblait de bonheur, mais je n'ai pas tardé à me rendre compte que le soutien de Brian risquait d'être limité.

Je ne m'étais pas fait de souci tant que nous n'étions que deux, car je savais que je pouvais toujours aller gagner un peu d'argent si nécessaire sur le trottoir de Ber Street, même si, bien sûr, cette perspective m'écœurait. Mais il n'était pas question que je fasse cela alors que je portais un véritable trésor dans mon ventre. Je me sentais donc tout à coup extrêmement vulnérable.

Brian a trouvé un emploi de peintre-décorateur, mais il était déjà endetté auprès de la municipalité, car il n'avait pas payé son loyer pendant plusieurs mois. Il avait préféré dépenser ses allocations en alcool et en drogues de toutes sortes. Il buvait de plus en plus, au point que, comme mon père, il consacrait désormais tout son argent à cela. On nous avait coupé le gaz, et le fournisseur d'électricité avait installé un compteur à pièces à cause des problèmes de factures impayées. Sans chauffe-eau, j'étais obligée de faire bouillir de l'eau sur les plaques électriques si je voulais prendre un bain, et ces conditions rendaient notre vie cent fois plus compliquée.

La plupart du temps, nous n'avions plus de monnaie pour l'électricité dès le milieu de la semaine, et je restais assise toute seule dans le noir et dans le froid en attendant que Brian perçoive ses revenus à la fin de la semaine.

Même le jour où il était payé, il s'arrêtait au pub sur le chemin du retour et y dépensait déjà presque tout son argent. Je n'arrivais pas moi-même à me convaincre de chercher un travail sans perspective d'avenir, et Brian s'indignait de devoir m'entretenir pendant que je ne faisais rien d'autre que l'attendre à la maison.

Il voulait que je contribue au revenu de notre ménage si je voulais manger à ma faim, et je savais qu'il avait raison. Seulement, je ne trouvais pas la force de me lever pour sortir et aller chercher du travail. J'ai dû le pousser à bout, car il s'est mis à devenir agressif avec moi quand il avait bu, et même violent parfois, ce qui ne serait jamais arrivé par le passé.

J'avais beau être obsédée par l'enfant que je portais, je ne faisais pas grand-chose pour préparer sa naissance. Je n'avais prévu ni biberon ni gigoteuse, et je me demandais avec de plus en plus d'inquiétude comment j'allais me procurer tout ce dont j'allais avoir besoin. Le bonheur d'être enceinte m'avait aveuglée au point que je n'étais plus capable de regarder la réalité en face. Avec le temps, j'ai tout de même fini par comprendre que nous allions devoir assembler nos forces tous les deux pour remédier à notre situation. Quand je sentais la panique s'emparer de moi, je ne pouvais m'empêcher de m'en prendre à Brian. Je lui faisais la liste de tout ce que nous devions acheter. La jeune aventurière gaie et insouciante dont il était tombé amoureux était loin désormais. Il a dû commencer à me voir comme un fardeau qui le privait de la liberté qu'il chérissait. Avant ma grossesse, nous avions formé un couple de deux enfants irresponsables, mais l'un de nous au moins allait devoir devenir un adulte. Et très rapidement.

— Trouve un travail, disait-il quand je me plaignais de n'avoir rien de ce dont j'avais besoin.

— Lequel ?

— Je ne sais pas. Regarde les petites annonces dans un journal.

J'étais consciente qu'il avait raison ; seulement, j'avais de nouveau si peu confiance en moi que j'étais persuadée que personne ne m'engagerait, même si je trouvais l'énergie d'aller chercher un emploi. J'étais incapable de penser à autre chose qu'à mon bébé, mais, même en ce qui le concernait, je ne prenais aucune décision raisonnable. Je me contentais de m'inquiéter et de paniquer. Je suis devenue insupportable avec Brian ; je ne cessais de le harceler et de m'en prendre à lui à cause des avis d'expulsion que nous recevions.

Je me demandais à voix haute ce qui allait advenir de moi et de mon bébé si nous étions jetés à la rue. Je nous imaginais tous les deux sous un porche en train de mendier ou, pire encore, je me voyais seule dehors, séparée de mon bébé par les services sociaux qui l'auraient placé chez des parents dignes de ce nom.

Je voyais bien que Brian était allé trop loin pour pouvoir revenir en arrière. De toute évidence, je ne pourrais pas compter sur lui pour me soutenir financièrement et moralement. Je l'aimais toujours, mais je me rendais compte qu'il n'était pas prêt à changer de vie et qu'il ne le serait certainement pas d'ici la naissance du bébé. Cependant, je ne savais pas vers qui me tourner pour demander de l'aide. Ma mère m'avait rejetée trop souvent pour que je m'adresse à elle ; même si mon père avait pu m'être d'un quelconque secours, il était toujours en prison de toute façon.

J'étais enceinte de six ou sept mois quand Brian a été expulsé pour de bon par la municipalité. L'hiver approchait et je me nourrissais affreusement mal depuis des semaines, si bien qu'un jour, je me suis évanouie dans le bus. Je voulais tellement être une bonne mère…

Mais mon bébé n'était même pas encore né et je le mettais déjà en danger. Et, plus je m'angoissais, plus la situation empirait.

À l'approche de mon accouchement, j'ai dû me rendre à l'évidence : mon expérience d'indépendance avait échoué. Je ne pouvais pas m'en remettre en permanence aux autres sans m'assumer moi-même. La mort dans l'âme, j'ai quitté Brian, faisant de moi-même une sans-abri. Je redoutais de retourner au bureau des services sociaux pour reconnaître mon échec. Je craignais qu'ils me prennent mon bébé.

Mais, comme je craignais bien plus encore de lui faire du mal, j'ai finalement rassemblé mon courage pour y aller. Comme je m'étais vantée auprès d'eux quelques mois plus tôt d'être parfaitement capable de m'en sortir toute seule, j'ai dû ravaler mon orgueil et reconnaître que j'avais besoin de leur aide.

Sans doute n'avaient-ils pas été très surpris de me voir arriver, car ils m'ont tendu la main avec bonté et m'ont installée dans un foyer pour femmes nommé

« Little Portion » en attendant de me trouver un logement. C'était à la fois ironique et logique que je me retrouve là où ma mère s'était réfugiée des années plus tôt.

Little Portion était dirigé par des religieuses. Je voudrais bien pouvoir dire que c'était un environnement sympathique et accueillant, mais, hélas, ce n'était pas le cas. Peut-être me faisais-je des idées sur ce qu'elles pensaient de moi à cause de la piètre opinion que j'avais de moi-même, mais elles ont tout fait pour me faire sentir que je n'étais qu'une femme de mauvaise vie. La discipline y était très stricte.

Aucun homme n'avait le droit d'entrer, ce qui était sans doute une bonne mesure, et l'heure du coucher nous était imposée. Les repas étaient frugaux, et l'atmosphère était à la fois étouffante, glaciale et intimidante. Les religieuses ne faisaient jamais preuve de méchanceté directe envers nous, mais je n'ai ressenti ni soutien ni bonté autour de moi.

Dans ce foyer, j'ai rencontré une fille prénommée Lisa. Elle était la mère d'une petite Jessica. Nous sommes devenues amies. Les services sociaux m'ont trouvé un appartement peu de temps avant la date prévue pour mon accouchement, et j'y ai emménagé aussitôt.

J'ai passé Noël toute seule avant de convaincre Lisa de venir vivre chez moi avec Jessica. Cela m'évitait d'affronter seule la naissance de mon bébé, et Lisa était toujours là pour me réconforter quand j'étais prise de panique. Cette idée ne plaisait pas aux services sociaux ; d'après eux, la présence de Lisa était nuisible, car son ex-petit ami était un homme violent. J'aimais toutefois beaucoup cette femme et j'avais besoin de compagnie pour ne pas sombrer.

J'ai compris alors que j'avais perdu toute ma famille. Mon père était en prison. De toute façon, il était furieux contre moi depuis le début de mon histoire avec Brian et il m'avait fait savoir qu'il ne voulait plus entendre parler de moi. En dépit de tout ce qu'il m'avait fait subir, cette situation me faisait réellement souffrir. Je voyais très rarement Terry.

Quant à Chris et Glen, ils menaient leur vie de leur côté, et je n'avais pas le droit d'entrer en contact avec eux. Ne voulant pas que mon bébé vienne au monde sans aucune famille, j'ai écrit à ma mère.

J'étais amère à l'idée de devoir faire une fois de plus le premier pas vers elle, mais je tenais à lui dire qu'elle allait devenir grand-mère.

Je lui ai proposé que nous recommencions à nous voir. À ma grande surprise, elle a accepté. Nous avons fait de notre mieux lors de nos rencontres pour reconstruire une relation pacifiée. Elle avait un nouveau compagnon qui avait adopté mon demi-frère Adam.

Néanmoins, il avait bien précisé qu'il ne voulait pas avoir à s'occuper de ses quatre autres enfants. Il voulait bien qu'elle nous parle au téléphone et que nous lui rendions visite quand il était absent, mais il refusait catégoriquement d'avoir affaire à nous.

Compte tenu de notre histoire familiale, je peux comprendre sa réaction, bien qu'elle me semblât quelque peu cruelle vis-à-vis de nous tous, y compris Adam.

Brian est venu à l'hôpital pour assister à l'accouchement. Toutefois, j'ai découvert qu'il était sorti la veille avec une autre femme et non avec des amis comme il me l'avait dit. Il est arrivé complètement soûl et n'a pas tardé à s'endormir dans la salle d'attente, ce qui ne contribuait pas à donner une très bonne image de lui. L'infirmière a dû le réveiller pour le prévenir que son bébé était en train de naître. À ce moment, je ne me souciais plus de ces détails qui me paraissaient bien insignifiants en comparaison de ce qui m'arrivait. Je ne pensais plus qu'à mon petit garçon et à ma nouvelle vie qui commençait avec lui.

Il était magnifique. Je n'ai pas fermé l'œil de toute la nuit après sa naissance, tant j'avais besoin de le regarder. De l'admirer. Il était si petit, si parfait. Je lui parlais, je lui promettais que je ferais tout pour lui offrir une vie agréable et qu'il ne connaîtrait jamais une enfance comme la mienne.

L'amour que je ressentais pour lui était si fort que je me sentais submergée par mes émotions. Je l'ai appelé Brendan, en souvenir d'un garçon adorable avec qui j'avais travaillé au foyer pour handicapés. Un grand Irlandais aux cheveux roux et au visage parsemé de taches de rousseur, avec qui j'avais partagé une riche amitié pendant le temps que j'avais passé là-bas.

Mme Mcquarrie a été l'une des premières personnes à me rendre visite à l'hôpital. Renee, la gouvernante de Bramerton, était venue avec elle. J'ai aussi vu Kathy, qui m'a apporté toutes sortes de choses dont j'avais besoin. Brian est venu avec un grand bouquet de fleurs et une carte signée par tous nos amis du pub, ce qui m'a donné le sentiment d'appartenir malgré tout à une petite communauté. Même la mère et la sœur de Brian sont venues nous voir, Brendan et moi.

Une fois remise de mon accouchement, j'ai passé dix jours dans un établissement où j'allais apprendre les gestes élémentaires à adopter avec mon bébé. J'étais fermement décidée à être la meilleure mère possible. Durant les premiers jours, cependant, cette tâche m'a paru insurmontable. L'allaitement me faisait si mal que je pleurais parfois. Je n'ai malgré tout jamais abandonné. Peu à peu, c'est devenu plus facile et j'avais tellement de lait que les sages-femmes m'ont suggéré d'en tirer un peu pour le donner aux prématurés placés en soins intensifs. Je me souviens aussi que Brendan a reçu une injection et que je n'ai pas pu rester dans la pièce tant il criait quand on l'a piqué au pied. Je ne supportais pas de le voir souffrir, même pour son bien.

Lisa m'a offert un livre de Miriam Stoppard sur l'éducation des enfants. Cet ouvrage est devenu mon guide absolu, celui que j'essayais de suivre à la lettre dans ma quête de la perfection. Je suis allée à quelques séances sur la parentalité dans le but d'apprendre plus de choses, mais toutes les femmes étaient là avec leur mari ou leur compagnon, et j'étais gênée de venir seule.

J'avais dix-huit ans quand Brendan est né. Ce jour-là, je me suis mise à vivre exclusivement pour lui. C'est lui qui m'a obligée à devenir une adulte. Le fait d'avoir un bébé me rappelait Chris et Glen, et la façon dont ils avaient été traités au début de leur vie.

La négligence dont nos parents avaient fait preuve me paraissait encore plus incompréhensible maintenant que j'étais mère. Tout en moi me disait de protéger mon bébé, et je ne cessais de me demander comment mes parents avaient pu se montrer aussi cruels avec leurs enfants.

Quand j'ai pu rentrer chez moi avec Brendan, Lisa et Jessica étaient parties. Brian, quant à lui, a commencé à nous rendre visite régulièrement. Il disait vouloir passer du temps avec nous. Quelques semaines plus tôt, j'aurais été touchée par cette démarche, mais j'avais une grande responsabilité à présent. Je savais que je devais me montrer pragmatique ; or il est bientôt devenu évident que Brian voulait seulement profiter de moi. Il mangeait la nourriture que j'achetais et dilapidait l'argent qui aurait dû servir pour Brendan. Il ne m'a rien fourni pour notre bébé.

Tout ce que j'avais me venait de la générosité de mon entourage. Je ne pouvais toujours pas compter sur lui. Toutefois, il avait le mérite d'être là, souriant, et de me tenir compagnie de temps à autre, même s'il était généralement ivre ou drogué quand il arrivait.

Tous les rapports rédigés par Doris, l'assistante sociale qui suivait mon dossier, témoignent du changement radical de mon comportement après la naissance de Brendan. Elle admirait mon courage et ma capacité à m'en sortir dans l'adversité.

En lisant ce qu'elle a écrit, j'ai maintenant l'impression que la personne dont elle parlait n'était pas l'adolescente rebelle et instable qui était mentionnée quelque temps plus tôt dans d'autres rapports.

En réalité, j'étais toujours la même au fond de moi. Mes incertitudes et mes angoisses de petite fille étaient toujours là, et je me croyais toujours incapable d'accomplir quoi que ce soit. Je luttais seulement pour ne pas sombrer. J'ai commencé à voler des vêtements pour Brendan, car je dépensais tout mon argent pour chauffer convenablement notre appartement.

Comme je n'avais pas les moyens d'acheter des couches jetables, je mettais à Brendan des couches en tissu que je devais laver à la main puisque je ne possédais pas de lave-linge. Je les suspendais ensuite pour qu'elles sèchent, ce qui entretenait le froid et l'humidité de l'appartement, sans compter que je n'arrivais jamais à faire disparaître l'odeur qui imprégnait le tissu.

La sage-femme qui passait chez moi s'est sévèrement fâchée un jour à cause de la température trop basse de mon appartement. J'étais désespérée de voir que, malgré tous mes efforts, je n'arrivais même pas à donner à Brendan le minimum dont il avait besoin. Je me souvenais du froid qui régnait dans ma chambre de petite fille et je ne voulais pas faire subir la même chose à mon fils.

Doris était une femme formidable, mais ses visites d'une demi-heure par semaine n'avaient pas le pouvoir de résoudre mes problèmes ni d'opérer des changements fondamentaux dans ma vie. La plupart du temps, j'étais seule chez moi avec mon bébé. Je n'avais pas une nuit ni une journée à moi ; chaque minute de mon existence était consacrée à répondre aux besoins de Brendan.

Doris savait que je luttais pour m'en sortir, car elle m'a même apporté du charbon pour m'aider à entretenir le feu. Toutefois, je ne voulais pas qu'elle sache à quel point c'était difficile pour moi ; j'avais trop peur qu'elle soit d'avis que Brendan serait mieux chez quelqu'un d'autre.

Je voulais bien faire dans tous les domaines, mais je ne savais pas comment m'y prendre. Je n'avais jamais vu ma mère faire la cuisine ou faire le ménage, et je ne la voyais pas assez souvent pour lui demander conseil. Je devais tout apprendre sur le tas. J'avais acheté une bouteille d'eau de Javel pour nettoyer les toilettes, mais je ne savais absolument pas à quelle fréquence je devais m'en servir, ni quelle quantité de produit je devais verser. C'était ainsi pour tout.

Je ne cessais d'entendre dire que les gens qui avaient été victimes de violences dans leur enfance reproduisaient les mêmes maltraitances à l'âge adulte. Pourtant, mon seul but, ma seule envie étaient de m'occuper de

Brendan comme d'un trésor et de le protéger. Mais une force obscure sommeillait-elle au fond de moi ? Cette pensée me terrifiait, et je redoutais de devenir un jour un monstre comme mon père. Des centaines de questions assaillaient mon esprit. À partir de quel âge ne devait-il plus prendre son bain avec moi ? Quand devrais-je cesser de me montrer devant lui en sous-vêtements ? J'avais tellement peur de reproduire les mêmes erreurs que mon père. Parfois, je me demandais même si je devais le caresser et lui faire des câlins, tant je craignais de franchir les limites.

Le manque d'argent me tracassait vingt-quatre heures sur vingt-quatre. Seulement, je ne pouvais pas travailler à plein temps, car je ne supportais pas l'idée d'être séparée de Brendan. De toute façon, comment aurais-je financé sa garde ? Je détestais aussi l'idée de voler, d'autant que je pouvais à tout moment me faire arrêter, ce qui donnerait aux autorités une excuse pour placer Brendan en foyer d'accueil. Je ne connaissais qu'une seule façon de gagner de l'argent rapidement. Alors, quand Brendan a eu six mois, j'ai rassemblé tout mon courage et je suis retournée faire le trottoir dans le but d'acheter ce dont nous avions tant besoin.

J'ai amené Brendan chez Lisa, qui avait emménagé dans un nouveau logement, et lui ai demandé si elle pouvait le garder pendant deux heures. Je ne lui ai pas dit ce que j'allais faire, ni à personne d'autre, car je savais que j'avais pris une très mauvaise décision, même si c'était la seule possible. Je savais que, si un agent des services sociaux me voyait, je serais certainement séparée de mon bébé. Je faisais un grand pas en arrière et, au moment de monter dans la voiture de mes clients, je me méprisais plus que jamais.

Je ne l'ai fait que deux fois tout en sachant que j'allais devoir trouver une autre façon de survivre. Je me sentais tellement coupable d'avoir rompu la promesse que j'avais faite à Brendan le jour où il était venu au monde… Je lui avais juré de lui offrir une belle vie et j'en étais tout simplement incapable. Mon expérience m'avait appris que l'argent que je gagnais en me prostituant ne durait jamais plus de deux jours.

Si je continuais dans cette voie, je n'allais pas tarder à me poster sur le trottoir de Ber Street tous les soirs. Dans combien de temps allais-je être arrêtée par la police ou battue par un client ? Je ne voulais pas rentrer auprès de mon bébé avec un œil au beurre noir et des dents cassées. Je me rappelais les si nombreuses fois où Lucy était arrivée à la maison couverte de bleus et de blessures.

Je savais que sa fille marchait désormais dans ses pas. Si je voulais avoir une chance d'offrir un avenir à Brendan, je devais tout de suite rompre ce cercle vicieux. Mais comment devais-je m'y prendre ?

Tous les jours, j'emmenais Brendan faire de longues promenades dans son landau. Je marchais ainsi des kilomètres pour nous éviter à tous les deux de rester dans notre appartement et pour m'aider à réfléchir. J'avais beau aimer Brendan plus que je n'aurais su le dire, je me sentais désespérée. Cherchant à échapper à la dure réalité, j'avais commencé à boire toute seule chez moi. Il m'arrivait d'avaler une bouteille entière de vodka en une journée pour oublier ma solitude et la routine pesante de mon existence.

Dans les moments les plus difficiles, mes idées noires m'amenaient à me demander si la surveillante de Bramerton n'avait pas eu raison en disant que je serais incapable de m'occuper d'un bébé et qu'il aurait une enfance misérable. Que pouvait-il espérer avec une mère qui ne savait rien faire d'autre que boire et vendre son corps pour acheter de l'alcool ?

J'étais terrifiée à l'idée de finir comme ma mère séparée de mes enfants, ou encore morte et mutilée dans un endroit désert. Lors de ses visites, Doris me parlait de groupes de soutien psychologique qui pourraient m'aider à me remettre de mon passé.

Elle m'a présentée à une femme qui accueillait souvent des enfants en placement familial et qui pourrait peut-être garder Brendan de temps en temps pour me permettre de faire des projets pour moi-même.

Quand Brendan a eu huit mois, j'ai rencontré un homme d'affaires très prospère qui s'appelait David. Il m'a apporté une aide et un soutien précieux. S'il me plaisait énormément, ce n'était pas réciproque. Il n'a jamais été attiré par moi. Il venait de se séparer de son épouse et semblait décidé à se tenir à l'écart des femmes pendant un bon moment.

Il voulait m'aider, en toute sincérité, et il m'a proposé de venir répondre au téléphone chez lui pendant qu'il s'absentait pour travailler. Je pouvais même emmener Brendan. Je faisais aussi quelques tâches administratives et un peu de ménage dans sa maison. David était très content de moi.

Il ne pouvait pas me payer très cher, car je touchais des allocations, mais, grâce à ce supplément de revenu, j'ai pu prendre des leçons de conduite. Cela me faisait tellement de bien de faire enfin quelque chose de respectable. Je gagnais de l'argent honnêtement grâce à mon travail et j'étais décidée à le dépenser de manière utile.

Un jour, alors que je rentrais de chez David, une camionnette remplie de jeunes hommes a ralenti. Tandis que les autres me sifflaient, le conducteur s'est adressé à moi.

— Tu veux que je te ramène chez toi ?

— Non, merci. Je me promène avec mon bébé.

— Donne-moi ton numéro alors, a dit un autre.

C'était un jeune homme bien bâti qui avait une petite trentaine d'années. Comme il me plaisait, je lui ai donné mon numéro de téléphone. N'ayant pas de nouvelles les jours suivants, j'ai cessé d'y penser. J'avais suffisamment de choses en tête pour ne pas me préoccuper d'un homme.

Malgré mon nouveau travail, je n'avais pas de raisons d'être optimiste pour l'avenir. Mon état dépressif ne m'avait pas quittée, et je craignais de ne jamais être en mesure d'offrir une belle vie à mon fils.

J'avais l'impression d'être engagée sur une voie sans issue. Pour ne rien arranger, j'avais appris que mon père n'allait pas tarder à être libéré après avoir purgé presque la totalité de sa peine. J'appréhendais mes retrouvailles avec lui. Un jour, alors que j'étais vraiment au fond du gouffre, j'ai décidé qu'il était temps de mettre un terme à tout cela avant qu'il ne soit trop tard et que la vie de Brendan ne soit à jamais perdue.

Je l'ai amené chez la dame que m'avait présentée Doris et lui ai demandé de le garder un moment. Puis je suis rentrée chez moi et j'ai fait volontairement une overdose. J'avais l'impression que je n'avais plus d'autre choix. Et ce n'était pas difficile, je l'avais déjà fait de si nombreuses fois… Je ne me sentais plus capable de m'occuper de Brendan, et vivre sans lui était tout simplement au-dessus de mes forces. Je ne supportais pas l'idée de regarder quelqu'un d'autre l'élever à ma place. C'était sans doute pour la même raison que ma mère avait coupé tout contact avec nous le jour où elle était partie. Sinon, sa douleur aurait été trop forte. Je ne pouvais suivre son exemple et abandonner Brendan pour continuer à vivre, mais j'étais persuadée qu'il serait mieux sans moi.

Comme j'attendais que les comprimés fassent leur effet, le téléphone s'est mis à sonner. Je ne sais pas pourquoi j'ai pris la peine de répondre, mais je l'ai fait. C'était Rodney, le garçon de la camionnette, qui voulait m'inviter à sortir avec lui.

Je n'ai pas réussi à lui dire ce que je venais de faire, mais le seul fait d'entendre sa voix à travers le brouillard créé par la vodka et les médicaments m'a soudain redonné espoir, et j'ai regretté mon geste.

Tout de suite après avoir raccroché, j'ai appelé ma mère pour lui dire que j'avais fait une overdose. Elle n'a pas caché que je la dérangeais et que mon comportement l'écœurait, mais elle a tout de même envoyé une ambulance. Quand je me suis réveillée, j'étais à l'hôpital, où j'avais subi un nouveau lavage d'estomac. En reprenant connaissance, j'ai été prise de panique. Allaient-ils m'enlever Brendan maintenant que j'avais tenté de me suicider ? Vivre avec moi était devenu beaucoup trop dangereux pour lui ! C'était en tout cas ce qu'allaient penser les services sociaux, à n'en pas douter.

Par chance, le soutien appuyé de Doris a dû me sauver. À ma grande surprise, les services sociaux se sont montrés très compréhensifs. Tout le monde semblait considérer que j'avais toutes les raisons d'avoir commis un geste suicidaire compte tenu de mon passé et de tous les problèmes actuels. Personne n'a songé que cela faisait de moi une mauvaise mère, et on a cherché de nouveaux moyens de me venir en aide.

J'ai commencé à sortir avec Rodney juste avant mon dix-neuvième anniversaire. Par pure coïncidence, nous avons vu mon père au pub dès notre première soirée ensemble ! Quand je les ai présentés, Rodney a voulu aussitôt faire bonne impression en se comportant comme le gendre idéal, et le charme a parfaitement opéré sur mon père. Ils se sont entendus à merveille.

Plus tard, quand j'ai confié à Rodney tout ce que m'avait fait mon père, il était horrifié et m'a dit que je ne devrais plus jamais le voir.

Dès le début de notre relation, il m'a fait part de son envie de commencer une nouvelle vie avec Brendan et moi. C'est ainsi qu'il s'est installé avec nous dans mon petit deux-pièces.

J'avais encore du mal à croire que quelqu'un puisse s'intéresser à moi. Brian venait toujours nous rendre visite de temps en temps, mais il avait complètement sombré dans l'alcoolisme, et je voyais bien qu'il ne serait jamais un père pour Brendan. Je n'ai donc pas protesté lorsque Rodney, à bout de nerfs, l'a renvoyé en lui disant que, désormais, nous étions sa famille.

J'avais envie de continuer à travailler pour David, car cet emploi m'avait permis d'acquérir une certaine dignité, mais Rodney ne supportait pas l'idée que je travaille pour un autre homme. Nous nous sommes beaucoup disputés à ce sujet. Finalement, c'est moi qui ai cédé.

Rodney avait déjà trois enfants d'une autre femme. Ils venaient chez nous le week-end, et la famille que nous formions tous ensemble me comblait de bonheur. Aujourd'hui, je me demande comment nous faisions pour cohabiter tous les six dans cet appartement, d'autant plus qu'ils venaient avec leur petit Jack Russell terrier !

Mais j'aimais le joyeux bruit et le désordre qu'apportait leur présence et je prenais un plaisir fou à m'occuper d'eux. Plus jamais je n'allais passer ces longues heures seule chez moi à me morfondre, plus jamais je ne serais tentée de me prostituer pour gagner de l'argent. Avec Rodney, je me sentais en sécurité et je ne demandais pas mieux que me reposer sur lui.

Je souhaitais encore une chose : libérer Brendan de la surveillance des services sociaux. Et je savais que nous n'aurions plus besoin d'eux si je restais avec Rodney. Je ne savais pas dans quelle aventure je me lançais, mais enfin, peut-être pour la première fois de ma vie, j'avais foi en l'avenir.

Épilogue

Quand j'ai à peu près trente-cinq ans, après des années de thérapie, mon père est venu me rendre visite un jour. Il avait les cheveux gris, et un vieux pull rouge avait remplacé ses chemises blanches d'autrefois. Il avait envie de me parler, de m'expliquer pourquoi il s'était comporté de cette façon avec moi.

— C'était à cause du départ de ta mère, a-t-il dit. Si elle ne m'avait pas quitté, je ne t'aurais jamais touchée.

Son autre excuse était l'alcool. D'après lui, c'était toujours sous l'effet de l'ivresse qu'il avait abusé de moi. Mais je savais qu'il ne disait pas la vérité.

Il m'a ensuite confié qu'il avait subi des viols répétés dans son enfance et qu'il ne l'avait jamais dit à personne. J'ignore si c'était vrai, mais ce n'était pas une raison pour m'infliger la même torture. En tout cas, le fait de me raconter cette histoire l'a fait pleurer.

— Papa, lui ai-je dit sèchement, ne compte pas sur moi pour te servir de psychologue.

Je voulais bien essayer de le comprendre, mais rien de ce qu'il pourrait me dire ne me convaincrait qu'il avait eu raison. Ce jour-là encore, il m'a fait comprendre qu'il m'en voulait d'avoir révélé ce qui se passait en privé entre nous. Il considérait toujours que je lui appartenais et que je n'aurais pas dû le dénoncer.

— Donc, a-t-il dit finalement en séchant ses larmes, si je te donnais mille livres maintenant et que je t'emmenais au lit pour te baiser, là, ça resterait entre nous, c'est ça ?

Je ne pouvais pas croire ce que je venais d'entendre. Comment avait-il pu dire une chose pareille ?

— Sors de chez moi, lui ai-je ordonné.

Je savais maintenant que je n'obtiendrais jamais d'excuses de sa part.

Peter, l'homme qui m'avait violée avec la complicité de mon père, est tombé à l'eau un jour alors qu'il était ivre et il s'est noyé. Je n'ai pas ressenti la moindre émotion.

Brian est tombé de son balcon sous l'effet de l'alcool et a eu des lésions cérébrales. Je l'ai vu un jour vendre *Big Issue*, le journal des personnes en difficulté, dans le centre de Norwich. Je me suis approchée pour lui en acheter un exemplaire, mais il ne m'a pas reconnue.

Nombreux sont ceux que j'ai connus par le passé et qui ont été victimes de l'alcool et de la drogue. Il faut beaucoup de courage, de chance et d'efforts pour se sortir du style de vie dans lequel je suis née.

En 2006, quand j'ai entendu parler du meurtre de cinq jeunes filles qui se prostituaient à Ipswich, j'ai eu le cœur serré. En montant dans la voiture d'inconnus pour vendre leur corps, elles s'étaient mises en danger comme je l'avais fait si souvent. Aucune jeune fille n'en arrive là par choix. Personne ne naît pour mener une existence comme celle-là. Il faut en arriver à un degré de mépris de soi très avancé, il faut être convaincu qu'on ne peut rien faire d'autre quand on décide de vendre son corps sur un trottoir. Ces jeunes filles sont les proies les plus faciles pour les sadiques et pour les assassins.

J'aurais pu me faire tuer des dizaines de fois. Du reste, je dois dire que mon père a été interrogé par la police à la suite de ce meurtre à Ipswich, car il était connu pour son activité de proxénète à Norwich, qui ne se trouvait qu'à une soixantaine de kilomètres du lieu du drame. Il arrivait que des filles d'Ipswich viennent travailler dans notre quartier, celui que mon père m'avait fait visiter en me rappelant que ma mère aussi s'y était prostituée.

Il m'arrive encore de le haïr et de le mépriser, ou même de souhaiter sa mort. D'autres jours, je parviens à trouver la force de lui pardonner.

Ces années de souffrance resteront à jamais gravées dans ma mémoire. Je l'adorais et je savais qu'il m'aimait aussi. Mais je ne veux plus jamais lui faire la moindre place dans ma vie.

Chez le même éditeur

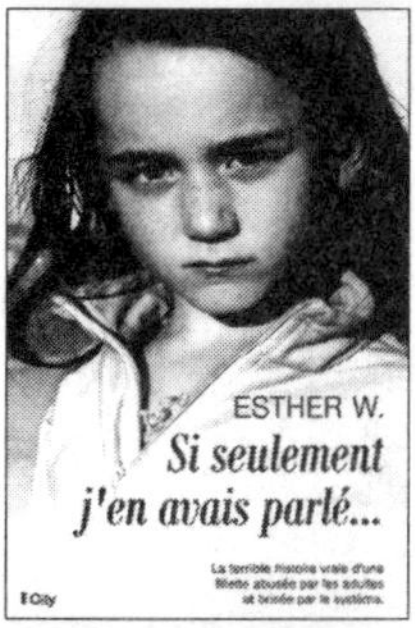

Pourtant, je leur avais dit...
Cassie Hart

Non papa, non...
Stuart Howarth

Ils ont volé mon enfance
Marie R. avec Annick Pellerin

Si seulement j'en avais parlé...
Esther W.

Pourtant, maman savait...
Lisa James

Ma mère, mon cauchemar
Alexander Sinclair

Pourquoi maman les a tués ?
Nikkia Roberson

La petite fille qui criait au secours
Casey Watson

Je pleurais en silence
Joe Peters

Quand j'étais invisible
Martin Pistorius

J'étais sa chose
Nabila Sharma

Pourquoi m'ont-ils fait ça ?
Anya Peters

Pourquoi personne ne m'a aidée ?
Jackie Holmes & Toni Maguire

Tu n'aimes pas ton papa ?
Sally East & Toni Maguire

Ils ont laissé papa revenir
Toni Maguire

Le soir quand je me couche...
Eileen Munro

Ne dis rien à personne
Marianne Marsh & Toni Maguire

L'enfant que personne n'aimait
Casey Watson

J'étais sa petite prisonnière
Jane Elliott

Des récits émouvants d'enfances volées,
des histoires pleines d'espoir d'une lutte pour la vie.

www.city-editions.com